KÖNIGIN DER ELEMENTE

ELEMENTE

BUCH ZWEI

USA TODAY BESTSELLER AUTORINNEN

Lexi C. Foss & J.R. Thorn

Mmh, Ich liebte diesen Traum.

Exos' Hände glitten über meine Haut und wärmten meine Seiten, meine Brüste, meinen Hals. Und Cyrus' Kälte an meinem Rücken war noch immer da. Seine Finger strichen an meiner warmen Haut hinab und ließen ein eisiges Gefühl darauf zurück.

Heiß und kalt.

Eine Folter, gespickt mit vorzüglicher Energie und gefolgt von Lippen, die jeden Zentimeter meines Körpers erforschten. Beide Männer waren mächtig und ihre Elemente spielten mit meinen, entfachten ein Inferno zwischen meinen Beinen.

Sie wollten gleichzeitig in mich eindringen.

Oh, es war verrucht.

Durfte ich das zulassen?

Würde ich es genießen?

Ja, flüsterten sie gleichzeitig.

Oh Gott … Ich erschauderte und allerhand Empfindungen überkamen mich, rissen mich aus dem Schlaf, als ich in der Stille der Nacht kam.

Allein.

Mit meinen Händen zwischen meinen Beinen.

„Scheiße", keuchte ich und wand mich heftig angesichts des Orgasmus, den ich nicht für real gehalten hatte. „Das ist neu …" Ich ließ mich ins Bett sinken. Die Decke war mir bestens bekannt und roch nach Titus – und nicht nach Cyrus oder Exos.

Ich verzog das Gesicht. Wieso hatte sich das falsch angefühlt? Ich hatte von seidenen blauen Laken, einem Bach, der am Fußende des Bettes vorbeigeflossen war, und einer gutaussehenden Wasserfee mit einer talentierten Zunge geträumt.

Und Exos.

Mein Herz pochte bei diesem Gedanken. Unsere Verbindung hing am seidenen Faden. Was würde passieren, wenn sie gekappt wurde?

Wenn das Band einmal gebrochen ist, kann es nicht wieder geschlossen werden. Exos' Stimme ging mir durch den Kopf und klang traurig. *Du musst mich finden, Claire. Bevor es zu spät ist.*

Aber wo bist du?, fragte ich mich und der Gedanke, ihn zu verlieren, verängstigte mich. *Du hast mich ausgesperrt. Ich kann dich nicht mehr spüren ...*

Für dich, den Leser. Weil du zwei Autorinnen die Chance gibst, ihren Traum zu leben und jede Minute davon zu genießen. Ohne dich würde das Ganze nicht annähernd so viel Spaß machen.

KÖNIGIN DER ELEMENTE

BUCH ZWEI

Jemand will mich tot sehen.

Noch schlimmer ist, dass meine Verbindung zu den Seelen-Fähigkeiten langsam erstirbt. Warum? Exos wurde von einem neuen Feind gefangen genommen. Jetzt muss ich mich auf meine anderen Elemente verlassen, um meinen entführten Gefährten zu finden, bevor es zu spät ist.

Und ich brauche eine Garde, die mich beschützt, während ich lerne, wie ich mich verteidigen kann. Keine große Sache. Die Elemente meistern, meine verschollene Seelenfee finden und den Feind erkennen.

Ja, einfach.

Abgesehen von der Tatsache, dass Titus es satthat, nach den Regeln von anderen zu spielen.
Vox will nur mit mir befreundet sein.
Sol macht alle wütend.

Und Cyrus, na ja … Er ist eine Naturgewalt und hat zweifellos das Sagen.

Es wäre besser, wenn ich dieses Puzzle schnell löse, bevor mein Herz beginnt, Entscheidungen für mich zu fällen. Denn all diese Feen sind auf ihre ganz eigene Art wunderschön, gewieft und perfekt.

Aber wie kann ich mich vollkommen fühlen ohne meine Seele?

Die Suche hat begonnen und wer auch immer mir und meinen Liebsten wehtun will, wird dafür bezahlen.

CLAIRE

*T*itus' Mund plünderte mich. So sanft, perfekt und lecker. Meine Zunge sehnte sich danach, seine zu treffen, um sich in den sinnlichen Tanz zu begeben, der zu mehr führen würde. Aber er küsste mich langsam und neckend, seine Lippen waren verlockend weich.

Er lächelte wissend. „Du hast gesagt, dass du auf Exos warten willst, bevor wir mit unserer Feier beginnen."

„Das habe ich", gab ich zu und meine um seine geschlungenen Beine spannten sich an. Auf seinen Schoß zu klettern und mich rittlings auf ihn zu setzen, war nicht Teil des Plans gewesen, aber seine brodelnden grünen Augen waren zu einem Leuchtfeuer geworden, das ich nicht hatte ignorieren können. „Er braucht zu lange."

Nach dem Vorfall in der Sporthalle – wo wir endlich herausgefunden hatten, wer mich für alle Vorfälle an der Akademie vorschieben wollte – war Exos losgezogen, um seinen Bruder anzurufen. Was auch immer das bedeutete. Ich hatte immer noch kein Telefon in diesem Reich gesehen. Vielleicht würde ich ihn fragen, wenn er zurück war.

Titus lachte und tippte mir auf die Nase. „So begierig."

„Ich fühle mich erlöst. Frei. Als könnte ich fliegen." Ich vergrub meine Finger in seinem dichten kastanienbraunen Haar. „Und ich habe es satt, zu warten." So, wie die Dinge jetzt waren, konnte Exos sich uns einfach anschließen, wann immer er eintreffen würde. Es wäre nicht das erste Mal, dass er mich mit Titus nackt sähe. „Küss mich."

„Mmh, das tue ich doch", murmelte er.

„Küss mich *wirklich*."

Er tat es nicht. „Seit wann bist du hier die Fordernde?"

„Seit ich zwei Feen-Gefährten habe." Einer für die Seele, einer für Feuer. Offenbar war es nicht etwas nie Dagewesenes, dass eine Seelenfee mehrere Bänder brauchte, zumal alle Seelenfeen sich mit zwei Elementen verbanden – Seele und einem weiteren.

Aber ich war nicht normal.

Irgendwie hatte ich Zugriff auf alle fünf Elemente.

Und ich war nicht einmal eine Vollblutfee, sondern ein Halbling mit einer Feenmutter und einem menschlichen Vater.

Ich hatte das Ganze noch immer nicht ganz verdaut, aber ich hatte gelernt, jeden Tag so zu nehmen, wie er kam, und mich darauf zu konzentrieren, all meine Fähigkeiten zu meistern. Etwas, was eine fiese Mädchenbande versucht hatte, zu unterbinden – indem sie mich vor den anderen Feen hatten labil aussehen lassen.

Zum Glück hatten wir sie aufgehalten.

Das war auch der Grund, warum ich feiern wollte.

Bevor er etwas erwidern konnte, küsste ich Titus erneut. Dieses Mal mit Zunge. Er antwortete mit einem Grummeln darauf. Sein Griff um meine Hüften verfestigte sich und seine leichten Berührungen verschwanden, als er Kontrolle über die Liebkosung nahm und mich an seine innere Macht erinnerte.

Feuer.

Ich genoss es, badete im Glanze seiner Hitze. Sie beruhigte meine auf eine Art wie nichts sonst. Weil er mein gewählter Gefährte war. Für die Ewigkeit. Meine Flammen reagierten auf seine, zogen ihn in einen leidenschaftlichen Strudel der Macht, der den Raum erhitzte.

Funken sprühten um uns herum, waren von unserer Verbindung entfacht worden, und verbreiteten einen rauchigen Duft in der Luft.

„Verfickt, Claire", flüsterte er.

„Das war meine Idee." Ich nahm seine Unterlippe zwischen meine Zähne und nuckelte daran. „Bring mich ins Bett, Titus."

Ich wollte das hier nicht im Wohnbereich machen. Nicht, wo andere uns doch unterbrechen konnten. Nicht, dass jemand das würde. Der Seelen-Campus war ein Ödland – eine Folge davon, dass neunzig Prozent der Seelenfeen durch die Hände meiner Mutter gestorben waren. *Nein.* Ich weigerte mich, darüber nachzudenken. Nicht jetzt. Nicht, während Titus *das* mit seinen Händen machte.

Sie glitten an meinen Seiten hoch.

Entfachten ein Inferno.

Oh, um der Feen willen ... Ich liebte es, wenn er das tat. Komplette Kontrolle über seine Fähigkeiten zur Schau stellte und meine Kleidung in Asche verwandelte. Es zeigte, dass er sein Feuer zu bändigen wusste. Es verführte und verleitete mein Feuer dazu, hervorzukommen und zu spielen. Und das machte den Moment noch intensiver.

Titus' Hände glitten an meinen Arsch und er stand auf. Meine Beine waren fest um seine Hüften geschlungen und meine Lippen ließen keinen Moment von seinen ab. Er küsste mich fieberhaft zurück und ich kriegte seine Erregung heiß und fühlbar zwischen meinen Beinen zu spüren.

Wir waren eben erst auf die nächste Ebene unserer Beziehung vorgedrungen. Ein Ort, an dem unsere feurigen Seelen einander versprachen, für immer zusammen zu sein. Es gab noch immer einen weiteren Schritt nach diesem. Irgendetwas von wegen Ritual mit einem Schwur, der einem Ehegelübde gleichkam. Ich wusste es nicht. Wir würden dahin gelangen, wenn wir bereit waren. Aber für den Moment würde ich das Hier und Jetzt genießen und alles, was ich konnte, über meinen Feuer-Gefährten rausfinden.

So ein krasser Kontrast zu Exos.

Und doch liebte ich sie in gleichem Maße. Aus komplett verschiedenen Gründen.

Als mein Rücken auf die Matratze traf, waren meine Kleider bereits fort dank Titus' präzise angewandter Kraft. Er hatte mir jeden Zentimeter meiner Kleidung vom Körper gebrannt. Ich begann, den Gefallen zu erwidern, und Kraft schoss durch mein Herz, was mich einen schrillen Schrei ausstoßen ließ.

Titus wich zurück und sah mich alarmiert an. „Claire?"

Der Schmerz meldete sich erneut. Dieses Mal in meinem Kopf. Er ließ mich Sternchen sehen, als hätte jemand mir auf den Kopf geschlagen.

Ich presste meine Hände an meine Schläfen und haderte damit, zu verstehen, was hier vor sich ging. Aber der

Schmerz wurde nur noch schlimmer. Eine Leere machte sich tief in mir bemerkbar und wuchs zu einem schwarzen Loch des Nichts heran.

„Claire!", schrie Titus und seine Hände waren um meine Schultern geschlungen. Aber ich konnte ihn nicht sehen. Konnte ihn kaum spüren. Alles, was ich spürte, waren diese unglaublichen Qualen eines Verlustes. Als wäre mir etwas aus meiner Seele gerissen worden.

Oh Gott ... „Exos!" Ich setzte mich abrupt auf und mein Kopf prallte auf Titus' harte Brust. Ich konnte noch immer nichts sehen. Meine Sinne weigerten sich, durch den Nebel in meinem Kopf zu navigieren. „Er ist ... *Oh ...* Etwas stimmt nicht. Etwas stimmt nicht mit Exos, Titus. Etwas ist ... Ich kann nicht ... Es tut weh!" Erneut legte ich meine Hände an den Kopf und wimmerte. Lichtpartikel stachen mir in die Augen.

„Er ist *verletzt*."

„Claire ..." Titus nahm mein Gesicht in seine Hände und seine bekannte Nähe sandte Hitze über meinen zitternden Körper. Genau das, was ich brauchte. Ein Ruf, der mich zurück in die Gegenwart brachte. Ins Bett, zu seinem mehrheitlich nackten Körper.

Ich blinzelte ihn an, meine Wangen waren feucht von den Tränen – von denen ich nicht realisiert hatte, dass ich sie vergossen hatte. Irgendwie *wusste* ich, dass die Zeit vergangen war, ohne dass ich es bemerkt hatte. Als hätte ich das Bewusstsein verloren, als jemand mir – nein, *Exos* – auf den Kopf geschlagen hatte. Ich versuchte ihn zu rufen, seine Präsenz zu spüren – unsere Verbindung. Aber ich fühlte mich leer und allein. Mein Herz pochte. „Er ist ... Er ist *weg*."

Was hat das zu bedeuten?

Hat er unser Band gekappt?

Nein. Das würde er nicht tun. Ich hatte seine Gefühle gespürt. Sie waren stark und lebendig und echt.

Was also war passiert?

„Wo ist er? Wohin ist er gegangen?" Wilde Funken jagten über meine Haut und sandten Gänsehaut über meinen ganzen Körper. Ein Maß an Kälte, das ich nie zuvor erlebt hatte, meldete sich in meinen Adern. „Er ist … Titus … *Wo ist er?* Wieso kann ich ihn nicht fühlen?"

Ein Schluchzen stieg in meinen Rachen. Besorgnis und Panik übermannten mich, sodass ich seine Antwort nicht mitkriegte. Ich spürte ein Pochen in meinen Ohren und das Zimmer begann sich wieder zu drehen. Meine ganze Existenz wurde von einem Loch der Verwirrung und Verzweiflung aufgesogen.

„*Wo ist Exos?*", fragte ich wieder und wieder und wieder. Er würde mich nicht verlassen. Nicht nach all dem. Oder? Unsere Seelen waren verbunden. Nicht auf ganz so tiefer Ebene wie mit Titus, aber genauso mächtig.

„*Claire.*" Endlich schaffte Titus' Stimme es, durch das rhythmische Klopfen in meinen Ohren zu dringen. „Atme durch."

Ich atmete scharf ein und meine Lungen jauchzten vor Freude, als sie sich mit der dringend benötigten Luft füllten. Ich schluckte, atmete aus und tat dasselbe nochmal. Es übermannte mich, ließ meine Gliedmaßen zittern, ließ die schwarzen Umrisse, die meine Sicht trübten, vergehen und erdete mich.

Die Qualen in mir ließen nach und verwandelten sich in einen dumpfen Schmerz. Meine Verbindung zu Exos war angeschlagen und beinahe komplett verschwunden. Noch mehr Tränen stiegen mir in die Augen. Der Schmerz über den Verlust durchbohrte mein Herz.

Ich konnte es nicht kontrollieren, konnte es nicht aufhalten. Als ob ein Damm gebrochen wäre und sich weigerte, wieder eingedämmt zu werden. Meine Gliedmaßen waren steif und mein Körper von Schmerz eingenommen, den mein Kopf kaum nachvollziehen konnte.

Ein Teil von mir wollte kämpfen. Exos finden. Herausfinden, was zum Teufel passiert war.

Aber der andere Teil von mir – derjenige, der meine Beweggründe lenkte – fühlte sich einfach nur gebrochen an.

Weil meine Seele weg ist.

Meine Seele.

Meine andere Hälfte.

Flammen jagten über meine Haut. Titus erinnerte mich damit daran, dass er da war und mich anbetete und mich *liebte*. Ich lehnte mich an ihn. Seine Lippen lagen an meinem Kopf, seine Arme waren tröstend um mich gelegt. Sekunden, Minuten, Stunden später konnte ich endlich wieder klar denken – wieder *existieren* – und sah ihn erneut an. Besorgnis lag in seinem gutaussehenden Gesicht und beschützerische Energie, in der ich nur zu gerne gebadet hätte, lag in seinen wunderschönen Augen.

„Kannst du ihn ein kleines bisschen spüren?", fragte Titus mit beruhigender und leiser Stimme.

Ich schüttelte meinen Kopf. „Ich … Ich glaube nicht."

Er massierte meine Handgelenke und dachte nach. „Manchmal können diese Handschellen des machtlosen Champions eine Essenz hinterlassen, die deine Fähigkeiten, dich mit deinen Elementen richtig zu verbinden, behindert. Das ist einer der Nachteile an ihnen. Vielleicht hat es damit etwas zu tun?"

„Aber ich habe sie direkt ausgezogen, nachdem wir die Sporthalle verlassen haben." Ich hatte sie nur während des Sportunterrichts getragen, weil wir vermutet hatten, dass jemand wieder versuchen würde, mir etwas anzuhängen. Und das hatten sie. Dieses Mal aber hatte ich handfesten Beweis getragen, der meine Unschuld belegte. Die Handschelle, die meine Kräfte blockierte. „Das Ding hat mir überhaupt kein merkwürdiges Gefühl verschafft. Ich habe mich nur wieder menschlich gefühlt."

Etwas, das ich zugegebenermaßen genossen hatte – jedenfalls temporär. Die Welt der Feen der Elemente war überwältigend, seltsam und überhaupt nicht wie die Realität, in der ich groß geworden war.

Ich schüttelte meinen Kopf, lüftete ihn durch und konzentriere mich dann. „Es liegt nicht an den Handschellen", sagte ich bestimmt. „Etwas ... Etwas ist passiert."

Titus dachte einen langen Moment nach und nickte dann. „Okay. Du hast gesagt, dass er seinen Bruder anrufen wollte, oder?"

„Ja."

„Dann lass uns zum Turm gehen. Ich bezweifle, dass er noch da ist, zumal es Stunden her ist – aber wir können hingehen. Vielleicht kannst du seine Essenz dort spüren, okay?"

„Es ist Stunden her?", wiederholte ich und zog meine Augenbrauen hoch.

„Ja ... Es ist beinahe Mitternacht, Claire. Du hast eine Weile lang das Bewusstsein verloren. Dann bist du schreiend aufgewacht, nur um dann wieder bewusstlos zu werden. Es war ein, na ja, bewegter Nachmittag und Abend."

Also hatte ich mein Zeitgefühl wirklich verloren. Ich schluckte leer. „Was glaubst du, ist passiert?"

„Ich spekuliere nicht. Nicht, bis wir beim Turm sind." Er stand vom Bett auf. Er war angezogen – was nur ein weiterer Beweis dafür war, dass wir mehrere Stunden verloren hatten. „Vox ist hier. Vielleicht kann er helfen. Er hat eine Erdfee mitgebracht – Sol. River ist auch hier."

Oh, gut. Ein Publikum, das meinen Nervenzusammenbruch bezeugen kann.

Ich ächzte und hatte das Gefühl, dass die Hölle

ausgebrochen war. Titus musste sich Sorgen gemacht haben, wenn er alle hierher gerufen hatte. Nicht, dass ich es ihm übelnahm. Ein Teil von mir fühlte sich, na ja, *tot* an. Ich erschauderte, als ich das realisierte, und weigerte mich, Exos' Schicksal anzunehmen.

Er kann nicht ... Er war zu stark. Zu unirdisch. Nein, es musste eine andere Erklärung geben. Ich wusste nur nicht, *was* für eine.

„Ähm, Titus?" Die bekannte Stimme von Vox kam durch die Tür.

„Ihr müsst –"

„Aufstehen." Die tiefe Stimme sandte einen Schauer an meinem Rücken hinab. Sie erinnerte mich an Exos, war aber nicht ganz dieselbe. Und das Gesicht, das einen Moment später in der Tür erschien, war beinahe identisch mit dem meiner Seelenfee – mit dem Unterschied, dass er hellere blaue Augen hatte, die im Licht von einem silbernen Hauch überzogen waren.

Titus fiel auf der Stelle auf seine Knie und senkte seinen Kopf. „Eure Majestät."

Die Fee sah ihn nicht einmal an. Sein finsterer Blick war ausschließlich auf mich gerichtet. „Hallo, Claire."

Ich zog die Decke hoch, um meine nackten Brüste zu bedecken, und mein Hals zuckte, während ich versuchte, eine Antwort von mir zu geben. Seine athletische Gestalt, sein helles Haar und das markante Kinn hatte mir klargemacht, *wer* das hier war, noch bevor Titus sich hingekniet hatte.

Cyrus.

König der Seelenfeen.

Exos' jüngerer Bruder.

Es gab nur einen guten Grund, aus dem er hier sein konnte – und der war nicht, um gute Neuigkeiten zu überbringen.

CYRUS

„Wo ist er?", wollte der Halbling wissen. „Wo ist Exos?"

„Claire", flüsterte die Feuerfee neben ihr eindringlich. *„Verbeug dich."*

Titus. Machtloser Champion.

Die berühmte Fee schien weniger bedrohlich als erwartet. Vielleicht, weil er auf dem Boden kniete. Aber ich wusste von seiner Schnelligkeit und seiner Stärke. Er war definitiv nicht zu unterschätzen.

„Wo ist Exos?", wiederholte Claire und ihre lebendigen blauen Augen sahen mutig und unentwegt in meine.

„Vergebt ihr, mein König. Sie ist sich unsere Lebensweise nicht gewohnt und hat noch keine Schulung in Sachen Gepflogenheiten genossen." Titus verblieb in seiner höflichen Position und ich nahm an, die anderen im Nebenzimmer taten es ihm gleich. Aber Claire bewegte sich kein bisschen. Ihr Blick war nach einer Antwort suchend auf mich gerichtet.

Ich verstand, warum sie Exos gefiel. Goldene Locken, ein wunderschönes Gesicht und Kurven, die dafür gemacht waren, von Männerhänden gestreichelt und gedrückt zu werden. Aber mein Bruder handelte nicht leichtfertig. Anstatt mir durch unser familiäres Band seine Koordinaten zu schicken, hatte er mich hierhin geführt. Zu *ihr*.

Was andeutete, dass er sie über sein Geburtsrecht stellte.

Faszinierend.

Und gleichzeitig beunruhigend.

„Kannst du ihn durch das Band lokalisieren?", fragte ich und ignorierte ihre Frage und Titus' Entschuldigung. In dieser Situation konnten wir die Formalitäten beiseitelassen.

„Die Verbindung ist abgebrochen", erwiderte Titus.

Claires Unterlippe zitterte. Ihre Bestürzung über den plötzlichen Verlust war ihr anzusehen. Ich verschränkte meine Arme, war von diesem nutzlosen Gefühl unbeeindruckt. „Dann stell sie wieder her." Mein Bruder war nicht tot, nur bewusstlos. Ich konnte seine Seele durch die Verbindung spüren und da sie ganz bestimmt über das erste Level des Bandes auf Probe hinaus waren, konnte sie ihn auch spüren. „Komm über den Schock hinweg, reiß dich zusammen und finde ihn. Auf der Stelle."

Sie sah mich mit offenem Mund an. „Aber er ist weg."

„Nein, ist er nicht. Er macht ein verdammtes Nickerchen." Nicht freiwillig, wie es schien, aber das spielte keine Rolle. „Aber ich werde ihn wissen lassen, wie wenig du daran geglaubt hast, dass er überleben wird, wenn wir ihn finden."

Ihre vollen Lippen öffneten sich und sie rang nach Luft, zog ihre Augenbrauen hoch. „Du weißt nichts über mich oder das, was ich gerade gespürt habe. Er macht kein *Nickerchen*. Er ist tot."

Ich rollte mit meinen Augen. „Du bist seiner nicht würdig, was?" Dann sah ich zur Feuerfee, deren Hände zu Fäusten geballt an seiner Seite hingen. Die Anspannung in seinem muskulösen Körper machte offensichtlich, dass er genervt war. „Wieso erlaubst du ihr, sich so zu benehmen? Sie ist ein emotionales Wrack und komplett nutzlos." Die bessere Frage war, wieso mein Bruder derartiges Verhalten geduldet hatte. „Du bist nicht qualifiziert dafür, seine Gefährtin zu sein."

Ihre Hand klatschte so schnell auf meine Wange, dass ich beinahe beeindruckt war. „Fick dich!"

„Claire!" Titus kam auf seine Beine und seine Hand legte sich um ihr Handgelenk, zog sie zurück.

Ich massierte meinen Kiefer und war von ihrer Reaktion wie auch dem Mangel einer Decke über ihrer nackten Brust fasziniert. Okay, ich konnte definitiv verstehen, wieso Exos sie sich ausgesucht hatte. Jedenfalls in physischer Hinsicht. Denn sie besaß perfekte Proportionen und war gepflegt.

„Lass mich los!", schrie sie und wand sich im Griff der Feuerfee. „Dem werde ihm unqualifiziert zeigen. Und wie kannst du es wagen, über etwas zu urteilen, wovon du keine Ahnung hast, Arschloch. Du weißt nichts über mich oder Exos oder was wir gehabt haben. Du –"

„*Habt*", korrigierte ich sie und war jetzt wieder gelangweilt. „Die Vergangenheitsform deutet an, dass etwas unumkehrbar gebrochen ist. Euer Band ist nach wie vor vorhanden." Ich konnte es in der Luft spüren. Es waberte in einem schützenden Muster um sie.

Was auch der Grund war, weshalb mein Bruder mich hierhingeschickt hatte. *Ach, Exos*, dachte ich, als es mir dämmerte. Mein Bruder hätte mir seinen letzten Standort übermitteln können, aber stattdessen hatte er mich hierhingeschickt, um seine Gefährtin zu beschützen. Verdammt. Sie muss in Gefahr schweben, wenn er seine letzten Energiereserven darauf verwendet hatte, mich zu ihr zu führen.

„Er ist am Leben?" Etwas ihrer Kampflust war ihrem Körper und ihrem Ton gewichen.

„Du bist ganz offensichtlich nicht von Nutzen für mich", mutmaßte ich gereizt.

„Das ist alles noch sehr neu für sie", bemerkte Titus. Sein Kiefer war so angespannt, dass die Worte gestelzt klangen. „Hab etwas Mitgefühl."

Ich lachte. „Nennst du so diese verhätschelnde Haltung? Wie reizend."

Claire knurrte. Das Geräusch klang äußerst erotisch von ihren Lippen. „Du bist ein Arschloch."

„Verdammt", keuchte Titus und sah nach oben. „Bitte, sie versteht unsere –"

„Ist sie nicht imstande, zu ihren Taten zu stehen?", fragte ich mich laut. „Ist das der Grund, warum du immer wieder für sie sprichst und dich entschuldigst?"

Smaragdgrünes Feuer loderte in den Tiefen von Titus' Augen. „Sie ist meine Gefährtin."

„Das ist offensichtlich", erwiderte ich mit flachem Ton. Die Tiefe ihrer Verbindung lag schwer in der Luft. „Ich habe gefragt, warum du sie wiederholt so behandelst, als wäre sie eine unbedeutende Fee, die nicht für sich selbst sprechen kann."

„Wenn Exos am Leben ist, wo ist er?", meinte Claire und

zog ihre Augenbraue herausfordernd hoch. „Ich kann ihn nicht spüren, obwohl du sagst, dass ich dazu in der Lage sein müsste. Wo also ist er?"

„Das ist genau der Grund, aus dem ich hier bin, kleine Königin." Ich legte meinen Kopf schief. „Und du bist die Einzige, die diese Frage beantworten kann."

„Wie?"

„Indem du deine Seele findest?" Was zum Teufel hatte mein Bruder ihr in all den Wochen bitte beigebracht? Wie man verdammt nochmal jammerte?

Sie sah mir unentwegt in die Augen, was sonst nie jemand tat. „Du kannst ihn spüren."

Das hier wurde langsam lästig. „Hast du mir auch nur eine Sekunde lang zugehört?"

„Ich habe alles gehört, was du gesagt hast", erwiderte sie schnippisch. Es war ein Ton, den ich von einer Frau nicht gewohnt war. „Ich will, dass du mir sagst, dass du ihn spüren kannst."

„Natürlich kann ich das. Er ist mein verdammter Bruder." Ich nahm einen Schritt nach vorne, blendete die angespannte Feuerfee an ihrer Seite aus und griff nach ihrem Kinn. „Und er ist dein verdammter Gefährte. Also ehre ihn, kleine Königin, und *finde ihn.*"

Sie schüttelte meinen Griff mit einem Funkeln ab. „Du bist überhaupt nicht wie er."

Ich schnaubte. „Vor drei Wochen hätte ich dir voll und ganz widersprochen. Aber jetzt, wo ich sehe, wie schwach er dich hat werden lassen, frage ich mich, ob ich meine Meinung ändern sollte."

„Raus aus meinem Zimmer." Sie zeigte auf die Tür. „Auf der Stelle."

Titus schien sich auf einen Kampf gefasst zu machen. Es wäre einer, den er verlieren würde, aber männliche Feen waren gegenüber ihren Gefährtinnen beschützerisch. Darum hielt ich mich derzeit überhaupt hier auf.

Verdammter Exos.

„Zieh dich an. Ich werde im Wohnzimmer auf dich warten. Du hast fünf Minuten, bis ich wieder hier reinkomme und dich raustragen werde – ob du nackt bist oder nicht." Ich erlaubte meinen Augen, sie ein weiteres Mal zu mustern. Dieses Mal auf eine prüfende Weise, die ihre Haut sich erröten ließ. „Na, wenigstens bietest du meinem Bruder etwas für all die Umstände."

„Raus!", schrie sie und griff hastig nach der Decke.

Ich lachte und ließ sie mir Schimpfwörter nachrufen. Exos würde wutentbrannt sein, wenn er davon erfahren würde, aber das war mir egal. Alles, was ich wollte, war, dass er wohlbehalten wieder zurückkehrte. Und jemand musste die verwöhnte Prinzessin aus ihren wertlosen Emotionen rausholen.

Die drei Feen, an denen ich im Wohnbereich vorbeigestürmt war, standen alle ruckartig auf und knieten sich wieder hin, woraufhin ich meinen Kopf schüttelte. „Ihr wollt ihre Beschützer sein?" *Erbärmlich.*

„Nein, Hoheit", erwiderte die schlanke, athletische Luftfee, die sich als Erster vom Boden erhob. „Prinz Exos hat mich darum gebeten, sie in ihren Fähigkeiten zu schulen, aber ich habe noch nicht zugestimmt. Sol ist einer meiner Schüler und River ist ein Freund von Titus."

„Und dein Name lautet?" Da er die wichtigste Fee in diesem Zimmer zu sein schien, wollte ich seinen Namen kennen. Das würde mir dabei helfen, zu ergründen, warum Exos ihn mit Claires Schutz beauftragt hatte.

„Vox", erwiderte er.

Ah, genau. „Du stammst von einer königlichen Familie ab." Und einer der besten Schüler in seiner Klasse. Exos hatte ihn beiläufig erwähnt.

Er verzog das Gesicht. „Das tue ich, aber ich werde nie um den Thron wetteifern."

„Nein, wirst du nicht", stimmte ich zu und spürte sein Energielevel. Es war durchaus beeindruckend, aber nicht annähernd auf dem Level des herrschenden Königs.

„Und du?" Ich sah die Erdfee an, deren Anwesenheit den Boden leicht erzittern ließ. „Du wurdest Claire nicht zugeteilt?"

„Nein", sagte er zähneknirschend und sah mich nicht an.

Ich nickte. „Na gut. Es scheint, mein Bruder war zu beschäftigt damit, ein Band zu schließen, um geeignete Beschützer zu finden." Mein Blick fiel auf die Wasserfee. „Deine Kraft ist Claires nicht gewachsen."

Er schüttelte sein schlaffes Haar und schien ängstlich und zerbrechlich. „Ich habe nur übergangsweise geholfen. Exos hat ihr noch keinen Wasser-Mentor zugewiesen."

Weil er zu beschäftigt damit war, zu vögeln.

Wenn ich meinen Bruder finden würde, würde ich ihn erwürgen. Derartiges Benehmen sah ihm überhaupt nicht ähnlich. Klar, er hatte zuvor Beziehungen mit Frauen unterhalten – mehrere sogar. Aber nicht so.

Und mit einer ein Band zu schließen?

Ich seufzte, war unglaublich aufgebracht. Vielleicht hatte das Schicksal sich für uns ausgesprochen. Denn das Leben des Halblings bedurfte ganz klar Ordnung.

Als würde sie meine Gedanken hören, tauchte sie im Wohnbereich auf. Sie trug Jeans und ein Tanktop und die Tatsache, dass sie so nahe bei Titus stand, war vielsagend. Sie vertraute der Feuerfee mehr als jedem anderen in diesem Raum, was ich angesichts ihres Bands erwartet hatte.

„Okay, lass uns ein paar Dinge klarstellen", sagte ich. Ich musste Kontrolle über die angespannte Situation nehmen. „Vox? Deine Zeit, um eine Entscheidung zu fällen, ist vorbei.

Du bist ab sofort einer von Claires Beschützern und ihr Luft-Mentor."

Die Luftfee erschauderte und war es ganz offensichtlich nicht gewohnt, Befehle zu erhalten, was meine Vermutungen bestätigte. „Es gibt sicher einen anderen, der –"

„Ich spüre deine Kraft, Vox", sagte ich und unterbrach ihn. „Du bist ein geeigneter Mentor und wirst umgehend beginnen. Angefangen dabei, dass du in den Seelen-Campus umziehst. Heute Abend."

„Du kannst das nicht einfach so für ihn entscheiden", meldete sich eine rumpelnde Stimme zu Wort.

Ich richtete meine ganze Aufmerksamkeit zur Quelle der Auflehnung und erblickte eine unverfrorene Erdfee, die mich anstarrte. Ich hatte nicht mehr so viel Widerstand erfahren, seit ... Na ja, seit Exos die Krone abgegeben hatte. Ich war in meine königliche Rolle geschlüpft, nachdem unser Volk von einer schrecklichen Katastrophe heimgesucht worden war und sie einen Anführer gebraucht hatten. Ich wurde nicht angezweifelt – nie.

„Und wer bist du, der es wagt, meine Autorität zu untergraben?", fauchte ich und stürmte auf ihn zu, ließ meine Seelen-Energie über meine Haut rauschen. Dank meiner zweiten Affinität für Wasser sah sie aus wie eine Welle und ich hielt den Wasserfall von Kraft, der sich über mich ergoss, nicht zurück. Ich wurde nicht oft wütend. Aber mein Bruder wurde vermisst, war bewusstlos, und unsere einzige Hoffnung, ihn zu finden, bevor etwas noch Schlimmeres geschah, lag in den unfähigen, wunderschönen Händen eines Halblings, der keine anständige Führung hatte. Oder eine geeignete Garde.

Braune, zusammengekniffene Augen, in denen das Kupfer der Erde waberte, sahen mich an. Dann folgte ein kraftvolles Rumpeln, das meinen Zorn besänftigte.

Na aber hallo, Spuren einer königlichen Blutlinie.

Vielleicht war mein Bruder doch nicht so ein Idiot.

„Sol, *Eure Majestät*", erwiderte er zähneknirschend.

Meine Seelenmagie untersuchte ihn und er zuckte zusammen. Ich zog mich auf der Stelle zurück, als ich den Schaden in seiner Seele spürte.

Bei den Elementen ...

Diese Erdfee war von meinesgleichen verletzt worden – und dazu noch schlimm. Tiefe Narben zogen sich über seinen Kern. Ein Ort, den nur eine Fee mit meinen Fähigkeiten spüren konnte, ohne ein Band zu haben.

Wie bist du am Leben?, fragte ich mich ehrfurchtsvoll. Diese Wunden stammten aus dem Mutterleib, was bedeutete, dass er diese Schmerzen schon sein ganzes Leben lang gehabt hatte. Die meisten Feen würden unter so einem Angriff auf ihr System verrückt werden, und doch war er noch immer bei Sinnen. Ja, sogar stark.

Ja, du wirst sehr zupass kommen.

Aber ich konnte mir nicht auf dieselbe Art Respekt verschaffen wie bei Titus und Vox. Nein, eine Fee wie Sol herumzukommandieren, würde mir augenblicklich in den Hintern beißen.

Ich nahm einen Schritt zurück, gab ihm Raum und bemerkte die Risse im Boden, die sich unter unseren Füßen gebildet hatten. Ja, der hier war stark und wie er sich für Vox starkgemacht hatte, bekundete den Charakter der Fee.

„Sol", wiederholte ich seinen Namen und stellte sicher, dass ich meinen Kopf sanft neigte. Erdfeen reagierten auf subtile Körpersprache. Ich würde nicht versuchen, ihn zu kontrollieren. Nur ein Idiot würde versuchen, Blut aus einem Stein zu pressen. Nein, ich musste dieser Fee einen Schubser in die Richtung geben, in der ich ihn haben wollte, und dann sein Momentum den Rest erledigen lassen. „Wieso wirst du von einer Luftfee unterrichtet?"

„Weil meine Kontrolle sehr mächtig ist", erwiderte Vox.

Sein Ton und seine Haltung deuteten einen Hauch Unverschämtheit an. Eine, die ich nur zuließ, weil ich es konnte. „Wenn ich hier leben soll, dann muss ich trotzdem in der Lage sein, meinen Verpflichtungen gegenüber Sol nachzukommen."

Ich musste nicht fragen, was er damit meinte. Es war offensichtlich, dass die beiden Feen schon eine Weile miteinander arbeiteten, und wenn Vox der Grund war, weshalb Sol sich auf so wundersame Weise erholt hatte, dann wäre ich ein Dummkopf gewesen, die beiden zu trennen.

Ich drehte mich zur Luftfee um und verschränkte meine Arme, zog eine Augenbraue hoch. „Heißt das, du gelobst, Claires Mentor und Beschützer zu sein?", fragte ich. Er hatte keine Wahl, aber ich würde Sol zuliebe so tun.

Vox starrte mich eine lange Zeit an, bevor er antwortete: „Wenn Sol an meiner Seite bleiben darf, ja."

Ich lächelte beinahe. *Ausgezeichnet.*

„Also gut", sagte ich stattdessen und tat so, als würde ich ein Zugeständnis machen. Ich würde der Erdfee keine Befehle erteilen müssen. Er hatte genug Kraft, um Claires Elemente im Zaum zu halten, wenn sie außer Kontrolle gerieten. „Gelobst du, den Halbling zu beschützen?", fragte ich Sol und verlieh meiner Stimme einen Hauch Langeweile.

Sol ahmte meine Haltung nach und verschränkte seine starken Arme über seiner breiten Brust. „Ich gelobe, Vox zu beschützen, der Claire helfen wird."

„Und sie beschützen wird", ergänzte ich und sah die langhaarige Fee an. „Sie braucht Beschützer."

Vox seufzte. „Auf dem Campus ist sie sicher."

„Ist sie das?", konterte ich. „Denn Exos würde das vermutlich anders sehen."

„Ignis und ihre Freundinnen haben versucht, sie umzubringen", ergänzte die Wasserfee leise.

19

„Sie wurden aufgehalten und haben ihre Strafe gekriegt", bemerkte Vox.

„Und doch ist mein Bruder jetzt spurlos verschwunden. Wie?" Ich schenkte der Luftfee meinen herablassendsten Blick. „Du und ich wissen, dass die Akademie alles andere als sicher ist. Es handelt sich dabei nur um eine Fassade der Freundschaft, die Elana auf ihrer Suche nach Frieden geschaffen hat." Ich sah die Erdfee an. „Würdest du sagen, dass wir in Frieden leben, Sol?"

Er schnaubte höhnisch. „Scheiße, nein."

„Ich sehe mich bestätigt", murmelte ich und sah zur Wasserfee. „Du kannst gehen. Ich werde ihr Wasser-Training von jetzt an übernehmen."

Meine sekundäre Affinität für Wasser war nicht unbekannt. Meine Seelenfee-Mutter hatte sich bekanntermaßen mit einem Seelen-Royal und einem Wasser-Royal verbunden. Ich war das Ergebnis ihrer Paarung mit dem Letzteren, was mir die einzigartige, mächtige Fähigkeit verlieh, zwei Elemente zu kontrollieren. Wenn jemand dabei helfen konnte, den kleinen Halbling zu trainieren, dann ich. Und da ich ihre Kooperation brauchte, um meinen Bruder zu finden, schien es so, als hätte ich keine Wahl.

Was noch eine letzte Aufgabe für den Abend übrigließ. „Während der Rest von euch eure neuen Unterkünfte vorbereitet, werde ich mit Claire arbeiten. Es scheint, als würde sie eine Lektion bezüglich der Bänder, und wie man sie richtig anwendet, brauchen."

Himmelblaues Feuer loderte in ihren Augen. „Ich werde mit Titus daran arbeiten, vielen Dank auch."

Ich lächelte. „Oh nein, kleine Königin. Du wirst mit mir zusammenarbeiten. Denn anders als Titus werde ich dich nicht schonen. Und jetzt folge mir." Ich schlang ein Seil aus

Wasser um ihre Hüfte und zog fest daran, sodass ihr ein Kreischen über die Lippen kam.

Titus nahm einen Schritt nach vorne, als wollte er sie auffangen, aber ich hielt ihn mit einem Blick davon ab. „Du hast genug getan. Jetzt bin ich dran, machtloser Champion. Sei nützlich und hilf Sol und Vox dabei, ein Zimmer zu finden." Der Mann mit kastanienbraunen Haaren wusste es besser, als meine Autorität zu untergraben – auch wenn die feurige Energie, die über seine Haut raste, andeutete, dass er anders fühlte.

„Ist schon gut", sagte Claire mit ihrer Hand auf seine Brust gelegt. „Ich pack das schon."

Die Königin kommt ihrem Ritter zu Hilfe.

Hm.

Vielleicht gibt es Hoffnung für dich, kleine Claire, dachte ich zufrieden. „Nun dann." Ich zog zur Untermauerung ein weiteres Mal an ihr und grinste, als sie ein missmutiges Geräusch von sich gab. *Oh ja, ich werde eine würdige Königin aus dir machen. Und wenn es das Letzte ist, was ich tue.*

CLAIRE

Exos, wenn du mich hören kannst, hoffe ich, dass du mir vergeben wirst, weil ich drauf und dran bin, deinen Bruder zu töten.

Er antwortete nicht.

Weil ich ihn nicht fühlen konnte.

Aber dieser Mistkerl vor mir schien zu denken, dass ich das könnte. Also folgte ich ihm zu mitternächtlicher Stunde stampfend nach draußen, während ich eine Flamme dazu benutzte, sein Wasser in Dampf zu verwandeln.

Cyrus musterte den Kraftaustausch interessiert und seine Mundwinkel zogen sich hoch. „Beeindruckend, kleine Königin."

„Mein Name ist Claire", sagte ich ihm mit flachem Ton und meinen Händen in die Hüften gestemmt.

„Dessen bin ich mir bewusst", erwiderte er und sah zu den Sternen am Himmelszelt hoch. „Schließ deine Augen für mich und konzentrier dich auf dein Band mit Titus. Sag mir, was er macht."

„Er hilft Vox und Sol dabei, ihr Zimmer zu finden, wie du befohlen hast, *Eure Majestät*."

Seine Lippen verzogen sich missbilligend. „Ich versuche dir zu helfen, *Claire*. Schließ deine verdammten Augen, such nach Titus und sag mir ganz genau, was er macht."

Oh Mann, ich hätte ihm am liebsten nochmal eine gezimmert. Ihn getreten. Ihn *verletzt*.

„Du bist so ein Arschloch."

„Und du bist ein Schwächling. Aber hier stehen wir. Du musst meinen Bruder finden und je eher du das tust, desto schneller bin ich weg. Also schließ seine verdammten Augen und konzentriert dich auf Titus."

Ein Schrei stieg in meinem Rachen hoch. Einer, der mit Schimpfwörtern und Beleidigungen ausgeschmückt war. Alles davon für diesen Esel von *königlicher Fee*.

Ich war nicht *schwach*. *Verdammter Arsch*. Ich schloss meine Augen und fand Titus. Seine Emotionen waren ein Bündel aus Besorgnis und Genervtheit. Er wollte aus den Fenstern gucken und nach mir sehen, half aber stattdessen Vox und Sol dabei, ein Zimmer in der Nähe von meinem zu finden. Ein Teil von ihm war froh, dass Exos eine Putztruppe in den Schlafsaal geschickt hatte, die mehrere Betten vorbereitet hatten. Alles in Erwartung von neu einziehenden Gästen.

Er hatte den Kreis meines Mentoren-Teams vergrößern

und Wachen aufstellen wollen. Das wusste ich. Und Titus schien diese Entscheidung zu respektieren.

„Er ist zwei Türen entfernt von meinem Zimmer und zeigt Vox das Badezimmer, welches zu einem anderen Zimmer führt – das er Sol empfiehlt." Ich öffnete meine Augen. „Und er denkt darüber nach, ob er hier rauskommen und deinen Arsch in Flammen stecken soll."

Cyrus lachte. „Ich wünschte, das könnte er. Es ist eine Weile her, seit eine ebenbürtige Fee mich herausgefordert hat. Ich bin wirklich aufrichtig gelangweilt."

Flammen züngelten an meinen Fingern und der Drang, einen Feuerball in seine Brust zu schleudern, nahm mich ein. Aber ein einziges Winken seiner Hand ließ meine feurige Energie erkalten. Wasser transpirierte auf meiner Haut im Schatten seiner Macht. „Spar dir dein Rebellieren für jemanden deiner Liga auf, kleine Königin", sagte er und seinem Blick lag ein Hauch Eis inne, der ein Schaudern an meinem Rücken hinabsandte.

Während Exos' Blick den Untiefen des Meeres ähnelte, so waren Cyrus' Iriden von schimmerndem Silber und Blau eingerahmt, das ihm beinahe ein außerweltliches Glühen verlieh.

Wunderschön, kam mir in den Sinn. *Aber nur von außen.*

„Ich will, dass du das wiederholst – aber jetzt mit Exos", sagte er und stopfte seine Hände in die Taschen seiner Anzughose.

„Hast du den Teil, dass unsere Verbindung abgebrochen ist, überhört?", fragte ich, war von der Arroganz und dem Mangel an Respekt dieses Mannes genervt. Okay, ja ... Den ganzen Abend zu weinen, war Zeitverschwendung gewesen, aber ich hatte Exos' Seele verschwinden *gespürt*. Das hatte mich total fertig gemacht. Was zum Teufel wollte er, das ich tat? Herumrennen und nach einem Mysterium suchen?

Gott, ich hasse das, dachte ich und fühlte mich plötzlich erschöpft. *Wo bist du, Exos?*

„Versuch es", war alles, was Cyrus sagte.

Es versuchen, wiederholte ich sarkastisch. *Ja, na gut. Ich werde es versuchen.*

Ich schloss meine Augen gekünstelt und konzentrierte mich dann auf den Teil, der mit Titus verbunden war. Seine Wärme floss zurück und koste mich mit seiner Energie und Liebe, wärmte mich mit seinem wohlbekannten Feuer. Meine Lippen verzogen sich beinahe zu einem Lächeln. Ich konnte die Erleichterung, die er mir verschaffte, beinahe schmecken.

Aber ich musste etwas tiefer gehen und nach dem verlorenen Band suchen, das eine Unmenge von Schmerz in meinem Herzen auslöste.

Exos, flüsterte ich und meine Erleichterung verwandelte sich in Schmerz. Die scharfen Kanten unseres Bandes drangen tief und Schmerz machte sich in mir bemerkbar, riss meine Seele entzwei.

Tränen stiegen mir in die Augen und drohten, hinunterzukullern, als ich am auseinandergerissenen Seil, das unsere Seelen verband, zog. Aber das Seil hing nicht schlaff, wie ich gedacht hatte. Es offenbarte nicht das zerfranste Ende, das ich erwartet hatte.

Nein, es war gespannt.

Ich verzog meinen Mund, war verwirrt.

Woran hielt es sich fest?

Ich folgte der dünnen Linie mit meinen Gedanken und spähte über den düsteren Abgrund meiner Seele, rüber zum Obsidian auf der anderen Seite. Er bewegte sich nicht.

Bewusstlos, flüsterten meine Gedanken. *Exos ist bewusstlos.*

Was hatte Cyrus nochmal gesagt? Dass sein Bruder ein Nickerchen machte?

Na ja, nicht ganz.

„Es ist, als läge er in einem Koma", flüsterte ich. „Er bewegt sich nicht. Denkt nichts. Er schläft, aber nicht aus freiem Willen." Ich stupste etwas fester und versuchte, ihn aufzuwecken. Aber seine Seele blieb weiterhin in sich eingerollt, gab keinen Mucks von sich und war allein.

„Kannst du etwas um ihn herum erkennen?" Cyrus' tiefe Stimme drang in meinen Kopf. Es war ein unwillkommenes Ziepen, das mich mein Gesicht verziehen ließ.

Ich mag deinen Bruder echt nicht, sagte ich zu Exos.

Keine Antwort.

Ich seufzte, sah mich in den Tiefen unserer Verbindung um und suchte nach irgendeinem Hinweis, der mir verraten würde, wo er lag. „Es ist zu dunkel", sagte ich kopfschüttelnd. „Als wäre er unter dem Erdboden."

„Gut. Kannst du irgendetwas riechen? Etwas hören?" Cyrus' Stimme hatte jetzt einen beruhigenden Ton. Einer, von dem er vermutlich dachte, dass er helfen würde. Aber er erzürnte mich nur noch mehr. Ihm meine Faust ins Gesicht zu schlagen, wäre eine außergewöhnliche Erfahrung gewesen und weitaus erfüllender, als ihm eins auf die Wange zu klatschen.

Aber ... er hatte recht.

Exos ist am Leben.

Und das zu wissen, beruhigte meine Seele.

Ich seufzte und war froh, dass er noch lebendig war – während ich mir gleichzeitig Sorgen darüber machte, wo er sein könnte.

Feucht.

Düster.

Kerker.

Ich schüttelte meinen Kopf und erkannte nichts, das ich sah oder roch oder hörte. „Er ist definitiv unter dem Erdboden." Meine Nase juckte angesichts des penetranten Geruchs von Moos und Rost. Ein Dröhnen von Maschinen folgte, eine Art konstantes Kurbeln, und das Lachen eines Mannes. Ich preschte tiefer vor und versuchte, mehr zu vernehmen, aber ich wurde von einer unsichtbaren Kraft rausgedrückt. Sie war so mächtig, dass sie mich mit einem Zischen zu Boden sandte.

Cyrus fing mich auf. Seine Hände auf meinen nackten Schultern fühlten sich unbekannt an. Seine Worte waren angesichts des brodelnden Vulkans in mir kaum zu hören. *So heiß. Zu heiß.* Ich rang nach Luft und Energie sauste über meine Haut, kratzte an meinem Wesen. Ich konnte nicht ausmachen, was passierte. Das Inferno überkam mich, bis eine plötzliche Welle mich tief unter Wasser zog.

Ich würgte und spuckte und hustete Meereswasser hoch und Cyrus' Hand war ein stetes Pochen an meinem Rücken.

„*Was zum Teufel?*", wollte Titus wissen.

Ich konnte nicht aufhören, zu würgen. Eis schnürte mir von innen her die Luft ab. Wenn Cyrus etwas darauf erwiderte, konnte ich ihn nicht hören. Die Geräusche des Ozeans waren alles, was ich hörte. Alles verschwamm vor meinen Augen – der Mond, die Sterne, die Gebäude.

Exos' Seele berührte meine. Ein Hauch Besorgnis lag der sanften Berührung inne und verschwand im nächsten Moment hinter einer Mauer aus Efeuranken, die ich nicht durchdringen konnte.

Jemand versucht, unser Band zu brechen, realisierte ich und riss meine Augen auf. Mein Mund versuchte die Worte auszusprechen, aber alles, was rauskam, war noch mehr Wasser.

Titus brüllte.

Cyrus klopfte mir auf den Rücken.

Chaos, dachte ich mir in meinem Delirium und versuchte wieder Kontrolle über mich und meine Umwelt zu kriegen.

Tief einatmen, sagte jemand.

Ich hörte darauf.

Und jetzt ausatmen.

Ich tat es.

Cyrus erschien wieder über mir und seine Augen glühten voller Kraft und Entschlossenheit. Seine Seele fühlte sich merkwürdig an. Nicht willkommen. Sein charmantes Gesicht war eines, das ich nie wiedersehen wollte.

Er lächelte, als könnte er meine Gedanken hören, und sein Daumen strich über meine Wange. Erst dann realisierte ich, dass ich in seinem Schoß lag und wie ein Baby an ihn gedrückt war.

Bäh. Überhaupt nicht, wo ich sein wollte. Ich versuchte mich zu winden, aber seine Arme waren zu stark und sein Griff zu fest.

„Du hast versucht, mich am lebendigen Leib zu verbrennen, kleine Königin", murmelte er amüsiert.

Was? Das hatte ich ganz bestimmt nicht.

„Also hast du im Gegenzug versucht, sie zu ertränken?", wollte Titus wissen und klang wutentbrannt. „Du hättest sie beinahe umgebracht!"

„Ich habe sie nur in die Schranken gewiesen", erwiderte Cyrus und sein Blick ruhte noch immer auf mir. „Oder besser gesagt: Ich habe wen auch immer versucht hat, sie zu kontrollieren, darüber informiert, dass ich mich nicht so einfach geschlagen geben werde." Er musterte mein Gesicht und Seelenmagie waberte in den Tiefen seiner Augen. „Wer auch immer meinen Bruder gefangen hält, ist mit dem Element der Seele verbunden und äußerst mächtig."

Ich blinzelte. War das die Kraft gewesen, die ich gespürt hatte und mich aus Exos' Gedanken drängen wollte? Die Person, die unser Band kappen wollte?

Cyrus nickte. „Ja jemand hat versucht, euer Band zu benutzen, um an mich ranzukommen." Hatte ich meine Gedanken laut ausgesprochen? Oder hatte er sie mir von den Augen ablesen können? „Was auch erklärt, warum mein

Bruder versucht hat, dich auszusperren", fuhr er fort. „Das ist der Schmerz, den du vor ein paar Stunden gespürt hast. Exos hat versucht, die Verbindung zu schließen, um dich zu beschützen." Er fuhr mit seiner Hand durch mein Haar und seufzte. „Das wird es schwieriger machen, ihn zu finden, aber ich verstehe seine Entscheidung."

„Also hat eine Seelenfee ihn", überlieferte Titus.

„Wie es scheint, ja. Und eine mächtige dazu." Cyrus streichelte mich weiter und verwirrte mich total. Vor allem, weil ich es *mochte*.

Nein. Auf keinen Fall. Ich würde mich *nicht* zu diesem Vollidioten hingezogen fühlen.

Erstens war er Exos' Bruder.

Zweitens war er ein Arschloch.

Drittens musste er damit aufhören, mich anzusehen, als würde er sich um mich scheren. Als würde ich ihn irgendwie amüsieren.

Er lachte. „Langsam beginne ich zu sehen, was er so anziehend findet", murmelte er und legte seinen Kopf schief. „Sie ist weitaus angenehmer, wenn sie still ist."

Ja, ich hasse ihn. Ich begann mich erneut zu winden, aber diese Arme aus Stahl hielten mich an Ort und Stelle. „Lass mich los", schaffte ich zu sagen. Meine Stimme war ein Krächzen, das ich kaum wiedererkannte.

„Nein." Er sah zu Titus. „Es gibt wenige lebendige Seelenfeen, die meinen Bruder unterwerfen und mich durch ihr Band erreichen könnten."

„Mortus", erwiderte Titus.

Cyrus nickte. „Er ist ein potenzieller Verdächtiger, ja. Aber allein ist er nicht stark genug. Wie dem auch sei ... Ich würde sagen, wir sollten ein Auge auf ihn haben."

„Oder ihn in eine Ecke treiben und verlangen, dass er uns sagt, was er weiß."

„Das wäre die Vorgehensweise eines Anfängers. Ich spiele

in der Liga der Feenpolitik, Feuerfee. Wir müssen so tun, als wäre alles normal. Claire weiter trainieren und sie auf den bevorstehenden Kampf vorbereiten. Wenn wir jemanden zu früh beschuldigen, riskieren wir Exos' Leben, und das ist kein Fehler, den ich einzugehen bereit bin."

„Wie bitte riskiert Mortus ausfindig zu machen und ihn zu zwingen, Exos' Aufenthaltsort rauszugeben, das Leben deines Bruders?", wollte Titus wissen und sprach die Worte, die mir im Kopf rumgingen, laut aus. Na ja, irgendwie, jedenfalls. Ich hatte ein paar zusätzliche Fluchworte und Befehle in meine Gedanken miteingewebt. Zum Beispiel: *Lass mich gehen, Arschloch. Ich werde persönlich mit Mortus sprechen und Exos zurückbringen.*

„Mortus ist alt und weise und wird nicht leicht nachgeben. Bis wir aus Mortus etwas rauskriegen, könnte Exos längst tot sein. Außerdem besteht die Chance, dass er unschuldig ist und nichts weiß."

„Kannst du nicht einfach in seinen Kopf dringen, wie Elana es bei den fiesen Mädchen gemacht hat?", fragte ich. Meine Stimme erholte sich langsam von dem, was auch immer passiert war.

„Mortus ist zu mächtig. Ich könnte ihn irgendwann brechen, aber es würde Wochen dauern – wenn nicht gar Monate. Und es würde jede Menge Energie kosten." Cyrus schüttelte seinen Kopf. „Unseren Angelegenheiten nachzugehen und ihm ein sicheres Gefühl zu geben, ist die klügere Vorgehensweise. Denn er wird uns früher oder später zu Exos führen. Vorausgesetzt, er ist der Bösewicht, natürlich."

„Ich habe einen Mann lachen gehört", flüsterte ich und erinnerte mich an das böse Lachen.

„Ein weiterer Hinweis, aber nicht genug, um uns sicher zu sein. Und wie ich schon sagte: Er wird nicht reden. Selbst wenn ich ihn also der Entführung meines Bruders bezichtige, riskieren wir, Exos nicht rechtzeitig zu finden."

Was bedeutete, dass Feen sterben konnten. Ich hatte nie gefragt, wie das vor sich ging, weil ich zu beschäftigt damit gewesen war, alles über diese neue Welt zu lernen. „Ist das der Grund dafür, dass ich Rost riechen konnte?", fragte ich mich laut. Es war eher eine Frage an mich selbst als an Titus und Cyrus. „Feen mögen kein Eisen, oder?"

Stille folgte auf meine Frage, gefolgt von einer sanften Stimme, die sagte: „Das ist eine weit verbreitete Legende auf der Erde."

River. Er musste gespürt haben, dass draußen Wasser benutzt worden war.

Ich sah mich um und bemerkte die Zerstörung, die Cyrus und ich angerichtet hatten. Verbrannter Boden, ein neuer Teich in einem vormalig ausgetrockneten Krater, alle Blumen kaputt und die Gebäude verkohlt.

Scheiße.

„Eisen tötet eine Fee nicht, kleine Königin", sagte Cyrus und seine Stimme war seltsam sanft. „Eine Fee stirbt, wenn die Seele stirbt – was bei Exos der Fall sein wird, wenn er zu lange ohne Lebensleine unter dem Erdboden gefangen gehalten wird.

„Wie lange?"

„Ein paar Monate. Bei einer Fee von Exos' Stärke vielleicht sogar ein Jahr", meinte er und zog mich endlich von seinem Schoß.

Ich krabbelte rückwärts, um mich so schnell wie möglich von ihm zu entfernen, und hielt nicht an, bis mein Rücken an Titus' Beine stieß. Zufriedenheit ummantelte mich augenblicklich und unter der Richtigkeit seiner Berührung entspannten sich meine Schultern.

„Na, ich glaube, das war genug für eine Nacht", sagte Cyrus und sah mich nicht an. „Du wirst sie morgen zur

Schule bringen. Ihren Stundenplan wiederaufnehmen. In der Zwischenzeit werde ich ein Auge auf Mortus haben." Er schien plötzlich nicht mehr so schroff, als hätte ich seine Gefühle mit meiner vehementen Ablehnung verletzt.

Das war ganz klar unmöglich. Denn die Fee war ein mächtiger Schwachkopf.

Titus beugte sich zu mir und half mir auf die Beine. Seine Arme schlangen sich um meine Hüfte. „Gehts dir gut?", flüsterte er, seine Lippen an mein Ohr gelegt.

„Es geht ihr gut", erwiderte Cyrus und die Abneigung von vorhin kehrte zurück. „Hör auf, sie zu verhätscheln, Feuerfee. Sie muss lernen, wie man kämpft, und nicht, wie man den Kopf einzieht." Sein kalter Blick richtete sich auf mich. „Du bist mächtig, Claire. Dich davor zu verstecken, macht dich nur schwach, und Schwäche wird dich umbringen. Es ist an der Zeit, erwachsen zu werden und deinen Platz in unserer Welt zu finden. Andernfalls wirst du sterben."

Mit dieser wunderbaren Ankündigung marschierte er davon in Richtung Seelen-Schlafsaal.

„Ich mag ihn echt nicht", murmelte ich, als er außerhalb unserer Hörweite war.

„Ja, ich nehme alles Negative, das ich über Exos gesagt habe, zurück. Er ist definitiv der Sympathischere von beiden." Titus presste seine Lippen an meine Schläfe. „Komm. Lass uns dich abtrocknen."

Die Erdfee und Vox standen mit düsteren Gesichtern direkt hinter dem Eingang.

„Wieso holt ihr nicht ein paar eurer Sachen?", schlug Titus mit sanfter Stimme vor. „Wir können uns morgen nach der Schule umorganisieren."

Vox nickte. „Wird sie zum Feuer-Campus gehen?"

„Ja." Titus fuhr mit seinen Fingern an meinem Rücken

hinab und ich erschauderte. „Ich werde den ganzen Tag über an ihrer Seite sein."

Die Erdfee schnaubte höhnisch. „Gut. Das bedeutet, dass wir uns keine Sorgen wegen ihr machen müssen."

Ich runzelte die Stirn, war mir nicht sicher, wie ich das verstehen sollte. Wir hatten uns noch nicht einmal vorgestellt. Jedenfalls nicht offiziell. „Sol, richtig?"

Seine braunen Augen sahen in meine und ein Zögern lag in ihnen. „Ja." Keine Ausführungen. Kein einladender Kommentar. Nichts, um das Gespräch weiterzuführen. Nur eine kurze Antwort und eine Grimasse.

Großartig.

„Tut mir leid, dass wir uns unter diesen Umständen begegnen", sagte ich mit sanfter Stimme. „Hoffentlich kann ich den Eindruck, den du von mir hast, später revidieren. Du weißt schon, wenn ich nicht aussehe wie eine ersoffene Ratte." Ich deutete auf meinen Kopf, um meine Aussage zu unterstreichen.

Voxs Lippen zuckten. „Ist nicht dein bester Look."

„Danke", antwortete ich und erwiderte sein Grinsen. „Aber ich hinterlasse gerne einen bleibenden Eindruck. Offensichtlich. Ich meine, ich habe diesen schrecklichen Vortex erschaffen, als wir uns vor ein paar Tagen begegnet sind. Heute Nacht habe ich Sol kennengelernt, nachdem ich überlebt habe, was sich wie eine Flutwelle angefühlt hat. Morgen werde ich im Unterricht vielleicht also einfach in Flammen aufgehen und all meine Kleider verbrennen. Könnte lustig werden, oder?"

„Deine Uniform für den Feuer-Campus ist feuerfest", erinnerte mich Titus lächelnd. „Aber die Show würde mir gefallen."

Sol schien nicht annähernd so amüsiert.

Aber wenigstens Vox lachte. „Mit dir wird es nie langweilig, Claire", sagte er mit sanfter Stimme.

Ich nickte. „Na, danke euch beiden, dass ihr … Na ja, ich schätze, einzieht."

„Nicht freiwillig", bemerkte Sol und verschränkte seine Arme vor seiner breiten Brust. Die Fee war gebaut wie ein Linebacker und seine über eins achtzig große Statur ließ mich winzig erscheinen.

Ich schluckte leer und sah hoch, um ihm wieder in die Augen zu sehen. „Ich … Ich kann mit Cyrus reden und dich von der Garde befreien, wenn du –"

„Das wird nicht passieren", sagte Cyrus und trat mit nichts als einem Handtuch um seine Hüften bekleidet ein.

Ja, er und Exos waren definitiv Brüder.

Muskelbepackt.

Perfekt.

Mit einem feinen Streifen Haar, der nach unten führte –

„Mein Bruder mag dir zuvor erlaubt haben, die Regeln zu machen. Aber ich kann dir versichern, dass ich nicht Exos bin." Sein eisiger Blick richtete sich auf mich und hielt Augenkontakt. Eine Warnung ging von seinen Augen aus, die mich sprachlos machte. Dann richtete er seinen Blick auf die anderen. „Sol und Vox, geht und holt eure Sachen. Ich erwarte euch binnen einer Stunde zurück. Wir werden ein paar Dinge für morgen besprechen. Titus, bade Claire, fick sie, was auch immer du tun musst, damit du und deine Gefährtin euch wohlfühlt. Ich will sie nicht wiedersehen, bevor sie ihren Unterricht absolviert hat." Er machte eine winkende Handbewegung, als würde er erwarten, dass wir seinen Befehlen Folge leisteten.

Und schockierenderweise taten die Feen das.

Sol murmelte leise etwas und zog Vox au der Tür, ohne Tschüss zu sagen. River folgte ihnen. Titus sah mich berechnend an. Sein Verdruss ließ Funken zwischen uns tanzen. „Je schneller wir Exos finden, desto schneller verzieht sich dieser Mistkerl wieder."

„Es ist, als hättest du meine Gedanken gelesen", erwiderte ich.

„Das habe ich", gab er zu. „Wie würde es dir gefallen, ein Feuer im Schlafzimmer zu entfachen? Eines, das sich ein paar Türen weiter ausbreiten könnte?"

Ich zog meine Mundwinkel hoch. „Echt jetzt. Es ist, als würdest du in meinem Kopf sitzen, Titus." Denn das hörte sich nach einer fantastischen Idee an.

„Ich bin froh, dass wir uns einig sind, Schätzchen." Er schlang seinen Arm um meine Schultern. „Lass ihn uns baden. In Asche."

„Ich liebe dich, Titus."

„Ich liebe dich auch, Claire."

SOL

„Ich habe dir gesagt, dass du dich dem Halbling fernhalten sollst", murmelte ich, während ich Klamotten aus seiner Kommode riss und sie auf das Bett schmiss. „Jetzt stecken wir bis zum Hals mit drinnen. Sie ist ein wandelndes Pulverfass und die Seelenfeen, die sie anzieht, sind kein Stück besser."

Vox seufzte und sandte eine Brise über seine durcheinandergeratenen Dinge, strich lose Steinchen weg, die ich heraufbeschworen hatte. Ich versuchte, ihn zu nerven, indem ich überall Schutt verteilte, aber meine Kraft und ich waren nie gut miteinander ausgekommen. Es war Teil einer Krankheit, mit der ich geboren worden war.

Eine Krankheit, die von den Seelenfeen ausgelöst worden war.

Und von der Mutter des Halblings.

Dieser silberne Ring in Voxs Augen, der ihn von anderen Luftfeen abhob, schimmerte. „Du bist nur besitzergreifend. Ich habe jetzt eine weitere Schülerin und du willst mich ganz für dich allein."

Ich runzelte die Stirn, weil das teilweise stimmte. Ich mochte die Idee, Vox zu teilen, nicht. Er hatte mir geholfen, so weit zu kommen, und ich wollte ihm auch helfen. „Wenn du mit Bestnoten abschließt, wirst du deinen Familiennamen reinwaschen können."

Vox zuckte zusammen. Er mochte es überhaupt nicht, über seinen königlichen Hintergrund zu sprechen. Und noch weniger darüber, dass eine Seite seiner Familie verstoßen und ihr ihr Erbe verwehrt worden war. Er bestand darauf, dass er nichts mit den Royals zu tun haben wollte – dass er sich weder um seine Abstammung noch Geld scherte. Alles, was er wollte, war, seinen Platz in der Gesellschaft zu finden und eines Tages ein Professor an der Akademie zu werden. Es war ein hochgestecktes Ziel und es würde mehr bedürfen, als nur mit Auszeichnung abzuschließen, damit das passierte. Es war ein Wunder, dass er überhaupt an der Akademie aufgenommen worden war.

Das war auch der Grund, warum er mich überhaupt am Hals hatte. Gab es einen besseren Weg, eine in Ungnade gefallene Fee davon abzuhalten, mit Auszeichnung abzuschließen und seinen Traum zu erfüllen, als ihn mit einem hoffnungslosen Fall zu beauftragen?

Aber Vox hatte mir tatsächlich geholfen und wir gaben ein gutes Team ab.

Vox ignorierte mich, während er jedes Hemd faltete und es dann in einen eleganten Koffer legte. Es machte mich verrückt, wie penibel er mit allem war, was er tat. Wir hätten nicht einmal packen sollen. Wir hätten dem König sagen sollen, dass er sich seine Befehle in den Hintern schieben konnte.

Aber er hatte nicht mir einen Befehl gegeben.

Nein, er hatte Vox einen Befehl erteilt und der Luftfee die Entscheidung überlassen.

Natürlich bedeutete das nicht, dass ich mein Missfallen nicht kundtun konnte. „Du weißt, dass nichts Gutes dabei rauskommen wird."

Vox zuckte mit den Schultern. „Vielleicht irrst du dich. Claire ist gar nicht so übel."

Ich rollte mit meinen Augen. „Du fühlst dich zu ihr hingezogen. Ich verstehe das, aber ich spreche nicht von Claire. Ich spreche vom König."

„Ich fühle mich nicht zu ihr hingezogen – auch wenn meine Magie das denkt", murmelte Vox und zog ein weiteres Steinchen aus dem Koffer, das irgendwie hineingeraten war. Da die Ordnung im Koffer jetzt wieder dahin war, nahm er eines der Hemden, das er bereits gefaltet hatte, raus und begann von vorne. Ein Schrei stieg in meinem Rachen hoch. „Sie ist nur verletzlich, Sol. Wenn sie Erdmagie um dich herum benutzt und du gezwungen bist, einzuschreiten, wirst du verstehen, was ich meine." Ein trockenes Grinsen zog auf seinem Gesicht auf. „Ich wette mit dir um einen ganzen Monat Punkte, dass, wenn das passiert, du von ihr angetan sein wirst – und zwar sehr. Du weißt, was man sagt." Er zwinkerte. „Je größer die Erdfee, desto heftiger verliebt sie sich."

Ich schnaubte. „Das ist eine einfache Wette. Meine Magie verfällt einem schönen Gesicht nicht so leicht wie deine. Die Wette gilt." Ich streckte meine Hand aus. Vox griff danach und wir schüttelten uns die Hände. Mein fester Griff umschlang seine schlanken Finger. Die Akademie verteilte für jeden Tag Punkte, welche für alltägliche Einkäufe benutzt werden konnten. Zum Beispiel Mahlzeiten, Vergnügungen und belanglose Käufe, für die ich nie sparte. Ich zog es vor, meine Punkte für Essen und noch mehr Essen auszugeben. Punkte konnte man sich auch durch hohe Punktzahlen während der Unterrichtsstunden verdienen oder indem man inneruniversitäre Feenspiele gewann. Aber ich verschwendete meine Zeit nie darauf. Ich hatte mehr als genug Essen, um mich bei Laune zu halten.

Apropos … Ich war am Verhungern. „Bist du endlich fertig mit Packen? Wir können auf unserem Weg zurück auf einen Snack in der Kantine vorbeischauen." Sie war vierundzwanzig Stunden am Tag geöffnet und würde im Moment ziemlich leer sein. Vor allem, weil es ein Abend vor einem Schultag war.

Vox ächzte. „Echt jetzt, Alter, die Kantine ist für jene, die sich nicht ihre eigenen Zutaten oder Küchenutensilien leisten können. Ich habe mehr als genug Punkte, um uns beide zu füttern."

Ich musterte die Zerstörung, die ich dem Fußboden bereits zufügte. „Vielleicht sollten wir heute in der Kantine essen. Immerhin schulde ich dir was dafür, dass ich deinen Besitz schon wieder kaputtgemacht habe.

Vox funkelte mich an. „Warum sollte ich eine Wette mit dir abschließen, wenn ich sowieso all meine Punkte an dich verschwenden muss? Lass uns verschwinden, damit es auf die Rechnung des Seelenkönigs geht und nicht auf meine."

Endlich sagte er etwas Vernünftiges.

Meine Erdmagie wütete in mir und verzehrte sich danach, freigelassen zu werden. Ein bisschen Chaos zu stiften, für das der König bezahlen musste, hörte sich nach Spaß an.

Gleich nach einem Snack, natürlich.

EXOS

Verdammt. Mein Kopf schmerzte und die Welt drehte sich hinter meinen geschlossenen Augen.

Ich spürte *ihn* – wie er in den Schatten lauerte und darauf wartete, dass ich aufwachte.

Nein, das stimmte nicht.

Nicht *er.* Ja, es war ein Mann. Aber etwas stimmte nicht –

„Er regt sich", sagte eine Stimme.

Ich kenne diese Stimme.

Woher kenne ich diese Stimme?

Verdammt, ich war echt benommen. *Was haben sie mit mir gemacht?*

Ja, sie. Konzentrier dich auf sie.

Wo ist Claire?

Ich versuchte sie zu erreichen und runzelte die Stirn. Sie war weit weg und ihre Seele von meiner abgetrennt. *Warum? Oh, weil ich eine Mauer gebaut habe. Warum habe ich das getan?*

Meine Gedanken rasten, suchten nach einem Grund, und die Stimmen außerhalb meiner Zelle wurden lauter.

Kerker.

Ich bin unter dem Erdboden-

Warum?

Weil mich jemand bewusstlos geschlagen hatte.

Meine Augenlider flatterten und mein Gehirn arbeitete, Erinnerungen stiegen hoch.

Oh Scheiße …

Ich setzte mich kerzengerade auf. Ich musste sie warnen. Musste ihr sagen, was ich rausgefunden hatte. „Claire!"

Ein Schuss Seelenenergie traf mich mitten in die Brust und klatschte mich rückwärts gegen die Mauer. Mein Kopf prallte fest gegen den Stein.

Claire, es ist nicht, wer wir gedacht haben. Es ist –

CLAIRE

*E*xos!

Ich setzte mich ruckartig auf und meine Hand war auf mein pochendes Herz gelegt.

Titus regte sich neben mir. Seine Bauchmuskeln spannten sich an, als er sich im Schlaf streckte. Er murmelte meinen Namen und seufzte, zog seine Mundwinkel hoch.

Mein Gott, er war wunderschön.

Für ein paar selige Stunden hatte er mir geholfen, zu

vergessen. Er hatte mir ein Vergnügen verschafft, das noch immer durch meinen Körper floss.

Bis Exos mich rief.

Ich rieb meine Brust, zog vorsichtig am verwundeten Band und fragte mich, was er mir zu sagen versucht hatte. Es hatte wie eine Warnung geklungen – ein lautes Flehen, das ich zuhören sollte –, nur um dann von etwas Schroffem stumm gemacht worden zu sein. Die Verbindung zwischen uns blühte auf, war lebendiger als zuvor, und doch von einer düsteren, beunruhigenden Energie umgeben. *Wer bist du?*, fragte ich mich und achtete darauf, die Essenz nicht aufzuscheuchen. Sie schwebte über unserem Band wie eine dicke Wolke – bedrohlich, grausam und voller böser Absichten.

Etwas daran schien mir bekannt und erinnerte mich an den außer Kontrolle geratenen Wirbelsturm im Luft-Campus diese Woche. Aber das war unmöglich. Aerie hatte das Chaos gestiftet und mir dann die Schuld dafür in die Schuhe geschoben.

Woher kenne ich dich also? Ich lugte unter der Decke hervor. Mein Körper war von Titus Bemühungen wund. Ein Blick auf die Uhr ließ mich ein Ächzen runterschlucken. Ich hatte vielleicht so um die zwei Stunden geschlafen. Das würde reichen müssen, denn jetzt war ich hellwach. Aber Titus konnte noch ungefähr eineinhalb Stunden schlafen, bis er aufstehen und zur Schule musste.

Vielleicht würde ich ihm Frühstück machen.

Ich lächelte angesichts des Gedankens, etwas *Normales* zu tun. Dann erinnerte ich mich daran, dass es nichts *Normales* an Feen-Essen gab. Stirnrunzelnd zog ich mir seidene Shorts und ein Mieder an und machte mich dann auf in die Gemeinschaftsküche des Schlafsaals. Mal sehen, was ich finden konnte.

Keine Eier.

Keinen Speck.

Nicht einmal Kartoffeln.

„Was zum Teufel soll ich ohne Grundnahrungsmittel kochen?", grummelte ich. Mir war so ziemlich jedes Nahrungsmittel im Kühlschrank unbekannt. *Was würde ich nicht alles dafür geben, etwas Käse und Paprika für ein Omelett zu haben*. Ach, mein Magen knurrte zustimmend, als ich darüber nachdachte.

„Ähm, brauchst du Hilfe?", fragte eine sanfte Stimme hinter mir.

Ich wirbelte herum und sah Vox in Pyjamahosen in der Tür stehen. Sein langes Haar hing zerzaust um seine nackten Schultern. Ich blinzelte zweimal, war vom Anblick seines überraschend durchtrainierten Bauchs beeindruckt. Sein schlanker Körper hatte meine Erwartungen niedrig gehalten, aber Vox besaß den Körper eines Läufers – schlank und athletisch. Kein einziges Gramm Fett an ihm.

Er zog eine dunkle Augenbraue hoch. „Claire?"

Ich schüttelte meinen Kopf und lüftete ihn damit durch. „Tut mir leid. Du hast mich erschreckt." *Eine Untertreibung. Wohl eher schockiert.* Ich hüstelte, um meinen plötzlich belegten Hals zu lösen. „Ich, ähm, … wollte ein Omelett machen. Aber es sind keine Eier da."

„Eier?", wiederholter er stirnrunzelnd. „Am Morgen?"

„Wann würde man Eier sonst essen?", fragte ich mich laut. Er starrte mich einen langen Moment an und zuckte mit den Achseln. „Nicht morgens, aber okay." Er begann in den Schränken zu suchen, bis er zwei Kartonschachteln fand und sie auf den Tresen stellte. Er inspizierte den Inhalt und lächelte. „Die kannst du verwenden. Sie sind frisch."

„Wieso sind sie nicht im Kühlschrank?"

„Warum würde man Eier im Kühlschrank aufbewahren?",

konterte er. Ich dachte darüber nach und seufzte schließlich. „Ich habe gehört, dass es in Europa auch nicht sehr üblich ist. Muss wohl so sein." Was auch immer. Ich wollte Eier und er hatte sie mir gegeben. „Was ist mit Käse?"

„Warum würde man Eier und Käse miteinander vermischen?"

„Weil es köstlich ist?", schlug ich vor.

Mit einem zweifelnden Blick auf seinem Gesicht öffnete er den Gefrierschrank und zog einen hellen, orangefarbenen Klotz daraus. „Hier."

Eklig. „Das ist kein Käse."

Er sah das Ding an. „Ähm, doch, ist es." Er stellte es auf den Tresen. „Sonst noch was?"

„Pilze, Zwiebeln und Speck."

„Das ist eklig", gab er von sich und sah entsetzt aus. „Nicht, dass ich wüsste, was Speck ist … Aber wieso zum Teufel würde man einen Pilz mit Käse und Eiern verderben?"

„Hast du es probiert?", fragte ich.

„Natürlich nicht. Es klingt schrecklich."

Ein Lachen kam mir über die Lippen und meine Schultern zitterten. Dann brach ich in ein unaufhaltsames Kichern aus. Es schien, als ob ich nicht aufhören konnte.

Er dachte, dass ein Omelett sich schrecklich anhörte. Diese Fee. Eine, die vermutlich dieses schrecklich aussehende grüne Glibberzeug aß, das Exos so mochte. Ich konnte nicht aufhören zu lachen. Die Belustigung über das alles stieß in einer Welle der dringend benötigten Entspannung aus mir.

Diese ganze Welt, all diese Männer waren komplett unfassbar und doch echt. Und sie wollten kein Omelett essen.

„Was zum Teufel hast du mit ihr gemacht?", wollte eine ruppige Stimme wissen und ließ die Schränke um uns erzittern. „Hast du sie kaputtgemacht?"

„Sie will irgendeine Abscheulichkeit aus Eiern und Käse machen", erklärte Vox und erschauderte.

Ich lachte daraufhin nur noch lauter.

„Warum in aller Welt würde man Eier und Käse zusammenwerfen?", wollte Sol wissen und klang von der bloßen Idee beleidigt.

„Oh, und sie will Pilze und Zwiebeln dazugeben und etwas namens Speck." Vox würgte angesichts dieses Gedankens und Sol tat es ihm gleich.

Ich wischte mir Tränen aus den Augen und war unglaublich amüsiert. „Bringt mir ein paar Pilze und Zwiebeln und dann parkt eure Hintern da." Ich zeigte auf die Hocker an der Bar. „Ich werde euch umhauen."

„Meinen Hintern parken?", wiederholte Sol und sah Vox an. „Ist dieses Mädchen zu fassen?"

Die Lippen der Luftfee zuckten. „Ich muss zugeben, ich bin neugierig." Er begann die Küche zu durchsuchen und reichte mir einen einzelnen Pilz, der so groß war wie ein Salatkopf. „Zwiebeln, Zwiebeln, Zwiebeln", wiederholte er und durchsuchte den Gefrierschrank. „Nein, keine Zwiebeln. Aber ich kann es für später auf meine Einkaufsliste schreiben."

„Vielleicht im Schrank?" Wurden Zwiebeln nicht dort gelagert?

Die beiden Männer sahen einander, dann mich an. „Was?", sagten sie gleichzeitig.

„Egal", sagte ich seufzend. „Was ist mit Paprika? Ich meine das Gemüse, nicht das Gewürz."

„In welcher Welt ist Paprika auch ein Gewürz?", wollte Vox wissen und suchte bereits danach.

Er reichte mir einen Augenblick später zwei orangefarbene Paprikas und ich lächelte. „Endlich etwas Normales." Sie waren nicht kalt, aber sie rochen frisch. „Und Paprika kann auf der Erde auch ein Gewürz sein."

„Menschen sind merkwürdig", murmelte Sol und setzte sich an den Tresen. „Hübsch, aber merkwürdig."

Ich zog meine Mundwinkel hoch. „Du findest Menschen hübsch?" Ich suchte nach einem Messer und begann die Paprika zu zerteilen, was den mich beobachtenden Vox entsetzte.

„Na, du bist die einzige Sterbliche, die ich kenne", sagte Sol und zuckte mit einer Schulter. Anders als sein Freund trug er ein Oberteil. Aber etwas sagte mir, dass sich darunter stahlharte Muskeln verbargen.

Nicht, dass ich daran denken wollte.

Oder an Vox.

Ich hatte einen wie aus Stein gemeißelten, wunderschönen Titus im Nebenzimmer, der auf mich wartete. Hoffentlich machte es ihm nichts aus, dass ich Frühstück für sie alle machte.

„Wie schmelze ich diesen Käse?", fragte ich und sah Vox an. Er würgte augenscheinlich erneut. „In einer Pfanne?" Er griff nach einer Bratpfanne unter dem Herd. Dass es mir bekannte Utensilien gab, ließ etwas in mir aufleben – genauso wie in einer Küche und von Nahrungsmitteln umgeben zu sein, die ich größtenteils kannte. Na ja, abgesehen davon, dass die Eier eine merkwürdige lilafarbene Konsistenz hatten, als ich sie aufschlug.

Und der Käse war alles andere als Cheddar.

Sol und Vox sahen mir mit offensichtlicher Abscheu zu, als ich alle Zutaten miteinander in der Pfanne vermischte. Keiner von ihnen sagte etwas. Okay, es sah überhaupt nicht aus wie ein Omelett, als ich fertig war. Es sah eher aus wie lilafarbenes Hackfleisch mit einem starken Gemüsearoma. Aber der geschmolzene Käse brachte mich zum Lächeln.

„Habt ihr Tomaten?", fragte ich.

Die beiden Männer sahen aus, als wollten sie sich übergeben.

„Egal", sagte ich langsam und zog meinen Mund zur Seite. „Menschen nennen das –"

„Was zum Teufel riecht hier so?", wollte eine königliche Stimme wissen und Cyrus trat ein, trug einen Anzug aus Exos' Schrank. Natürlich hatten sie dieselbe Größe.

„Claire hat Frühstück gemacht", flüsterte Vox angewidert und mit gerümpfter Nase.

Cyrus lief um den Tresen und musterte die Pfanne. „Das ist widerwärtig, Claire."

„Dann ist es gut, dass ich es nicht für dich gemacht habe", fauchte ich und meine Freude verwandelte sich auf der Stelle in Genervtheit. „Wenn niemand –"

Sol tippte auf den Tresen und machte einen Riss in den festen Granitstein. „Ich will es versuchen."

Vox schwang sich auf seinem Hocker herum und gaffte seinen besten Freund mit offenem Mund an.

„Was?", sagte die Erdfee und sah ein bisschen verärgert aus. „Es ist Essen. Ich mag Essen."

Cyrus schnaubte. „So eine einfältige Kreatur. Ich passe."

„Wenn man bedenkt, dass ich für dich nichts mitgemacht habe, ist das total in Ordnung." Ich griff nach einem Teller und schnitt ein Stück des Omeletts für Sol ab und stellte ihn auf den Tresen, wo er bereits mit einer Serviette im Schoß wartete.

Er starrte es an und zuckte mit den Schultern. „Cool." Dann nahm er es in seine Hand und biss ab.

„Ähm, man sollte dafür eine Gabel benutzen …" Ich zog meinen Mund zur Seite, wusste nicht, wo ich welche finden würde, aber Sol schien auch ohne klarzukommen.

Im Nu war die Hälfte der Portion weg. „Es ist verrückt, aber seltsamerweise gut." Er hielt es Vox hin, damit er abbeißen konnte.

Und zu meiner Überraschung tat er das auch. Sein Überdruss verwandelte sich in Staunen. „Ha. Ich hätte nie daran gedacht, diese Zutaten zusammenzuschmeißen." Er sah mich an. „Okay, Claire. Ich hätte gerne eine Portion."

Meine Brust schwoll voller Stolz an und ich schnitt ihm ein Stück ab, reichte es ihm – zusammen mit einer Gabel.

Aber wie Sol ignorierte er diese.

Die letzten beiden Stücke waren für mich und Titus, sodass Cyrus keines abhaben konnte. Wie es der Mistkerl verdiente. Nicht, dass es ihn zu kümmern schien, zumal er einen grünen, blättrigen Shake zubereitete. „Na, *das* nenne ich widerwärtig", murmelte ich und sah ihm dabei zu, wie er mehrere Pflanzen in den Mixer gab.

„Dann trifft es sich gut, dass ich es nicht für dich mache", äffte er mich nach und kniff seine Augen zusammen.

Ich schnaubte und griff nach den beiden Tellern, die ich gerade für mich und Titus vorbereitet hatte. „Charmant wie immer."

„Oh, du hast meinen Charme noch gar nicht erlebt, kleine Königin." Sein Blick wanderte zu meinem Ausschnitt und tiefer. „Ich schlage vor, du ziehst dir etwas Angemesseneres für die Schule an."

„Danke, Papa", erwiderte ich mit zuckersüßer Stimme.

Vox und Sol verfolgten den Austausch mit furchtvollen und schockierten Gesichtern. Ich lächelte sie an und bemerkte ihre leeren Teller. „Seht ihr? Eier und Käse können gut zusammen sein, was?"

„Nicht meine erste Wahl", gab Vox leise zu. „Aber nicht annähernd so schlimm, wie ich befürchtet hatte."

Sol hob eine seiner breiten Schultern. „Ich weiß nicht. Mir hat es geschmeckt. Besser als das Essen in der Kantine."

Cyrus schnaubte. „Kein durchschlagendes Kompliment, wenn du mich fragst." Er drängte mich gegen den Tresen hinter mir und suchte nach einem Strohhalm. Sein Blick ließ keinen Moment von mir ab. „Wenn du Hausfrau sein willst, werde ich ein paar Rezepte meiner Mutter rüberschicken lassen. Damit du deinen Job richtig machen kannst."

Wenn keine Teller in meinen Händen gelegen hätten, hätte ich ihm erneut eine runtergehauen. „Aus dem Weg", befahl ich.

Er legte seinen Kopf schief. „Sag bitte, kleine Königin."

Ich lächelte. Mir kam eine andere Idee. Ich sandte einen Energiestoß in seine Brust, was ihn gegen den Tresen stoßen ließ, an dem Vox und Sol mit offenen Mündern saßen. *„Bitte"*, sagte ich mit überdrüssig süßem Ton.

Cyrus schien nicht genervt oder wütend, nur amüsiert. „Vorsichtig, Claire. Andernfalls werde ich Exos stecken müssen, dass du mit mir flirtest."

Ich lachte höhnisch. „Vorausgesetzt, du bist noch am Leben, wenn wir ihn finden."

Vox rang nach Atem und Sol lachte.

„Ja, okay. Ich mag sie", murmelte der große Kerl. „Das genügt." Er stieß sich vom Tresen ab. „Vergiss nicht, Zwiebeln für morgen zu kaufen, Vox. Ich will die menschliche Version eines Eierkuchens nochmal probieren, aber mit den Zutaten, die sie gewohnt ist. Also finde dieses Eck-Zeug, oder wie auch immer du es genannt hast."

„Speck", erwiderte ich.

Er schnipste mit den Fingern und das ganze Gebäude erzitterte. „Genau. Was auch immer Speck ist." Er klopfte Vox auf den Rücken. „Ich werde mich für die Schule bereit machen."

Er verschwand den Gang runter und pfiff, während er lief.

Seine Größe hatte mich zuerst eingeschüchtert, aber jetzt mochte ich den Riesen irgendwie. Ich starrte ihm liebevoll nach, bis Cyrus in mein Blickfeld trat. „Geh deinen Gefährten füttern, kleine Königin."

„Claire", korrigierte ich ihn, war wieder wütend. *Ich bin nicht klein, verdammt nochmal.*

„Klar", erwiderte er und nippte an seinem grünen Schleim. „Hab einen schönen Tag, *Claire.*"

„Leck mich am Arsch, Cyrus", erwiderte ich lächelnd und machte auf meinem Absatz kehrt.

Anstatt darauf einzusteigen, lachte er nur. Das Geräusch verfolgte mich bis zu meinem Zimmer. Ich hasste es, wie sehr es meine Haut brutzeln und meinen Bauch sich anspannen ließ. Dieses Arschloch hätte wenigstens hässlich sein können. Aber nein, er musste aussehen wie Exos in seinem Dreiteiler und puren Sex verströmen.

Mistkerl.

„Viel Spaß in der Schule", murmelte Vox, als er an mir vorbeiging. Seine Luft-Fähigkeit schien die Worte nur an mich zu richten. „Und hey, das war ein netter Windstoß in der Küche", ergänzte er und seine Grübchen zeigten sich. „Ich hätte es nicht besser machen können."

Meine Wangen erröteten, als ich das Kompliment vernahm. Ich hatte diesen Energiestoß nicht absichtlich von mir gegeben. Ich hatte den königlichen Mistkerl dazu bewegen wollen, mir aus dem Weg zu gehen. Aber es war schön zu wissen, dass ich es richtig gemacht hatte. „Danke", sagte ich leise.

Er griff um mich, um die Tür zu öffnen. Etwas, das ich noch nicht versucht hatte, weil ich zwei Teller in der Hand hatte. „Sag Titus nicht, was da drin ist, wenn du willst, dass er es isst", riet mir Vox. „Sag es ihm danach."

„Werde ich machen", erwiderte ich. „Bis später."

„Jepp." Er nickte und zwinkerte mir zu, ließ mich meine Pläne für Frühstück im Bett in die Tat umsetzen.

Titus saß bereits auf mich wartend da. Sein Rücken war ans Kopfbrett des Bettes gelehnt und sein kastanienbraunes Haar war vom Schlafen zerzaust. Ich hatte ihm mehr Zeit geben wollen, um sich auszuruhen, aber wenn ich ehrlich war, war das Kochen weitaus schneller vonstattengegangen, als ich gedacht hatte. Aber er schien sich überhaupt nicht daran zu stören. Seine grünen Augen beobachteten mich, während ich näherkam. „Ich mag es nicht, ohne dich in meinen Armen aufzuwachen", sagte er mit tiefer, attraktiver Stimme.

Ich stellte die Teller auf den Nachttisch und krabbelte ins Bett, setzte mich rittlings auf seine strammen Hüften. „Ich wollte für dich kochen."

„Warum?", fragte er.

„Weil ich es früher genossen habe, zu kochen, und ich eine Ablenkung gebraucht habe."

Etwas seiner verführerischen Energie verfloss. „Exos?"

Ich nickte. „Er hat nach mir gerufen, aber bevor ich antworten konnte, war er wieder weg."

Titus legte seine Hand an meine Wange und sein Daumen strich über die Tränensäcke unter meinen Augen. „Wir werden ihn finden", versprach er. „Aber Cyrus hat recht, wenn er sagt, dass wir das Schauspiel aufrechterhalten sollen. Wir müssen so tun, als wäre alles normal, um Mortus in die Falle zu locken – oder wer auch immer hinter der Sache steckt. Um der Person das Gefühl zu geben, sie sei sicher."

„Und was, wenn das nicht funktioniert?", fragte ich und biss mir auf die Unterlippe.

„Dann wirst du weiter durch das Band nach ihm suchen, aber vorsichtiger als letzte Nacht." Er zog mich näher zu sich und seine Lippen berührten meine. „Das nächste Mal werde ich dir helfen, und nicht dieser königliche Mistkerl." Ich lächelte. „Das würde mir besser gefallen." Ich küsste ihn erneut. „Mmh, es gibt jede Menge Dinge, die mir sehr gefallen würden."

„Ach ja?", fragte er und seine Zunge glitt in meinen Mund,

um mich zu kosten. „Was denn zum Beispiel, Claire? Was würde dir im Moment gefallen?"

„Mmh." Ich saugte seine Unterlippe in meinen Mund und ließ sie mit einem Ploppen los. „Ich habe dir Frühstück gemacht."

Er zog seine Augenbraue hoch. „Ich weiß."

„Ich will, dass du es isst", flüsterte ich und küsste mich an seinem Kiefer entlang zu seinem Hals runter. „Bitte." Ich leckte an seinem Hals hoch und hinterließ einen feuchten Weg zu seiner muskulösen Brust. „Du isst, während ich mir eine Vorspeise gönne." Ich sah zu ihm hoch und setzte meinen Weg fort, küsste und saugte und prägte mir die Muskeln an seinem Bauch auf meinem Weg runter zum Hauptpreis ein.

„Claire", flüsterte er und Funken sprühten in seinen Augen. Seine Härte lag zwischen seinen Beinen und an seiner Eichel schimmerte ein willkommener Lusttropfen.

„Iss dein Frühstück, Titus", sagte ich und meine Lippen schwebten über seinem Schwanz. „Und ich werde meines genießen."

Ich kostete seine Härte und stöhnte, als sein salziger Geschmack auf meine Zunge traf. Dann nahm ich ihn tief in meinen Mund. Er fluchte und seine Finger vergruben sich in meinem Haar, ermutigten mich dazu, weiterzumachen. Titus und Exos hatten mich so viele Male gekostet, aber ich hatte den Gefallen nie erwidert. Und der heutige Morgen schien mir die perfekte Möglichkeit, um es zu tun.

„Scheiße", keuchte er und sein Griff verfestigte sich, als ich mehr von ihm in mir aufnahm. Er war zu groß für mich, sodass ich ihn nicht komplett in mir aufnehmen konnte, also schlang ich eine Hand um die Wurzel und drückte zu. Anstatt sein Frühstück zu essen, starrte er mich vergötternd und lusterfüllt an. Sein Verlangen ließ mich feucht werden. Es sollte hier um ihn gehen, aber mein Körper reagierte entsprechend und ließ ein Stöhnen in meinen Hals steigen, das gegen seinen Schaft vibrierte.

Titus knurrte und stieß seinen Schwanz nach oben, zwang mich, mehr von ihm zu schlucken. Er fluchte und sein Mangel an Kontrolle machte sich bemerkbar, indem er sich zu entfernen versuchte. Aber ich weigerte mich, das zuzulassen. Ich brauchte die befähigenden Bewegungen seiner Hüften. Ich versenkte meine Nägel in seinen Schenkeln, während meine andere Hand noch immer fest um seine Wurzel geschlungen war. Ich stöhnte, als er sein Becken erneut nach oben drückte.

„Dein Mund fühlt sich himmlisch an, Claire." Der schroffe Ton seiner Stimme löste eine Lust in meinen niederen Regionen aus, die nur er stillen konnte. Aber ich ignorierte sie, um ihm Vergnügen zu bereiten. Meine Schenkel spannten sich an, um meine Begierde unter Kontrolle zu behalten. Feuer floss langsam von seinem Wesen in meines und die Flammen erwärmten meine Haut, forderten mein Feuer dazu auf, rauszukommen und zu spielen. Leidenschaft waberte zwischen uns. Ein Inferno erhob sich – wie immer, wenn Titus mich berührte. Mein Pyjama verwandelte sich in Asche, die Decke aber blieb unversehrt. Eine Zurschaustellung der Kontrolle meines feurigen Partners. Eine, die mich noch mehr anheizte.

Er zog an meinem Haar und ließ seine Härte aus meinem Mund gleiten. Dann zog er mich hoch, um mich zu küssen. Mein Rücken traf auf die Matratze und Titus' Hüften legten sich zwischen meine Schenkel. Mit einem einzigen Stoß drang er in mich, füllte mich vollends aus. Ich stöhnte und versenkte meine Nägel in seinen Schultern, um ihn an mich zu drücken, während mehr Flammen durch die Luft stoben.

Er bestimmte das Tempo – ein vernichtendes, hartes, bestrafendes, das mich in unserem Sexrausch dazu brachte, meinen Rücken in seine Richtung durchzudrücken.

Willkommene Ablenkung.

Ekstase.

Heiß.

Scheiße, er meisterte mich so gekonnt wie seine Flammen. Sein Körper kannte meinen auf eine Art wie niemand sonst. Er benutzte unser gemeinsames Element, um die Empfindungen zu verstärken, und umhüllte meine Haut mit einer Decke aus Hitze, die mich auf die beste Art unter ihm schreien ließ.

Härter.

Schneller.

Mehr.

Meine Rufe waren ein Wechselgebet und er erwiderte es ähnlich, gab mir, was ich wollte, bis eine Explosion zwischen uns hochging und weiße Lichter vor meinen Augen tanzen ließ. Sein Name war ein Fluch und ein Segen und ich betete seine Präsenz an. Unser Gefährtenband frohlockte.

„Meine Claire", flüsterte er mit seinen Lippen sanft an meine gelegt, seine Zunge eine süchtig machende Präsenz in meinem Mund, von der ich nie genug kriegen würde. Er küsste mich zärtlich, anbetend, liebevoll. Seine Hände strichen an meinen Seiten hoch und runter und sein Schwanz war ein Inferno in mir – und so verdammt hart, trotz unseres geteilten Orgasmus.

„Ich werde nie genug hiervon kriegen", sagte ich und vergrub meine Nägel in seinem Rücken, verbrannte seine Haut mit meinem Feuer, kennzeichnete ihn als meines.

Er lachte und legte seinen Mund an mein Ohr. „Erhebst du Anspruch auf mich, Claire?"

„Ja", fauchte ich und drückte mich erneut an ihn „Du gehörst mir."

„Und du gehörst mir", murmelte er, knabberte an meinem Hals. „Wir haben Zeit für eine weitere Runde vor dem

Unterricht. Es sei denn, du willst noch immer, dass ich was esse?"

„Du kannst auf dem Weg zur Schule essen", entschloss ich und vergaß mein Omelett. Ich würde ihm morgen ein frisches machen. „Fick mich nochmal, Titus."

„Wie du willst, meine Claire."

TITUS

Ich fuhr mir mit meinen Fingern durch mein Haar und ein komisches Gefühl machte sich in meiner Magengrube breit. Wenn ich es nicht besser gewusst hätte, hätte ich es Nervosität genannt. Aber ich war nie nervös. Nicht einmal vor meinen Kämpfen um den Titel als machtlosen Champion.

Und doch stellte hier neben Claire zu sitzen und zu wissen, dass ich ihr einziger Beschützer für die Unterrichtsstunde war, etwas mit mir an. Ich war beunruhigt und ich musterte alle Anwesenden im Zimmer mit einer Aufmerksamkeit wie nie zuvor.

Ich vermisste Exos und seine konstante Wachsamkeit beinahe.

Nicht, dass ich das jemals zugeben würde.

Ich brauchte etwas, das mich ablenkte, und die Vorlesung vor mir erfüllte diesen Zweck nicht. Obwohl Claire sie zu genießen schien. Sie saß auf ihrem kleinen, steinernen Podest in der Mitte des betonierten Hofes und hatte ihre Finger vor sich auf unser Pult ineinandergelegt.

Ein Engel in einer sündhaft perfekten Uniform. Ich hätte es zuvor nie bemerkt und hatte mir nichts daraus gemacht, dass die anderen alle dasselbe Outfit trugen. Aber Claire, mmmh … Ihre Beine sahen unglaublich aus in diesem Rock.

Das gab mir die perfekte Idee für eine Ablenkung. Ich sandte eine heiße Welle in die Kluft zwischen ihren Schenkeln – ein Teil von ihr, von dem ich nie genug kriegen würde. Obwohl ich sie heute Morgen zweimal gefickt hatte.

Ihre Augen weiteten sich, sie presste ihre Beine zusammen und warf mir einen bösen Blick zu. Ich grinste und deutete auf Professor Vulcan, der davon plapperte, wie man Feuer in kontrollierten Schüben benutzte.

Hör zu, formte ich mit meinen Lippen.

Daraufhin zeigte sie mir den Mittelfinger. Ich verzog das Gesicht, war mir nicht sicher, was das zu bedeuten hatte. Ich würde mich bei River über menschliche Gesten schlaumachen müssen.

Die Unterrichtsstunde war unglaublich langweilig – jedenfalls für mich. Fein säuberlich zusammengefasste Strohballen umrahmten die Außenarena und hatten Markierungen für verschiedene Schwierigkeitsgrade. Ich hätte sie alle im Handumdrehen in Flammen stecken können, aber das Ziel dieser Übung war, ein spezifisches Ziel zu entzünden, ohne die anderen zu entflammen.

Konzentration der Kontrolle war das Fach, das ich am allerwenigsten mochte. Hm, aber wie würde Claire sich schlagen? Würde sie in der Lage sein, es zu schaffen, wenn sie abgelenkt würde?

Ich lächelte, wunderte mich über meine eigene Boshaftigkeit.

Normalerweise wäre es eine gute Übung für sie. Ohne Ablenkungen. Aber wenn sie wirklich mal eine kontrollierte Flamme heraufbeschwören musste, würde es nicht in einer mucksmäuschenstillen Umgebung, in der sie sich konzentrieren könnte, passieren. Jemand hatte Exos entführt und war mächtig genug, um ihn betäubt zu halten. Wenn sie auf sie loskämen, würde sie bereit sein müssen.

Ich hatte wochenlang mit Claire trainiert. Sie konnte die Kraft ohne Mühe heraufbeschwören. Aber sie kontrollieren? Nicht so ganz. Und obwohl ich es liebte, sie die Kontrolle verlieren zu lassen, so war es an der Zeit, dass sie lernte, ihre Kräfte zu meistern.

„Claire", sagte Professor Vulcan und sie zuckte zusammen. „Wieso zielt du und dein Beschützer nicht und startet den ersten Versuch."

Claire erblasste und sie sah mich an. Ich kannte diesen Blick. Sie wollte definitiv nicht im Rampenlicht stehen – und erst recht nicht als Erste eine Übung absolvieren, die sie noch nie gemacht hatte.

Der Rest der Klasse hatte uns die ganze Zeit über neugierig angesehen. Ein Meer aus Feuerfeen, die im Vergleich zu Claires zierlichem Körper stämmig und hartgesotten aussahen. Sie musterte die Runde. Die meisten von ihnen hatten Tätowierungen oder Irokesen, was einen Menschen vielleicht eingeschüchtert hätte. Ich mochte meinesgleichen. Sie waren ehrlich, echt und leidenschaftlich. Claire würde sie besser kennenlernen und sie Claire – und sie würden sie so lieben lernen, wie ich sie liebte. Alles, was sie tun musste, war, ihr wunderbares Selbst zu sein.

Ich nahm ihre Hand und schenkte ihr ein rückversicherndes Lächeln. „Ich werde dir die Übung zeigen. Das wird lustig."

Professor Vulcan funkelte uns an. Er glich buchstäblich einer Flamme. Sein Haar stand kerzengerade hoch und ein roter Streifen zog sich in der Mitte durch. Er trat zur Seite und verschränkte seine muskulösen Arme. „Nur eine Demonstration, Titus. Ich muss die Kontrolle des Halblings einschätzen, bevor ich ihr andere Fächer zuteile."

Claire schluckte trocken. „Also ist das hier ein Test?"

Ich sandte eine Flamme hinter ihr Ohr und sie wedelte sie weg.

„Mach dir keine Sorgen, Schätzchen. Hier kannst du nicht durchfallen. Hier geht es darum, dein Feuer anzunehmen." Ich drückte ihr einen Kuss auf die Wange und sie versteifte sich, ihr Blick wanderte zu unserem Publikum.

Alle starrten.

Die meisten Schüler hatten diese Übung schon mal gemacht, aber sie wollten sehen, zu was Claire imstande war. Sie hatte einen schlechten Ruf aufgrund der Taten ihrer Mutter und war dann fälschlicherweise beschuldigt worden, elementares Chaos auf dem Campus gestiftet zu haben. Aber sie war unschuldig und es hatte sich herausgestellt, dass sie genauso ein Opfer wie alle anderen gewesen war. Und sie hatte überlebt. Was sie nicht realisierte, war, dass ihr Überleben ihr Respekt eingebracht hatte. Ich sah es in den Augen der anderen Feen. Sie wollten sie dafür bewundern, dass sie es lebendig durch den Feuersturm geschafft hatte.

Ich musste Claire allen Mut geben, damit sie sich hier akzeptiert fühlte. Alles, was sie tun musste, war, an sich selbst zu glauben.

Ich deutete auf einen Strohballen in der Ferne, in dessen

Mitte eine rote Flagge steckte und in die Höhe ragte. „Siehst du diese Markierung? Ich werde sie entflammen lassen, ohne einen der anderen Ballen in der Nähe zu berühren. Das Ziel der Übung ist Kontrolle, Claire." Ich neckte ihre Haut mit einer feurigen Streicheleinheit, woraufhin sie eine Augenbraue in meine Richtung hochzog. „Du? Kontrolle?" Sie sah auf die Gänsehaut, die sich auf ihrem Arm ausbreitete. „Mh-hm."

Ich antwortete darauf mit einer weiteren Welle der Hitze und sie erschauderte. „Zweifelst du meine Fähigkeiten schon an, Schätzchen?"

Sie kniff ihre Augen zusammen und ihr Blick richtete sich auf mich anstatt auf unsere Zuschauer. „Zeig mir, was du kannst."

„Wir beide wissen, was ich kann", sagte ich und spannte meine mentalen Muskeln an und zielte auf die Markierung auf dem Strohballen. „Bereit?"

„Hör auf zu labern und tu es", sagte sie. Ihre Lebhaftigkeit drückte durch.

Ich wackelte mit meinen Augenbrauen und entzündete das Stroh, ohne mich großartig anzustrengen.

Sie musterte das Feld und nickte. „Nicht schlecht. Also soll ich jetzt einen anderen entflammen?"

„Jepp", sagte ich und zog meine Flammen zurück. „Einen Ballen deiner Wahl. Stelle einfach sicher, dass es einer der markierten ist und nichts anderes."

Sie kaute auf ihrer Unterlippe herum und ließ ihren Blick über das Feld und die Ziele wandern.

Ich fragte mich, welches sie sich aussuchen würde. Sie sollte zurückhaltend sein und sich für ihren ersten Versuch ein Ziel in der Nähe aussuchen. Aber natürlich war das nicht der Stil meiner Claire.

Sie streckte ihre Hände aus und Flammen züngelten an ihren Fingerspitzen. Blaue Streifen wanden sich durch ihr

Feuer wie ein elementares Seil. Sie zischten mit kaum zurückgehaltener Kraft.

Das ist neu, dachte ich.

Die anderen Feen murmelten sich angesichts des Anblicks etwas zu. Ich lehnte mich näher zu Claire und presste meine Lippen an ihr Ohr. „Ist das Wasser?" Sie sah den Funken an und verzog das Gesicht. „Ja."

„Kannst du es zurückziehen und nur dein Feuer benutzen?"

Sie zog ihren Mundwinkel zur Seite. „Ich weiß es nicht."

Das war das Problem. Claires Kräfte kontrollierten sie, nicht umgekehrt. Was ein Problem darstellte, wenn sie nicht-feurige Elemente inmitten von Feuerfeen heraufbeschwor. Wenn ihre Wasser-Magie außer Kontrolle geraten würde, würde ich nicht helfen können. Und es würde vermutlich der ganzen Klasse bedürfen, um zu bändigen, was auch immer darin lag. Was bedeutete, dass ich mit Cyrus sprechen musste, zumal das Element, das jetzt überhandnahm, Wasser zu sein schien.

Großartig.

Hätte er River doch nur nicht gehen lassen. Aber wir alle wussten, dass das die richtige Entscheidung gewesen war. Cyrus' bekannte familiäre Verbindung zum Wasserfeen-König machten ihn ungemein mächtig und geübt im Element. Auch wenn er diese Seite seines Wesens nur wenig anerkannte. Er war zu beschäftigt damit, König der Seelenfeen zu sein.

Bei den Elementen, er hatte sich freiwillig gemeldet, ihr Wasser-Mentor zu sein, und angesichts des stärker werdenden blauen Strudels, der sich um ihr Feuer rankte, sollte er besser früher als später damit beginnen, sie zu trainieren.

„Ist schon gut", murmelte Claire mit leiser und angespannter, konzentrierter Stimme. Die sich windenden

Bänder aus Wasser breiteten sich über ihre Flamme aus und bildeten eine Art Tunnel, mit dem sie zielen konnte.

Soll das eine elementare Waffe sein?

Na, Scheiße.

Sie zielte auf die hinterste Markierung. Eine, die zu treffen sogar ich Probleme gehabt hätte – vor allem, ohne irgendetwas darum herum abzufackeln.

„Diese da", sagte sie und legte ihr Ziel fest. Dann strömte Hitze in einem sich bildenden Sturm aus ihr, die mich dazu brachte, meine Augen aufzureißen, und äußerst unangebrachte Empfindungen in meine unteren Regionen sandte. Verdammt, sie war heiß. *Buchstäblich.*

Das Inferno bäumte sich auf, bis sie zufrieden mit ihrem Ziel war. Dann erschütterte eine Explosion den Boden und ein Feuerball schoss direkt auf ihr Ziel zu. Er raste durch die Arena und umging alle anderen Strohballen, ohne sie anzurühren. Die geballten Flammen trafen vertikal auf das hinterste Ziel und ließen das Stroh mit einer Explosion, die den Himmel erleuchtete, in die Luft fliegen.

Ein Raunen ging durch die Feuerfeen.

Dann jubelten sie zustimmend und meine Brust schwoll stolz an.

„Heilige Scheiße!"

„Hast du das gesehen?"

„Sie ist verdammt nochmal atemberaubend!"

Claire strahlte und ließ ihre Hände sinken. Ihre Kräfte fanden mit einem Maß an Kontrolle zurück in sie, das ich nicht erwartet hatte. „Ich habe es geschafft", keuchte sie erleichtert, als hätte sie nicht erwartet, dass es positiv ausgehen würde. Sie schüttelte ihren Kopf und ein leises Kichern entfuhr ihr. „Jedes Mal, wenn ich meine Kräfte bisher in der Öffentlichkeit benutzt habe, hat es sich angefühlt, als hätte ich die Kontrolle über sie verloren. Aber das war nicht wirklich meine Schuld, oder? Es waren Ignis und die anderen Mädchen, die mir übel mitgespielt haben." In ihren blauen Augen schimmerte eine Hoffnung, die ich noch nie in ihr gesehen hatte. „Vielleicht *kann* ich es schaffen."

Ich nahm ihr Gesicht in meine Hände und zog sie zu mir, um sie zu küssen. Ich ließ meinen Mund über ihren schweben und kostete die Funken und leckte meine Lippen erwartungsfroh. „Du kannst alles schaffen, Claire. Alles, was du willst. Und ich werde direkt neben dir stehen und jeden Zentimeter von dir bewundern."

Es war mir mittlerweile egal, wer zusah. Ich legte meine Lippen auf ihre und sie öffnete sie für mich, ließ meine Zunge hineingleiten und die übriggebliebenen Nachwirkungen ihrer Kraft und ihrer Euphorie kosten.

Als ich von ihr abließ, hatten die Feuerfeen ihre Fassung noch mehr verloren. Sie liebten Leidenschaft und klatschten in die Hände, feuerten uns an, weiterzugehen.

„Okay, das reicht jetzt", meckerte Professor Vulcan – obwohl ich einen Funken Zustimmung in seinen Augen erkennen konnte. „Claire, ich werde morgen einen Stundenplan mit Elana entwerfen. Du brauchst fortgeschrittenes Training, kein intermediäres. Gut gemacht."

VOX

S peck kam von Schweinen.

Schweinen.

Auf. Keinen. Fall.

Wieso würde man ein Schwein essen wollen?

River hatte mir versichert, dass es im Reich der Sterblichen eine Delikatesse war, als ich ihn deswegen gefragt hatte. Aber ich würde das nicht in unserer Gemeinschaftsküche zulassen. Egal, wie gut Claire vorher in diesen kurzen Shorts und ihrem winzigen Tanktop ausgesehen hatte.

Oder wie ich mich gefühlt hatte, nachdem sie ihre Magie an Cyrus benutzt hatte.

Das Gefühl ihres Elements, das meines gestreift hatte, hatte mich den ganzen Tag über begleitet. Wir teilten nicht nur Magie, sie schien es auch zu mögen, zu kochen. Ich musste zugeben, dass ich sie mögen wollte, zumal wir die Freude am Kochen teilten – auch wenn ihr Geschmack fragwürdig war.

Aber ja … Nein. Ich würde nicht dahin abschweifen.

Ich hatte River nur wegen des Specks gefragt, weil Sol morgen einen richtigen Eierkuchen probieren wollte. Nicht, weil ich Claire gefallen wollte. Und zum Glück gab es bei uns keine *Schweine*. Aber es gab fetthaltige Trollhaut. River hatte mir versichert, dass sie ähnlich schmecken würde. Obwohl er auch sagte, dass ich Claire nicht sagen sollte, was es war, und es einfach Speck nennen sollte.

Es ist eine unschuldige Lüge, versprach er.

Na, wir würden morgen früh sehen, wenn sie uns eine weitere Abartigkeit zum Frühstück zubereitete.

Sols Augen leuchteten auf, als ich in den Seelenfee-Schlafsaal stolperte. „Du hast Essen mitgebracht!", jubelte er und ließ Risse im Boden aufgehen, als er zu mir rüberstürmte und mir die Tasche so mühelos abnahm, als wäre sie federleicht.

„Vorsichtig", grummelte ich, als er die Säcke zu zerreißen und die Zutaten zu zerstreuen drohte.

Sol pfiff und ich sandte eine Welle der Magie los, um die Kieselsteine vom kaputten Boden zu fegen, die er auf der Türschwelle hinterlassen hatte. Ich war es gewohnt, hinter der Erdfee aufzuräumen, und ich wusste, wie man ihn bei Laune hielt.

Jetzt hatten wir fünf Mäuler zu stopfen und niemand

außer mir schien kochen zu können. Außer vielleicht Claire. Aber alles, was ich in der Küche gefunden hatte, waren Zutaten für schnelle Mahlzeiten wie Shakes und Fingerfood. Sol würde unausstehlich werden ohne eine echte Mahlzeit und er musste kooperieren, wenn es an der Zeit war, Claire Erdmagie beizubringen.

Sol begann die Zutaten auszupacken und bestätigte damit, dass es eine gute Idee gewesen war, echtes Essen zu kaufen. Er hielt inne, als er das Trollfett erblickte. Er sah mich mit hochgezogener Augenbraue an.

Ich legte es ins Eisfach. „Das ist für das Experiment des Halblings morgen", sagte ich achselzuckend. „River sagte, dass es wie Speck schmecken würde." Ich zeigte mit dem Finger auf ihn. „Aber sag ihr nicht, was es ist."

Sol summte und widmete sich wieder dem Durchwühlen der Einkaufstaschen. „Mehr Eierkuchen klingt gut, wenn du mich fragst." Er hielt ein gesalzenes rotes Kraut hoch, das die meisten Feen hassten. „Oh, gut. Du hast ein paar Scurbuttle-Snacks gekauft!"

„Will ich wissen, was das ist?", fragte Claire, als sie mit einem Lächeln auf den Lippen in die Küche trat. Titus folgte dicht hinter ihr. Sie sahen beide zufrieden aus.

Als ich ihre zufriedenen Blicke sah, erinnerte mich das an meine Interaktion mit Claire heute früh. Wie wir einen Moment von Luftmagie geteilt und einander zugeflüstert hatten. Und dann …

Hatte ich gehört, wie Titus sie zum Schreien brachte.

„Du willst definitiv nicht wissen, was das ist", informierte Titus sie und schlang seinen Arm um ihre Hüfte.

Sie lehnte sich gerade genug an ihn, damit ihr Körper sich an seinen schmiegte. Ich fragte mich, ob sie sich bewusst war, wie sinnlich diese subtile Bewegung gewesen war.

Claires helle Augen sahen in meine und ihr Lächeln erlosch etwas. „Ist alles in Ordnung, Vox?"

Scheiße, ich war beschissen darin, meine Gefühle zu verstecken. Ich sah zu Boden und lud die Einkäufe weiter aus, während ich versuchte, mir eine Antwort zu überlegen. Immer, wenn sie ihren Mund öffnete, konnte ich nur die wunderbaren Geräusche hören, die sie nur für mich durch die Luftströme sandte. Ich wusste, dass sie es nicht absichtlich tat. Es war ihre Magie, die auf meine reagierte. Es war natürlich. Wir waren kompatibel – zumindest unsere Elemente. Aber das bedeutete nicht, dass ich mich wie ein Tier meinen Urinstinkten unterwerfen musste.

„Ich glaube, er hat uns heute Morgen gehört", sagte Titus und sein selbstgefälliges Grinsen sagte mir, dass er verdammt stolz darauf war. „Du warst nicht gerade leise."

Claire lief so rot an wie das Scurbuttle-Kraut. „Oh mein Gott", sagte sie und bedeckte ihren vollen Mund mit ihrer Hand. „Es tut mir so leid, Vox. Ich habe nicht einmal daran gedacht –"

Titus unterbrach sie mit einem Kuss und sandte eine verweilende Flamme an ihrem Oberteil herunter, was Claire überrascht quieken ließ.

„Du bist süß, wenn du durcheinander bist."

„Du bist nicht gerade hilfreich", flüsterte sie laut.

„Ich schäme mich nicht deswegen, Schätzchen", erwiderte Titus. „Und die anderen auch nicht."

„Oh Gott …"

„Hey, warum hilfst du mir nicht mit dem Abendessen?", fragte ich, versuchte sie damit zu beruhigen und ihr das Gefühl zu geben, dass es in Ordnung war. Dass alles in Ordnung war. Dass diese ganze abgefuckte Situation, na ja, *in Ordnung war*.

Außerdem würden Claire und ich viel Zeit miteinander verbringen – inklusive Titus. Ich wusste es besser, als die Leidenschaft einer Feuerfee zu dämpfen. Und Claires Gesichtsausdruck zufolge, als sie durch die Tür gekommen war, war er, was sie im Moment brauchte, wo Exos doch verschwunden und sein Arschkopf von Bruder angetanzt war und uns das Leben schwer machte.

Oh verdammt. Ich hoffe, er wird sich uns nicht zum Abendessen anschließen.

Claires Gesichtsausdruck hellte sich auf und das Leuchten in ihren Augen kehrte zurück. „Okay, das hört sich nach Spaß an." Sie sah Titus an und er lachte.

„Du brauchst keine Erlaubnis von mir, Schätzchen." Er streckte sich und machte eine Show daraus, seinen Arm um ihre Schulter zu legen. „Ich werde mich vor dem Abendessen duschen gehen und euch machen lassen." Er grinste mich mit einem wissenden Blick an. „Ich hatte heute Morgen keine Zeit."

Genau, weil Sol unser Gemeinschaftsbadezimmer besetzt hatte. In meiner Verzweiflung hatte ich Titus' Dusche benutzt, um mich der Wirkung von Claires Schreien zu entledigen. Die Feuerfee hatte mich gewarnt und mir gesagt, dass dieser Job jede Menge kalter Duschen beinhaltete …

Verdammt.

Wenn Claire zwei und zwei zusammengezählt hatte, so sagte sie nichts.

„Also, was gibts zum Abendessen?", wollte sie wissen. Ich war froh über den Themenwechsel. Ich zog das Größte aus der Einkaufstasche und benutzte meine Luftmagie, um es hochzuhalten.

„Drachensteak", verkündete ich grinsend. River hatte gesagt, dass Claire das beeindrucken würde. Und weil sie von Cyrus so fies behandelt worden war, wollte ich etwas tun, um ihre Aufmerksamkeit auf andere Dinge zu lenken.

Ihre Augen weiteten sich. „Drachen?"

Ich nickte. „Angeblich schmeckt es wie etwas, das ihr Rind nennt", sagte ich und sandte einen Luftschwall, um es auf das Schneidebrett auf dem Tresen zu legen.

„Wirst du Eier und Käse dazugeben?", fragt Sol mit einem Mundvoll seiner Snacks.

Claire lächelte. „Ich glaube, das können wir uns fürs Frühstück aufheben."

Ich gab ihr die simple Aufgabe, Gemüse zu schneiden und frische Gewürze zu hacken. Sie schien den Job zu genießen und plötzlich ergriff mich Mitleid für sie. Alles hiervon war so neu und anders für den Halbling, aber ich konnte ihr etwas geben, das ihr vielleicht das Gefühl geben konnte, dass sie wieder zu Hause war. Monotone Dinge zu tun, die sie als Mensch getan hatte, wie zum Beispiel Zutaten in einer Küche zurechtzuschneiden. Ich schätze, es spielte keine Rolle, in was für einer Welt man lebte oder welcher Rasse man angehörte. Essen musste nach wie vor zubereitet werden.

Erst, als ich eine dekorative Pfanne mit einem Drachensteak in den Ofen geschoben, die Tür zugemacht und angefangen hatte, Salatwickel zuzubereiten, spürte ich Claires Magie meine austesten. Ich hörte auf, die Blätter um die Füllung zu wickeln, und sah sie an.

„Ich verstehe, wenn du nicht hier sein willst", sagte sie mit leiser Stimme. Worte, die nur für mich bestimmt waren. Ihre leuchtenden Augen sahen mich an, ließen mich an Ort und Stelle erstarren. „Ich wollte dich und Sol nicht aus eurem gewohnten Umfeld reißen. Und ich bin mir sicher, dass ich Exos erklären kann, dass Cyrus einen Fehler gemacht hat, wenn Exos zurück ist." Etwas in ihrem Blick sagte mir, dass sie darauf hoffte, dass ich ihr widersprechen würde. Und ich war mir nicht sicher, ob ich das wollte.

Ich sah Sol an, aber sie hatte den Trick geschickt ausgeführt, sodass er nichts mitbekommen hatte. Er mampfte seine letzten Snacks und schloss seine Augen, genoss voller Glückseligkeit die Einfachheit eines köstlichen Leckerbissens.

Ja, ich wusste, was Sol brauchte. Er musste um andere Feen herum sein, die stark genug waren, um ihm zu helfen. Feen wie mich ...

Feen wie Cyrus und Exos mit königlichem Blut, das stärker war als meines.

Vielleicht sogar einer Fee wie Claire.

Sie kam näher zu mir und ihre Finger berührten meinen Arm auf eine Art, die meine Magie sich anspannen ließ. Sie atmete tief ein, entfernte sich jedoch nicht.

„Den Befehlen des Königs widersetzt man sich nicht", sagte ich und versuchte meine Stimme kühl und distanziert klingen zu lassen, wie Cyrus es so gut konnte. Er schien ein Händchen dafür zu haben, den Halbling von sich zu stoßen, und ich musste an dieser Fähigkeit arbeiten. Wenn ich schon ihr Beschützer sein sollte, wollte ich nicht am Ende noch ein Band mit ihr eingehen. Nicht, weil ich sie nicht mochte – sondern, weil ich einfach zu kompliziert war.

Sie zuckte angesichts meines Tons zusammen und obwohl sie zurückwich und mich dazu brachte, Schuldgefühle zu haben, wusste ich, dass es das Richtige gewesen war.

„Okay", sagte sie und knirschte mit den Zähnen, als sie Cyrus' Namen hörte. „Na, wenigstens wird er kein Drachensteak kriegen. Oder?"

Ich nickte. „Ich habe nicht genug gekauft, dass es für ihn auch reicht." Das war eine Lüge. Aber Sol würde mit seinem mächtigen Appetit dabei helfen, sie zu verbergen.

Sie verschränkte ihre Arme und schien zufrieden darüber.

„Ganz ehrlich. Ich bin dafür, dass wir ihn nie mitessen lassen, wenn wir zusammen kochen."

Zusammen.

Wieso gefällt mir das?

Ich räusperte mich und faltete weiter die Salatwickel. „Dem stimme ich zu."

Die letzten Kniffe erledigten wir in friedlicher Stille. Sol zeigte einen raren Anfall von Geduld, bis das Drachensteak und die Wickel fertig waren.

Wir alle setzten uns an den Tisch und Titus schloss sich uns an. Seine Haut dampfte, da er seine Magie benutzte, um sich abzutrocknen. Er grinste und setzte sich neben Claire, gab ihr einen Kuss. „Es riecht köstlich."

Claire lachte und lehnte sich an ihn, aber ihre Augen waren auf mich gerichtet. „Das ist alles Voxs Werk. Wirklich."

Sol nahm sein Steak in beide Hände und haute rein. Er kaute und schluckte den riesigen Bissen und schmatzte. „Köstlich", stimmte er zu.

Ich nahm eines der Blätter meines Salatwickels und benutzte es, um meine Portion des Steaks zu packen. „Guten Appetit", sagte ich grinsend.

Wir widmeten uns unserem Essen und zum ersten Mal seit einer langen Zeit, fühlte ich mich nicht unwohl in Anwesenheit anderer Feen. Essen hatte es so an sich, alle zusammenzubringen. Was vermutlich auch überhaupt der Grund gewesen war, warum ich gelernt hatte, zu kochen. Ich besaß nicht direkt die herausragendsten sozialen Kompetenzen, also ließ ich eine gute Mahlzeit das Reden übernehmen.

So wie Claire mich ansah – als hätte ich ihr gerade einen Teil ihres früheren Lebens zurückgegeben –, funktionierte es vielleicht etwas zu gut.

„Also, morgen …", sagte Titus und legte das letzte Salatblatt mit einem zufriedenen Seufzen auf den Teller, „werde ich ohne dich auf den Feuer-Campus gehen, Schätzchen."

Diese Vorstellung schien sie etwas nervös zu machen.

„Und wohin gehe ich?" Er hob sein Glas und richtete es auf Sol. „Zum Erd-Campus."

Sols Augen weiteten sich. Er hatte sich bereits über sein zweites Stück Drachensteak hergemacht und hielt mitten in seinem Biss inne. „Was?", sagte er mit noch immer vollem Mund.

Ich lachte und begann den Tisch abzuräumen. „Titus hat recht. Claire hat bisher kein Erd-Training gehabt und du bist der Einzige, der sie auf dem Erd-Campus herumführen kann." Ich grinste angesichts Sols unverborgenem Entsetzen. „Willkommen bei der Garde, großer Kerl."

„Na, Feen am Spieß", fluchte er und ließ das angebissene Steak sinken. „Darum hast du Drachensteak mitgebracht."

„Nein." Denn ich kannte ihren Stundenplan nicht. „Aber ich habe angenommen, dass du etwas Positives brauchst, um hierzubleiben."

„Verdammt. Ich wusste, dass ein gutes Essen etwas zu gut ist, wenn es von dir kommt, Vox." Er verschränkte seine Arme und funkelte mich an.

Ich sandte ihm ein Flüstern im Wind, sodass meine Worte nur für ihn hörbar waren. „Punkte im Wert von einem Monat, schon vergessen?"

Seine Augen leuchteten aufgeregt auf. Auch wenn es eine alberne Wette war, dass Claire ihn davon überzeugen würde, dass er sein Gegenstück gefunden hatte, so war es eine gute Taktik, um ihn dazu zu bewegen, den Halbling mit in die Schule zu nehmen.

Er nickte.

Herausforderung angenommen.

CLAIRE

*E*rd-Unterricht war nicht, was ich erwartet hatte.

Sol hatte mir mit seiner Größe den Eindruck vermittelt, dass alle Erdfeen, na ja, den Boden zum Beben brachten. Ich meine, die Faust dieses Mannes konnte Stein zerbrechen.

Als wir also in die Außenarena schritten, die von Bäumen und schwirrendem Leben umgeben war, blinzelte ich. Und als die Schüler, die halb so groß wie Sol waren, reingingen, blinzelte ich erneut. Mehrere der Mädchen sahen ihn an und erröteten, sagten hallo. Er tauschte Freundlichkeiten aus, aber ich spürte seine Nervosität und fragte mich, warum er sich von einer Gruppe Feen fernhielt, die ihn offensichtlich miteinbeziehen wollten.

Wie auch immer. Ich folgte ihm, als er den Außenbereich überquerte. Jeder Schritt ließ den Boden unter ihm erzittern. Niemand sonst schien so viel Gewicht oder Energie zu haben. Einige der anderen Jungs schienen geradezu zierlich im Vergleich zu Sol.

Beinahe kränklich.

Wie seltsam.

„Hallo, Sol", sagte eine weitere weibliche Fee. Ihr dunkles Haar glich pechschwarzen Steinen und ihre Augen leuchteten in einem Azurblau.

„Aflora", erwiderte er und zog seine Mundwinkel liebevoll hoch.

„Hast du dich wegen des Sonnenwendballs schon entschieden?", fragte sie mit verschränkten Armen hinter ihrem Rücken, während sie herumtänzelte.

„Weißt du, ich hasse diese Veranstaltungen." Er sagte die Worte mit einem Lächeln und seine Zuneigung schien eher brüderlicher anstatt romantischer Natur. „Aber ich habe gehört, dass Glacier dich fragen will. Sag ja zu ihm."

„Ich werde auf dich warten", sagte sie stattdessen und kicherte kurz, bevor sie leichtfüßig durch die Blumen verschwand.

Sol seufzte und schüttelte seinen Kopf. „Verdammter Sonnenwendball."

„Was ist ein Sonnenwendball?", wollte ich wissen.

„Es ist dieser große Feiertagsball, an dem sich alle auftakeln. Er findet in der Festtagssaison in sieben Wochen statt." Er klang total angewidert von der Idee. „Es ist, wie durch ein Fegefeuer bestehend aus Pärchen zu gehen."

„Warum?"

Er schenkte mir einen Seitenblick. „Hast du den Teil mit dem Auftakeln nicht gehört?"

„Hört sich spaßig an, wenn du mich fragst."

Er sah mich von Kopf bis Fuß an und schnaubte. „Ja. Ich schätze, du würdest es mögen, ein Ballkleid und Absatzschuhe zu tragen. Aber ich in einem Smoking? Nein, danke."

„Dann trag eben normale Klamotten", schlug ich vor.

Er lachte. „Das würde die Massen ganz bestimmt schockieren."

„Dann tu es", ermutigte ich ihn lächelnd. „Ich werde mit dir gehen. Und ich werde Jeans tragen."

Seine Belustigung verwandelte sich in Schock. „Du willst mit mir zum Ball gehen?"

„Klar." Es schien das Mindeste, was ich tun konnte, nach all dem ganzen Scheiß von wegen erzwungener Mentorschaft. Und letzte Nacht hatte man kein Genie sein müssen, um mitzukriegen, wie sehr er mich heute nicht hatte zur Schule bringen wollen. Vielleicht würde ihm etwas wie der Ball zeigen, dass ich gar nicht so übel war. Und außerdem ... „Hört sich spaßig an."

„Spaßig", wiederholte er mit zweifelndem Tonfall. „Willst du wirklich hingehen?"

„Ja. Warum nicht?" Ich lächelte. „Ich meine ... Nur, wenn du willst."

„Was ist mit Titus?", wollte er wissen. „Wäre es dir nicht lieber, mit ihm zu gehen?"

„Er hat ihn nicht erwähnt." Aber vielleicht war das nicht, was Sol gemeint hatte. Versuchte er eine Ausrede zu finden, damit er nicht mit mir hingehen musste? Ich sah Mädchen mit dunklen Locken an und beobachtete sie mit einer Schönheit lachen, die die meisten Männer vergöttert hätten. „Willst du mit Aflora hingehen?", fragte ich laut. Denn, wenn er das wollte, hätte ich das total verstanden. Ich meine, wir waren nicht zusammen. Wir waren kaum Freunde. Aber ich wollte irgendwie mit ihm befreundet sein. Vielleicht.

Sol folgte meinem Blick und Bewunderung zog auf seinem Gesicht auf. Er schüttelte seinen Kopf. Nicht unbedingt die Art, wie ein Mann eine Frau ansah, die er ficken wollte – aber vielleicht war Sol anders?

„Nein. Aflora ist in mich verliebt, seit wir Kinder sind. Aber ich bin nicht der Richtige für sie. Sie war eine der besten Freundinnen meiner Schwester", erklärte er und fuhr sich mit den Fingern durch sein kupferrotes Haar. Seine erdigen braunen Augen sahen scheu zu mir und dann zu Boden. „Ich, ähm, habe meine Schwester vor ein paar Jahren verloren."

„Oh, Sol. Das tut mir leid." Das hatte ich überhaupt nicht erwartet.

Er zuckte mit einer Schulter. „Es war die Seuche, weißt du. Das Königreich der Seelen grenzt an das Erd-Königreich an, also, ähm, hat sie sich verbreitet." Er verzog seinen Mund. „Darum sehen alle so, ähm, klein aus."

„Du meinst, das ist nicht normal?"

„Einst nicht." Er verzog das Gesicht und legte seine Hand auf seinen Nacken. „Tut mir leid. Ich wollte nicht darüber reden. Ich dachte nur, dass du vielleicht wissen wolltest, warum ich so viel größer bin als die anderen."

„Ich habe mich gewundert", gab ich zu. „Ich … Ich weiß nicht viel über die Plage. Aber ich weiß, dass, ähm, … meine Mutter sie irgendwie heraufbeschworen hat."

Er nickte. „So geht die Geschichte jedenfalls. Aber ich glaube, es war eine allgemeine Fäulnis der Seelenfeen."

„Was meinst du damit?"

Sol stopfte seine Hände in die Taschen seiner dunkelblauen Hosen und krümmte seine Schultern. „Ich sollte nicht darüber reden."

„Warum?", fragte ich. „Mit mir? Oder im Allgemeinen?"

Er verzog seinen Mund zur Seite. „Na ja ... Beides." Seine erdigen Augen sahen in meine und leicht grüne Kleckse verbargen sich in den braunen Iriden, die mit der Sonne über unseren Köpfen voller Leben erstrahlten. „Wir sollten nicht darüber reden." Die letzten Worte waren ein Flüstern und sein Gesichtsausdruck war zerknirscht. „Ich hätte nichts sagen sollen."

„Ich bin froh, dass du das hast", gab ich zu. „Niemand will mit mir über meine ... Über das, was passiert ist, sprechen. Ich meine, Exos hat mir die wichtigsten Dinge gesagt. Er hat mir gesagt, wie meine Mutter Mortus während des dritten Levels ihres Bandes verlassen und ihn dann abgewiesen hat, nachdem sie Jahre später zurück in die Feenwelt kam. Und irgendwie hat das eine Seuche herbeigeführt. Aber das ist alles, was ich weiß."

Sol sah zum Himmel und die Sonne bräunte seine Züge, ließ ihn unheimlich gut aussehen. Ich verstand, warum viele der Erdfeen seine Aufmerksamkeit wollten. Er schien sich seines charmanten Aussehens überhaupt nicht bewusst – was ihn umso attraktiver machte.

„Das ist die Geschichte, von denen sie wollen, dass wir sie glauben", sagte er leise. „Aber meine Mutter hat mir eine andere Geschichte erzählt." Er sah mich, dann die Schüler, die sich um eine Vielzahl an Baumstümpfen auf dem Hof verteilten, an. Baumstümpfe, die vor wenigen Sekunden noch nicht da gewesen waren. „Der Unterricht fängt an." Was bedeutete, dass er nicht mehr darüber sprechen wollte. Ich verstand. Wir kannten einander kaum und er vertraute mir nicht. Angesichts meiner Einführung in diese Welt und den Geschehnissen der letzten paar Wochen konnte ich es ihm nicht übelnehmen, dass er mich nicht mochte. Vielleicht hatte ich seine Reaktion auf den Ball völlig falsch interpretiert. Er war nicht schockiert darüber gewesen, hinzugehen, sondern darüber, dass ich ihn gefragt hatte.

Notiz an mich selbst: Das Thema nicht mehr anschneiden.

„Okay", sagte ich und begriff, dass er Raum brauchte. „Ich werde mir, ähm, … einen Platz suchen." Ich nahm einen Schritt nach vorne und stolperte über einen Haufen aufgewühlter Erde, der vor einer Sekunde noch nicht da gewesen war.

Sol packte mich am Arm, bevor ich zu Boden fiel, und zog mich hoch. „Scheiße, das war meine Schuld. Ich dachte, du hättest das gespürt."

Ich runzelte die Stirn und sah auf die beiden Baumstümpfe runter, die auf magische Weise ohne mein Wissen erschienen waren. „Wie …?"

„Hier sitze ich normalerweise. Ich habe dir auch einen gemacht. Ich dachte, du wolltest, na ja … Du weißt schon … Aber du kannst dich den anderen anschließen. Ist schon gut. Ich meine, du kannst tun und lassen, was immer du willst. Ich bin nicht … Das ist nicht … Na ja …" Er legte seine Hand wieder an seinen Nacken und schüttelte seinen Kopf. „Jepp."

Meine Lippen drohten sich angesichts seines Stammelns zu einem Lächeln zu verziehen und in seiner Anwesenheit wurde mir warm ums Herz.

Er ist nervös, realisierte ich.

Dann waren wir schon zwei.

„Ich würde gerne neben dir sitzen, wenn es dir nichts ausmacht." Ich schenkte ihm ein kleines Lächeln. „Ich kenne nur dich und ich bin noch nicht sehr bewandert in Erdmagie."

Er nickte und sah mich einen langen Augenblick an. „In diesem Fach geht es darum, Leben aus der Erde zu schaffen. Der Kurs ist autodidaktisch, was auch der Grund ist, warum alle so verteilt sitzen. Die meisten arbeiten zu zweit oder zu viert und erlernen, ein Gefühl für die Erde zu entwickeln und Kunst zu schaffen."

„Es gibt keinen Lehrer?" Alle Fächer, die ich bis jetzt besucht hatte, hatten eine verantwortliche Person gehabt. Aber als ich mich umsah, erblickte ich keine. Er schüttelte langsam seinen Kopf. „Die meisten unserer Ältesten sind … na ja, krank. Es gibt eine Handvoll von ihnen auf dem Campus, die Fortgeschrittenen-Kurse geben, aber man muss die Mittelstufe – wie dieses Fach – bestehen, bevor man diese besuchen kann. Und die meisten schaffen es nicht so weit. Aber ich stehe kurz davor." Er zog seine Augenbraue hoch. „Ich brauche nur mehr Kontrolle."

Ich sah die beiden Baumstümpfe an und entschied mich für denjenigen, der mir am nächsten war. „Na, du scheinst ganz gut zu sein."

„Das?" Er schnaubte. „Das ist einfach." Er zog ein Stück Papier aus seiner Tasche und reichte es mir. „Um zu bestehen, muss man das hier kreieren."

Ich starrte die Skizze eines komplizierten Baumes an, an dem Früchte von den Ästen hingen und um dessen Stamm sich Ranken schlangen. Dann sah ich mich um und bemerkte, dass die anderen Schüler bereits begonnen hatten, ihre Baumstämme zu schaffen, während sie auf ihnen saßen. „Ist das der erste Tag?"

Er lachte. „Nein, das Semester ist zur Hälfte durch."

Was? „Wo sind dann alle Bäume?"

„Oh, wir verschieben sie nach der Unterrichtsstunde auf die nahegelegenen Acker." Er deutete auf den Wald um uns. „Sie blühen alle auf ihre Art auf."

„Aber warum?", fragte ich verblüfft. „Ich dachte, die Aufgabe wäre, zu erschaffen, was auf dieser Zeichnung zu sehen ist."

„Man muss es binnen einer Unterrichtsstunde schaffen", erklärte er grinsend. „Jeder kann sowas erschaffen, wenn er genug Zeit hat. Auf das Tempo kommt es an und der Baum auf der Zeichnung ist ungefähr hundert Jahre alt. Keine einfache Aufgabe – vor allem, wenn man nicht genug Kontrolle hat." Er setzte sich mir gegenüber und zeigte auf den Boden. „Lass uns mit den Grundlagen anfangen. Press deine Hand auf die Erde und sag mir, was du fühlst."

Ich fühlte mich auf der Stelle schuldig. Ich hatte erwartet, dass ein Lehrer oder so mich unterrichten würde, nicht etwa Sol. Er hatte seine eigene Arbeit zu erledigen. „Du musst keine Zeit an mich verschwenden. Wenn du mir einfach sagst, wo das Schulbuch ist, kann ich anfangen, zu lesen. Offenbar habe ich jede Menge nachzuholen."

Er sah mich mit zugekniffenen Augen an. „Leg deine Hand auf den Boden, Claire."

Ich schluckte leer und tat, was er sagte. Vor allem, weil er ein muskulöser Riese war und dieser Gesichtsausdruck mir sagte, dass er keine Widerrede dulden würde. Und sein Ton, na ja … Er erinnerte mich irgendwie an Exos' Ton.

Mein Herz schmerzte bei diesem Gedanken und meine Verbindung zu ihm summte daraufhin.

Noch immer am Leben.

Ich schloss meine Augen und wünschte mir, dass ich dem Weg zu ihm folgen könnte, um ihn zu –

„Was spürst du?", fragte Sol und seine tiefe Stimme ließ meine Aufmerksamkeit zurück zu ihm und der Aufgabe, die er mir gegeben hatte, wandern.

Ein gebrochenes Herz, wollte ich ihm antworten. Aber ich wusste, dass es nicht das war, was er wissen wollte.

Also schob ich meine Vorbehalte beiseite und ließ ihn mir helfen. Das war das Mindeste, was ich tun konnte, zumal er sich die Zeit nahm, um mir zu helfen, obwohl er das nicht musste.

Leben flatterte unter meiner Hand auf. Das Kitzeln von Grashalmen an meiner Haut neckte meine Sinne. Ich legte meinen Kopf schief und folgte dem Faden des Elements in die Erde unter mir und aalte mich in den erdigen Noten, die mir in die Nase stiegen.

Es fühlte sich beinahe erfrischend an. Kühl. Hypnotisch. Ich seufzte zufrieden.

Feuer barg Leidenschaft. Luft rüttelte Empfindungen wach. Wasser förderte Ruhe. Seele wärmte mein Herz.

„Erde ist belebend", keuchte ich und schwamm im schwachen Strom der Kraft.

„Ja", stimmte Sol zu. Seiner Stimme wohnte ein Gefühl inne, das ich nicht sehen konnte, weil meine Augen noch immer geschlossen waren. Ich sah die Zeichnung dieses Baumes vor meinem inneren Auge. Diesen Baum, von dem Früchte hingen. Mmh, was ich nicht alles für einen Pfirsich geben würde. Das war auf dem Foto zwar nicht zu sehen, aber ich sehnte mich nach der Süße von vergangenen Sommern. Meine Großmutter hatte immer den köstlichsten Kuchen gebacken. Ich konnte mich beinahe an den Geruch erinnern, wenn ich mich fest genug konzentrierte.

Meine Lippen verzogen sich zu einem Lächeln, während ich die Zutaten in der Erde fand. Nicht für den Kuchen, sondern für die Hauptzutat – einen Pfirsichstein.

Er säte sich unter meiner Hand an und streckte Wurzeln aus, um sich in der Erde zu verankern. Dann stieß die Pflanze durch das Gras. „Ich vermisse Pfirsiche", flüsterte ich stirnrunzelnd. „Ich vermisse mein Zuhause."

„Ich auch", stimmte Sol zu und seine Worte waren kaum mehr als ein Flüstern im Wind. „Aber ich werde nie zurückgehen können."

„Warum?", fragte ich und meine Erschaffung wuchs in meinem Kopf, strahlte Leben aus und erfüllte die Luft um uns mit ihrem Duft. „Wieso kannst du nicht nach Hause gehen, Sol?"

„Weil nichts davon übrig ist", knurrte er. „Die Seuche hat

alle umgebracht, die ich liebe. Ich habe niemanden, zu dem ich zurückgehen kann."

„Wieso verbreitet sie sich?", fragte ich, verstand nicht. „Wenn Ophelia tot ist, warum werden mehr Feen krank?"

„Weil es nicht an ihr liegt." Sols Stimme klang schmerzerfüllt und ich schlug meine Augen besorgt auf. Seine Augen waren auf den Baum gerichtet, den ich unbewusst geschaffen hatte. Die Blätter keimten auf wie im Frühling. Mehrere andere Schüler sahen meine Kreation mit offenen Mündern an. Die meisten von ihnen starrten bewundernd.

„Das ist echt beeindruckend, Claire. Aber das ist nicht die Aufgabe."

Meine Äste strotzten voller Leben und mein Bedürfnis, einen Pfirsich zu kosten, neckte meine Zunge. Alles fühlte sich so natürlich an, so unerwartet, dass ich kicherte, als ich sah, wie sich die ersten grünen Früchte am Baum bildeten.

„Was ist das?", fragte eine sanfte Stimme.

Aflora.

Ihre geweiteten blauen Augen sahen meine Schöpfung liebevoll an. Ihre Lippen öffneten sich, als ein Pfirsich vor ihren Augen reifte.

„Ein Früchtebaum aus meiner Kindheit", sagte ich.

„Er ist wunderschön", lobte sie. „Darf ich ihn anfassen?"

Ich nickte und biss mir auf die Unterlippen, war mir nicht sicher, was ich sonst sagen sollte.

Aber die zierliche Fee schien zu verloren in dem Meisterstück über meinem Kopf, um sich um Worte zu scheren. Sie streichelte den Baum liebevoll und mehrere andere kamen zu ihr rüber.

Sol sah wortlos zu und ein seltsamer Funke von Energie lag in seinen erdigen Augen.

Hatte ich es versaut? Ich hatte nicht versucht, Aufmerksamkeit auf mich zu ziehen oder einen Baum zu erschaffen. Es war einfach irgendwie passiert. „Ich muss auch an meiner Kontrolle arbeiten", murmelte ich und wrang meine Hände in meinem Schoß. Er erwiderte nichts und stand auf, streckte seinen Arm aus und pflückte einen frischen Pfirsich vom obersten Ast. Mehrere Feen sahen gebannt zu, als er die Frucht meiner Arbeit kostete. Er nahm einen weiteren Bissen, kaute und runzelte die Stirn. „Es ist süß."

„Es ist ein Pfirsich", erwiderte ich verwirrt.

„Ich mag es." Er zuckte mit den Schultern und griff nach einem weiteren, schmiss ihn Aflora zu. Sie fing ihn mit errötenden Wangen ab und hüpfte davon. Ihr langes schwarzes Haar flatterte im Wind. Ein paar andere streckten ihre Hände aus und er warf jedem von ihnen einen Pfirsich zu, bevor er mir einen in meinen Schoß fallen ließ und sich einen zweiten nahm. „Die Frucht in der Aufgabe soll trocken und geschmacklos sein, nicht süß. Ich mag deine Schöpfung lieber."

„Warum würde jemand eine geschmacklose Frucht essen wollen?", fragte ich mich laut und nahm einen kleinen Bissen von meinem Pfirsich.

So, so lecker.

Ich sandte eine Bitte nach mehr hoch und der Baum reagierte augenblicklich.

Das hier ist so viel besser als ein Wirbelsturm, dachte ich.

„Offenbar eignen sie sich zum Kochen", sagte Sol und verzog das Gesicht. „Nicht direkt meine Leibspeise. Das hier ist viel besser."

Seine Magie streichelte meine, als er Kontrolle über einen meiner Äste nahm und ihn dazu brachte, sich in seine Richtung zu senken, damit er weitere Pfirsiche pflücken konnte. Der Baum ächzte, als er seinen mentalen Griff löste, und die Blätter und Äste flogen mit einem Knacksen hoch, das die Erde erschütterte.

Er zuckte zusammen. „Tut mir leid."

Ich beruhigte die Erde, heilte die Frakturen, die er meiner Schöpfung zugefügt hatte, und lächelte. „Du bist mächtig."

„Ja." Er machte eine Handbewegung, woraufhin sich ein weiterer Baumstumpf emporhob und wuchs. „Vox hilft mir zu lernen, wie ich sie fördern und pflegen kann, aber ich werde jeden Tag stärker. Es ist, als würde ich die ganze Zeit über Energie absorbieren. Aber ich bin nur eine einzige Fee und ich habe keinen Ort, an dem ich die ganze Kraft ablassen kann."

Mein Element streckte sich gedankenlos zu seinem aus und gab sich in seine Lebenskraft ein. Es suchte nach einem Weg, ihn zu heilen, wie ich es eben mit dem Baum getan hatte.

Er zuckte zusammen und seine Augen weiteten sich. „Was machst du da?"

„I-Ich weiß es nicht", gab ich zu. „Es ist einfach so ... Ich habe den Baum geheilt und jetzt ..."

„Du kannst mich nicht heilen, Claire", fauchte er. „Hör auf." Der Boden bebte, als er mein Element von seinem stieß. Die Kraft seines Stoßes ließ mich rückwärts von meinem Stumpf fliegen. Er fluchte. „Scheiße. Tut mir leid. Ich sollte nicht –"

„Na, das ist auch eine Art, die kleine Königin zu trainieren", unterbrach eine arrogante Stimme. „Ohne Erlaubnis in jemandes Element zu dringen ist unter Strafe verboten. Ich hätte sie dafür k.o. geschlagen."

Ein Raunen ging durch die Luft. Die Seelenfee war aus dem Nichts erschienen.

Wie hat er das gemacht?

Sol stand auf und verschränkte seine Arme vor der Brust. „Was zum Teufel willst du, Royal?"

Ein Beben suchte den Boden heim und die anderen Feen wichen mit Angst in ihren Augen zurück. *Angst um Sol,* realisierte ich. Weil er sich gerade mit dem König der Seelenfeen angelegt hatte.

Verdammt.

Ich kam hastig auf meine Beine, wischte Gras aus meinem Haar und von meiner Uniform. „Was machst du hier, Cyrus?", fragte ich und wollte die Aufmerksamkeit von Sol auf mich lenken.

„Du musst ein paar Papiere unterzeichnen", sagte er und wandte seinen Blick nicht von Sol ab. „Ich habe deine Herausforderung notiert und nehme sie nicht an, Erdfee. Wenn du bessere Kontrolle hast, werden wir weitersehen."

Was? Wie hatte Cyrus Sols Frage als eine Herausforderung interpretiert? Ich hatte sozusagen dasselbe wissen wollen. Okay, vielleicht hatte ich etwas respektvoller gefragt, aber trotzdem. „Was für eine Herausforderung?"

Dann endlich sah Cyrus mich an. „Er beweist nur, dass ich den richtigen Erdfee-Beschützer für dich ausgesucht habe." Er sah wieder zu Sol. „Oder etwa nicht?"

Der Riese funkelte ihn nur an. „Ich treffe meine eigenen Entscheidungen, Seelenkönig."

„Gut. Ich würde es nicht anders wollen." Cyrus griff in seine Anzugjacke und zog ein paar Papiere daraus. „Du musst die hier unterschreiben, Claire."

„Was ist das?"

„Dokumente für dein Praktikum bei Elana."

Ich runzelte die Stirn. „Aber ich habe mich noch nicht entschlossen, ob ich das machen will. Ich hatte mit Exos reden wollen, bevor er, ähm, … weggegangen ist." Die letzten beiden Worte waren kaum mehr als ein Flüstern. Ich konnte nicht *verschwunden* sagen. Wir waren übereingekommen, dass wir niemandem sagen würden, was wirklich passiert war – obwohl ich dem Grund dafür noch immer nicht zustimmte.

„Es gibt keine Entscheidungen zu treffen. Du wirst mit

Elana arbeiten." Cyrus hielt mir die Papiere hin. „Unterschreib."

Ich nahm dieselbe Position wie Sol ein und verschränkte meine Arme. „Nein."

Er zog eine Augenbraue hoch. „Also willst du die Möglichkeit, mehr über deine Mutter zu erfahren, nicht nutzen? Um Wahrheit von Fiktion unterscheiden zu können?" Sein Blick wanderte zu Sol. „Um herauszufinden, wieso die Erdfee glaubt, dass eine Fäulnis meines Volkes die Seuche heraufbeschworen hat und nicht Ophelia?"

Sol erbleichte und sein Gesichtsausdruck veränderte sich im nächsten Moment von Schock zu Wut. „Verschwinde verdammt nochmal aus meinem Kopf!"

Er nahm einen bedrohlichen Schritt vorwärts, woraufhin Cyrus eine Wasserhose zwischen ihnen heraufbeschwor. „Ich bin nicht in deinem Kopf. Ich habe zufällig nur Claires Unterrichtsstunde heute beobachtet und jedes Wort gehört, das gesagt worden ist."

Sol wütete hinter dem Wasser und seine Worte waren angesichts der stärker werdenden Wasserwand, die Cyrus vor dem Zorn der Erdfee beschützte, nicht zu vernehmen. Aber dann begann der Boden unglaublich zu beben und ein Erdloch, das bis zu meinen Schuhspitzen reichte, zog den Geysir unter die Erde.

„Du wirst Claire verletzen", warnte Cyrus mit kräftiger Stimme. „Ich will dich nicht bekämpfen, Erdfee, aber das werde ich, wenn du die zukünftige Königin weiterhin bedrohst. *Kontrolliere es.*"

Ich packte meinen Baum. Die Zurschaustellung von Kraft und die gewaltsame Energie zwischen Cyrus und Sol verängstigte mich. Dann sah ich dem Riesen durch das Wasser hindurch in die betrübten Augen und sah, wie er seine Schultern hängen ließ. Der Boden beruhigte sich und ein trauriger Ausdruck zog auf seinem Gesicht auf. Er wandte sich ab.

„Sol …", begann ich, wusste aber nicht, wie ich den Satz beenden sollte. Nicht, dass er begierig darauf war, auf mich zu hören. Er verschwand zwischen den Bäumen, die sich um den Hof zogen, wo mehrere andere auf ihn warteten. Aflora legte einen Arm um ihn und führte ihn weg, ohne zurückzusehen.

„Er hat eine Menge Potenzial", meinte Cyrus sinnierend und starrte ihm nach. „Er ist einer der Stärksten seiner Art, die noch übrig sind. Er muss nur Kontrolle erlernen."

„Warum glaubt er, dass Seelenfeen verdorben sind?", wollte ich wissen. Es war nicht so, als ob ich Sols Vertrauen brechen konnte, zumal Cyrus uns die ganze Zeit über belauscht hatte.

„Alle glauben, dass deine Mutter die Seuche heraufbeschworen hat, indem sie einen der heiligsten Schwüre zwischen Feen gebrochen hat. Aber es gibt andere – wie ich –, die glauben, dass das nur Tarnung für etwas weitaus Düstereres war. Und es scheint, als ob Sol einer der aufgeklärten Wenigen ist, die ebenfalls ein faules Spiel vermuten. Seine Art stirbt aus und deine Mutter wird dafür beschuldigt. Aber sie ist tot. Also, wie ist das möglich?"

Er sah mich mit hochgezogener Augenbraue an, als würde ich die Antwort darauf haben.

Ich schluckte nervös. „Willst du damit sagen, dass ich vielleicht der Grund bin?"

Er starrte mich einen langen Moment an und alle Arroganz war ihm aus dem Gesicht gewichen. „Ich will damit sagen, dass es ein ungelöstes Rätsel ist, auf das es jede Menge möglicher Antworten gibt. Auch solche, die dich beinhalten." Er streckte mir die Papiere hin und ummantelte uns mit einer Wand aus Nebel. Ich öffnete meinen Mund, wollte ihn fragen, was er da machte. Dann aber sagte er mit sanfter Stimme: „Du musst dieses Praktikum annehmen, Claire. Nicht nur wegen dem, was Elana dir beibringen kann, sondern auch wegen dem, was du während deiner Ausbildung bei ihr beobachten kannst."

Ich zog meine Augenbrauen hoch. „Du willst, dass ich Elana bespitzle?"

„Und jeden, der ihren Weg kreuzt, ja." Eine ehrliche Antwort, die ich zu schätzen wusste. Sein Blick wanderte zu meinem Baum und dann wieder zurück zu mir. „Sie hat deine Mutter trainiert. Jetzt will sie dich trainieren. Ich finde den Zusammenhang zwischen den beiden etwas suspekt. Du etwa nicht?"

Das hatte ich nicht, bis jetzt. „Ich dachte, es ist mein Zugang zu allen Elementen, der sie interessiert."

„Oh, das ist vermutlich richtig. Aber die Frage, die wir stellen müssen, kleine Königin, ist ... Warum? Würdest du nicht gerne die Antwort erfahren? Ich nämlich schon." Er lehnte sich näher zu mir. „Jemand, der mächtig genug ist, um meinen Bruder zu unterwerfen, hält ihn gefangen ... Und so mächtig Mortus auch ist, gegen Exos kommt er nicht an."

„Aber Elana ist imstande, ihn zu übermannen", überlieferte ich flüsternd.

„Genau", erwiderte er und musterte mich eingehend. „Hast du sie in seiner Seele gespürt?"

Ich schüttelte meinen Kopf. Das hatte ich nicht. Aber ich hätte nicht gewusst, wonach ich suchte, selbst wenn ich es versucht hätte. „Sie hat mich freigesprochen", sagte ich stattdessen verwirrt. „Wieso würde sie das tun, wenn sie Exos wehtun wollte?"

„Die bessere Frage ist, wieso sie ihre Fähigkeiten nicht vorher benutzt hat, um dich zu entlasten", konterte er und zog eine Augenbraue hoch. „Irgendetwas stimmt da nicht, Claire. Und dieses Praktikum gibt dir die Möglichkeit, mehr zu erfahren. Wenn du dafür zu haben bist."

„Wenn sie die Schuldige ist ... Ist es dann nicht gefährlich, ihr Zugriff auf mich zu geben?"

„Ja." Kein Zögern. „Was auch der Grund ist, warum ein Beschützer dich stets zu deinen Unterrichtsstunden bringen wird."

„Ja, aber wenn sie Exos unterwerfen konnte ..."

„Haben sie keine Chance gegen sie", beendete er den Satz. „Aber es könnte dir genug Zeit verschaffen, um zu entkommen, wenn es nötig ist." Er seufzte und lehnte sich an meinen Baum, sah zu den Ästen hoch. „Das sind alles nur Vermutungen, Claire. Aber ich muss jeden als möglichen Verdächtigen sehen. Und du bist die Einzige, die direkten Zugang zu Elana hat. Sie ist sehr wahrscheinlich unschuldig. Aber ich habe vor einer langen Zeit gelernt, dass ich niemandem außer meiner Familie trauen kann."

Was bedeutete, dass er mir auch nicht vertraute. Darum auch seine Bemerkung von vorhin, über die möglichen Auslöser der Seuche.

Ich bin eine Verdächtige in seinen Augen. Wie viele andere sahen das auch so? Der kühle Blick, der sich auf mich richtete, sagte mir, dass er wusste, was ich dachte. Doch er weigerte sich, mich auch nur im Geringsten zu beruhigen. „Wie lautet deine Entscheidung, Claire? Ich bin spät dran für ein Treffen."

Hatte ich wirklich eine Wahl? Wenn Elana Exos hatte – was ich stark bezweifelte –, dann musste ich es wenigstens versuchen, oder? Wenn es sonst nichts bringen würde, würde ich immerhin mehr über mich und meine Mutter und die Geschichte dieser Welt erfahren. Und vielleicht bessere Kontrolle erlernen.

Was habe ich schon zu verlieren?

Ich räusperte mich und nickte, nahm die Papiere und den Kugelschreiben entgegen. „Okay."

„Gutes Mädchen." Er musterte meinen Baum erneut und

griff sich einen Pfirsich von einem niedrig hängenden Ast. „Danke fürs Mittagessen, kleine Königin. Wir sehen uns nach dem Ratstreffen."

Ich unterschrieb und reichte ihm die Papiere. „Ratstreffen? Wie diejenigen, denen Exos beiwohnt?"

„Mh-hm." Er grinste. „Eines Tages werde ich dich mitnehmen. Du wirst es hassen."

„Wirst du ihnen von Exos erzählen?", fragte ich voller Hoffnung, dass sie uns vielleicht helfen konnten.

Sein Blick verfinsterte sich und Dunkelheit kehrte in seine hellen Augen, als die Wasserwand sich um uns herum ergoss. „Auf keinen Fall."

Mit diesen Worten verschwand er so schnell, wie er aufgetaucht war, und ließ einen Hauch Sprühregen zurück.

Wie hat er das gemacht?

CYRUS

„Welche Neuigkeiten überbringst du uns?", fragte Elana und ihr Platz am Kopfende des Ratstisches waberte voller Kraft.

Ich hatte den ganzen Tag über darüber nachgedacht, ob ich Exos' Verschwinden kommunizieren wollte, und hatte mich schlussendlich dagegen entschieden. Da Mortus mir direkt gegenübersaß, schien es mir noch vernünftiger, nichts zu sagen und einfach mitzuspielen. Sie alle glaubten, dass ich meinen Bruder mit etwas beauftragt hatte, das sich um das

Seelenreich drehte, und ich daher temporär seinen Platz an der Seite des Halblings einnehmen würde.

Diesen Feen Schwäche zu zeigen, wäre in der Tat schädlich.

Also lehnte ich mich im Stuhl zurück und zuckte mit den Achseln, tat so, als wäre ich gelangweilt. „Claire macht Fortschritte in ihren Fächern – wie erwartet. Sie hat bewiesen, dass sie ziemlich gut mit Feuer umgehen kann. Ihre Seelenkraft wächst und die anderen drei Elemente sind nicht weit dahinter." Ich ließ aus, dass sie eine der mächtigsten Wasserfeen war, die ich je gespürt hatte, und dass sie es geschafft hatte, mich mit einem einzelnen Windstoß durch das Zimmer zu jagen.

Dieser Rat lechzte nach Blut.

Ich würde Claire nicht aus Spaß opfern.

„Alle fünf Elemente", staunte Vape. Sein weißer Haarschopf fiel wie ein Wasserfall auf seine Schultern hinab. „Die Prophezeiung –"

Zephys schlug seine Hände auf den Tisch. „Fang gar nicht erst wieder mit der Prophezeiung an." Er funkelte Vape an und richtete seine Aufmerksamkeit dann auf mich. „Und dein Bruder? Wieso hat er entschlossen, sie ausgerechnet jetzt zu verlassen? Haben sie nicht ein Band geknüpft?"

Ich legte meinen Kopf schief und behielt Mortus im Blickwinkel. „Ich bin nicht der Aufseher meines Bruders", erwiderte ich rundheraus. Immerhin war das die Wahrheit.

Blaize sah mich gespannt an, während er mit seiner Flamme an seinen Fingerspitzen spielte und das Element mit geschmeidiger Kontrolle, für die eine Feuerfee Jahre brauchte, beherrschte. „Und doch hast du ihn zur Erledigung einer Sache losgesandt. Korrekt?"

„Eine Familienangelegenheit hat nach seiner Aufmerksamkeit verlangt. Im Gegenzug habe ich angeboten, Claire mit ihrer Affinität für Wasser zu helfen." Ich hob eine

Schulter hoch und richtete meinen Blick auf Mortus. „Ich bin sicher, dass er bald zurückkommen wird."

„Hervorragend", sagte Elana zustimmend und ignorierte die steigende Anspannung zwischen den Ratsmitgliedern. „Ich hatte das Vergnügen, ihre Kräfte mit eigenen Augen zu sehen, und ich bin begeistert von ihrer Entwicklung." Sie grinste und spreizte ihre Hände erwartungsvoll auseinander. „Und was ist mit dem Praktikum, das ich ihr angeboten habe?"

Ich schob das unterzeichnete Stück Papier über den Tisch. „Claire wird sich einmal in der Woche mit dir treffen. Danke, dass du ihr die Mentorschaft angeboten hast. Sie ist begeistert." Oder das wäre sie, wenn ich ihr sagen würde, dass ich die Sache finalisiert hatte.

Mortus schnaubte höhnisch. „Davon wird nichts Gutes kommen. Wenn sie auch nur im Geringsten wie ihre Mutter ist –"

„Wirst du sie dann auch töten?", fragte ich und zog eine Augenbraue hoch.

Der Seelen-Älteste war es nicht gewohnt, dass ich ihm so direkt Widerworte gab. Aber ich wollte ihn überraschen. Er musste eine Sekunde lang unachtsam sein.

„Wenn sie eine Bedrohung darstellt, ja. Dann werde ich tun, was ich für die Feen tun muss."

„Und ich werde direkt neben ihm stehen", stimmte Zephys zu. „Ich habe dagegen gestimmt. Du hast nichts zu verlieren, Cyrus. Dein Volk wurde bereits von dem Fluch, mit dem Ophelia uns belegt hat, ausgelöscht. Aber was ist mit dem Volk von Obsidian?"

Die Erdfeen-Älteste rollte entspannende Steine in ihren Handflächen. „Wir haben es geschafft, die Krankheit zu unterdrücken, die vom Seelenreich ausgeht. Sie wird in ein oder zwei Generationen herausgezüchtet sein."

Obsidian mochte es nicht, sich auf eine Seite zu stellen

oder abzustimmen, und entzog sich oftmals Entscheidungen über Dinge, von denen sie dachte, dass sie nicht in ihrer Macht lagen. Sie setzte sich mit Problemen auseinander, wenn sie auftauchten.

„Du solltest besorgter sein", grummelte Zephys. „Dieser Halbling wird den Fluch wieder zurückbringen und dein Volk könnte leiden." Sie zuckte mit den Schultern, was den Luft-Ältesten nur noch wütender machte. „Komm schon, Obsidian. Zieh deinen Kopf aus deinem Arsch."

Sie kniff ihre tiefschwarzen Augen zusammen und sah ihn an. „Zu versuchen, den Lauf der Natur vorherzusagen, wird uns nicht dabei helfen, uns für das Morgen zu wappnen. Wenn der Fluch uns trifft, werden wir darauf reagieren."

Mortus schnaubte. „In einer Sache liegt sie richtig. Wir sind bereit für was auch immer kommen wird." Seine schwarzen Augen funkelten herausfordernd. „Ich hoffe, du wirst ein Auge auf den Halbling haben, wenn du zur Akademie zurückgehst. Denn es gibt andere, die wissen, was für ein Chaos sie stiften wird."

Na bitte, sinnierte ich.

Ich legte meinen Kopf schief und täuschte Unschuld vor. „Ist das eine Drohung, Mortus?"

Er stand auf. „Du würdest es wissen, wenn ich dich bedrohen würde, du unverschämter –"

Ich schlug mit meinen Händen auf den Tisch, stand auf und lehnte mich zu ihm. „Dann was?", wollte ich wissen. Ich wollte, dass er die Fassung verlor und mir die Möglichkeit geben würde, seine Seele zu zerfetzen und meinen Bruder zu finden. „Komm schon, Mortus … Was würdest du dann tun?" Ich jagte meine Seele auf ihn los, ließ ihn meine Herausforderung tief drinnen *spüren*. *„Ich bin dein König"*, erinnerte ich ihn und unterstrich meine Worte mit so viel Kraft, dass alle im Raum erschauderten.

Meine Seele legte sich um seine, stupste und fühlte nach einer Schwachstelle. Irgendetwas, das mir sagen würde, was er getrieben hatte. Seine größer werdenden Iriden sagten mir, dass er es spürte. Dass er wusste, was ich tat. Und das Schaudern, das ihn überkam, sagte mir, dass es ihn beängstigte.

Gut.

Leider ruinierte Elana den Moment, indem sie einen feinen Sprühregen über den Tisch sandte, als würde sie eine Horde Katzen besprühen, die sich danebenbenahmen. Interessantes Timing für ihre Intervention. Als würde sie spüren, dass ich drauf und dran war, etwas Wichtiges zu enthüllen. Und seit wann konnte sie Wasser heraufbeschwören? Elana verfügte über unglaublich mächtige Seelenmagie, aber sie hatte keine Kontrolle über andere Elemente. Das war äußerst rar für eine Seelenfee, aber eine bekannte Tatsache über Elana.

Habe ich mir das eingebildet? Denn er war bereits wieder verschwunden. *Vielleicht war es Elfenstaub und nicht Wasser?*

„Dieses Treffen soll informativ sein", sagte sie rundheraus. „Ich werde kein Gezanke dulden."

„Wozu ist das Treffen dann wirklich einberufen worden, Elana?", wollte ich wissen und hatte die Schnauze voll von dieser ganzen Scharade. „Keiner von uns kann den anderen leiden. Es finden nur Machtspiele statt und weil ich an der Spitze sitze, bin ich der konstante Gegner." Ich trat zurück und schob meinen Stuhl an den Tisch. „Wenn es keine weiteren wichtigen Dinge zu besprechen gibt, werde ich mich wieder meiner vorübergehenden Aufgabe widmen."

Sie seufzte. „Cyrus …"

„Ich verstehe, was du hier zu bezwecken versuchst, Elana, und ich bewundere dich zutiefst dafür. Aber nicht alle in diesem Rat sehen es so wie du." Ich sah bestimmt zu Mortus und Zephys und schließlich zu Blaize. „Ihr alle wollt eine unschuldige Frau für die abscheulichen Taten ihrer Mutter verurteilen. Vielleicht solltet ihr in Erwägung ziehen, die Sünden eurer eigenen Eltern zu untersuchen, um zu bestimmen, ob ihr zum Regieren fähig seid."

Mein Name wurde hinter mir geflüstert, während mehrere meine Worte debattierten, aber ich hörte nicht hin.

Ich hatte dem Rat aus Formalität beigewohnt und um Mortus daran zu erinnern, wer ich war.

Da diese Aufgabe erledigt war, ging ich über zum nächsten Punkt auf meiner Liste. *Claire beschützen.*

Denn ich hatte die Empörung in den Augen des Rates gesehen. Ein Ausrutscher und sie würde mit ihrem Leben bezahlen. Nicht unter meiner Führung.

Wo bist du, Exos? Dieses Machtspiel wird ermüdend ohne dich. Und deine kleine Königin ist ganz schön kompliziert.

Nur schon an Claire zu denken, ließ mich meine Lippen schürzen. Oh, sie konnte mich nicht ausstehen und ich förderte das natürlich. Aber sie brauchte die liebevolle Strenge, um zu wachsen.

Dieses ganze Verhätscheln würde die Frau zerstören. Sie musste ihr Potenzial erkennen. Und der einzige Weg, wie sie das würde, war, indem ich sie dazu zwang, Größe zu erlangen. Da niemand sonst das tun wollte, hatte ich diese Aufgabe übernommen.

Und wenn wir meinen Bruder finden würden, würde er weiterführen, was ich begonnen hatte.

Einfach. Hoffentlich. Vielleicht ...

Ich schüttelte meinen Kopf. Es gab keine Alternative. Sie musste stark sein, damit ich sie dazu benutzen konnte, Exos zu finden. Was auch immer sie mit dieser Stärke machte, war ihr überlassen und betraf mich nicht im Geringsten. Nicht einmal ein kleines bisschen.

Wenn ich mir das oft genug sagen würde, würde ich es irgendwann glauben. Denn sie gehörte nicht mir und würde es nie. Exos besaß ihre Seele und ich wollte nicht dazwischenfunken. Aber als ich nach oben zu den Sternen am Himmelszelt sah, musste sogar ich widerwillig zugeben, dass mein Bruder eine gute Wahl getroffen hatte. Ich hatte es zuerst nicht verstanden, aber zwei Tage mit ihr hatten mir den Grund gezeigt.

Sie ist eine gute Gefährtin für dich, Exos, dachte ich in seine Richtung. *Ich schwöre, dass ich sie beschützen werde. Immer. Für dich.*

Und vielleicht ein kleines bisschen für mich.

Aber Exos brauchte diesen Teil nicht zu wissen.

Niemand musste das.

EXOS

*C*laire ... Ich konnte spüren, wie sie versuchte, mich zu finden. Ihre Essenz war eine berauschende Präsenz, die zu streicheln ich mich sehnte. Aber ich musste sie wegstoßen. Es war der einzige Weg, um den Schatten, der mich gefangen hielt, zu bekämpfen.

Ein Schatten, dessen Durst nach Claire in mich drang, seine tiefschwarzen Krallen in unser Band versenkte und immer näher an meine Gefährtin kam.

Nein! Ich schob ihn zurück, aber er wurde mit jeder

Sekunde mächtiger – *hungriger.* Er erinnerte mich an ein schwarzes Loch, das sich drehte und aussaugte, sich an der Seelenenergie *laben* musste, die uns umgab.

Ich würde es mir nie verzeihen, wenn dieses Ding Claire verletzen würde. Und ich brauchte all meine Kraft, um die Präsenz davon abzuhalten, mein Wesen einzunehmen.

Ich werde nicht zu deiner Marionette werden, grummelte ich entschlossen.

Das werden wir ja sehen, neckte die unbekannte Präsenz und drang tiefer in mich.

Fick dich, fauchte ich.

Lachen hallte durch mein Bewusstsein. Der Eindringling war amüsiert.

Sind sie zu zweit?, fragte ich mich bedröppelt. *Es* fühlte sich zu kraftvoll an, um nur eine Person zu sein. Zu einnehmend. Zu … *bekannt.*

Das *Es* flog immer wieder in und aus meinen Gedanken heraus und war zu mächtig für mich, als dass ich mich hätte lange daran festhalten können. Was genau der Grund war, warum ich mich von Claire und dem bösen Etwas verschließen musste, das drohte, meine Seele einzunehmen.

Ich schlüpfte in die Untiefen meines Bewusstseins und baute meine Blockade auf. Ich war versessen darauf, meine Reserven zu stärken, bevor ich zuschlug.

Aber es würde Zeit bedürfen.

Tage.

Vielleicht sogar Wochen.

Einen Monat.

Und ich musste mich von meiner Claire verabschieden. Jedenfalls für eine Weile.

Ich seufzte, als die letzte Leiste der Barriere sich zu formen begann. Mein Herz sehnte sich nach dem Band, das ich wegschließen musste. Nicht brechen, nur wegschließen.

Für den Moment. Bis ich stark genug war, um uns beide zu beschützen.

Gib mich nicht auf, Claire, flüsterte ich ihr zu. *Ich werde mich bald wieder melden. Versprochen.*

Dunkelheit legte sich über die Nachricht und folgte dem Band zu der Frau, die ich in mein Herz gelassen hatte. Ich schrie in Aufruhr und benutzte die letzten Überbleibsel meiner Kraft dafür, die Fee abzutrennen und dieses Arschloch wegzupusten.

Ein zischendes Geräusch folgte daraufhin und sagte mir, dass ich gesiegt hatte.

Für den Moment.

Es war ein vergänglicher Sieg. Einer, den das Wesen nur noch wütender machen würde.

Wer bist du?, fragte ich mich und war wütend, dass ich die bekannte Kraft nicht identifizieren konnte.

Ach, es spielte keine Rolle.

Sobald ich Energie getankt hatte, würde ich zerstören, wer auch immer mich zu unterwerfen versuchte. Ich war der rechtmäßige Erbe des Seelenreichs. Ich hatte es mein Leben bestritten, aber jetzt war es an der Zeit, es anzunehmen. Alles, was ich tun musste, war, Stärke zu sammeln und sie zu benutzen.

Bald, schwor ich. *Bald.*

Das letzte Überbleibsel meines Käfigs fiel an seinen Platz und ich schloss meine Augen, verschloss mich von allem und jedem.

Der Kampf hatte noch nicht begonnen.

Aber wenn er beginnen würde, würde ich siegreich davongehen.

Das tat ich immer.

CLAIRE

Etwas über einen Monat später ...

D ie Elfe zirpte mich fröhlich an, was ein Lächeln auf meinem Gesicht aufziehen ließ. „Ich habe keine Ahnung, was du sagst", sagte ich zu ihr. Das schien die kleine Elfe nur noch aufgeregter zu machen. Sie begann zu tanzen und ihr Staub flatterte um sie herum, was mich zum Lachen brachte.

Eine zweite erschien neben mir. Diese hier war von Elana herbeigezaubert worden. Und die beiden begannen in ihrer ulkigen Sprache zu plaudern, während sie hypnotische Kreise im Essbereich zogen.

Das war einer meiner Lieblingsteile unserer Lektionen geworden. Die Erschaffung von Leben durch Magie.

Elanas Energie wärmte meine und sie lächelte anerkennend, als ich eine weitere Elfe mit meinen Gedanken erschuf. Bei dieser handelte es sich um eine männliche. Die beiden weiblichen Elfen kamen augenblicklich und voller Neugier näher.

„Das ist neu", murmelte Elana.

Ich zog eine Schulter hoch. „Ich kann mir von ein paar Männern Inspiration holen." Fünf, um genau zu sein. Sechs, wenn ich River dazuzählte. Sol, Vox, Titus und Cyrus waren zu permanenten Leuten in meinem Leben geworden und Exos war ein nächtlicher Bestandteil meiner Träume. Die einzige Frau, die mir im vergangenen Monat ans Herz gewachsen war, war Elana – aber ich konnte uns nicht direkt Freunde nennen. Sie war eher wie eine gute Fee, von der ich nie gewusst hatte, dass ich sie brauchte.

Sie lachte, als die weiblichen Elfen der männlichen im Zimmer nachjagten. Er gab quiekend eine Art Befehl von sich, den die anderen beiden jedoch nicht beachten wollten. Er schlug kräftiger mit seinen Flügeln, um davonzukommen.

„Ist das, wie du dich jeden Tag fühlst?", wollte Elana wissen. „Mit all diesen männlichen Feen, die deine Kräfte umkreisen?"

Ich errötete. „Sie jagen mich nicht." Sie folgten mir nur irgendwie auf Schritt und Tritt. Titus wartete unten darauf, dass unsere Lektion endete, und wir würden vermutlich auf dem Weg zurück zum Seelen-Campus von Vox oder Sol abgefangen werden. „Sie sind etwas übermäßig beschützerisch."

Nicht auf eine erdrückende Weise, sondern auf eine verantwortliche Art.

Ihre Verteidigungsmagie war im Verlaufe des letzten Monats stärker geworden, während ich meine Elemente zu meistern versuchte. Es war, als mochten sie die Aufmerksamkeit, die ich auf mich zog, nicht. Aber ich konnte es nicht ändern. Die Akademie war dazu da, um zu lernen.

„Du hast fünf Elemente", murmelte Elana. „Es ist nicht überraschend, dass du Gefährten von verschiedenen Elementen anziehst."

„Oh, so ist es nicht." Jedenfalls gab ich mein Bestes, damit es nicht so war. Titus stellte mich mehr als zufrieden und meine Seele gehörte immer noch Exos. „Wir sind alle nur Freunde."

Die Worte kamen mir gekünstelt über die Lippen, aber ich musste sie für wahr halten. Obwohl Exos einmal gesagt hatte, dass ich vermutlich einen Gefährten für jedes Element brauchen würde, so war ich entschlossen, ihm zu zeigen, dass er falsch lag. Fünf Männer? Ich hätte lachen können.

Oder aber vielleicht wollte ich weinen.

Ich schüttelte meinen Kopf und konzentrierte mich auf die Elfen, erschuf einen weiteren Mann, der sich dem Streifzug anschloss. Das hielt die anderen drei dazu an, ihren Tanz durch das Zimmer zu stoppen.

Lauteres Zirpen war zu hören, als die erste männliche Elfe sich in Angriffsposition begab.

Hm, es schien, als ob der kleine Kerl Konkurrenz nicht mochte.

Das ließ mich meine Stirn runzeln. Titus benahm sich nie so. Keiner der Jungs tat das.

Also ja, nur Freunde. Das war auch der Grund, warum Sol nie wieder den Sonnenwendball angesprochen hatte und

Vox sich mir nur beim Kochen zu öffnen schien. Und Cyrus … Na ja, er war einfach nur ein Arsch. Nichts Neues.

Die Elfen zirpten weiter, während ich gähnte.

„Müde?", fragte Elana und ihren grauen Augen lag ein Funke mütterlicher Besorgnis inne.

Ich nickte. „Ich habe letzte Nacht nicht gut geschlafen." *Oder die Nacht zuvor. Oder die Nacht davor. Und, na ja, in den letzten vier oder fünf Wochen.*

Exos erschien mir jede Nacht, sodass ich jeden Morgen mit einem gebrochenen Herzen aufwachte. Ich konnte spüren, wie unsere Verbindung mit jedem Tag dahinwelkte und sich das Band mit der Zeit zersetzen würde. Cyrus hatte gesagt, dass das war, weil Exos sich von mir abschirmte. Dass, wenn wir unsere Beziehung nicht bald wieder aufnehmen würden, sie verwelken und sterben würde und wir nie wieder ein Band zueinander knüpfen könnten.

Mein Herz schmerzte bei diesem Gedanken.

Aber ich hatte keine Ahnung, wie ich ihn finden sollte. Er hatte mich nach ein paar geflüsterten Worten von wegen ‚ihn nicht aufzugeben' einfach ausgesperrt. Na, ich würde ihn nie aufgeben. Aber es wäre nett gewesen, wenn er mir einen Hinweis auf seinen Aufenthaltsort und sein Befinden gegeben hätte.

„Geht es dir gut, Claire?" Elana musterte mich mit ihrer unverwechselbaren Art. „Du machst große Fortschritte in deiner Kontrolle. Ich meine, der Beweis dafür tanzt auf dem Tisch."

Ich zwang mich angesichts der Show zu einem Lächeln und schüttelte meinen Kopf. „Ja, mir gehts gut. Es war nur ein langer Monat."

„Exos", sagte sie und nickte wissend, als mein Blick zu ihr hochfuhr. „Ich habe mich gefragt, warum er zu so einem wichtigen Zeitpunkt in eurer Beziehung fortgehen würde. Vielleicht solltest du ihn nach Hause berufen?"

So eine unschuldige Frage, die mit ehrlicher Besorgnis unterstrichen war.

Cyrus dachte, dass sie hinter Exos' Entführung stecken könnte. Aber nach fünf Lektionen mit ihr wusste ich, dass er falsch lag. Dieser Frau lag zu viel daran, Frieden und Harmonie zwischen den Feen herbeizuführen, um eine von ihnen zu verletzen. Sie weinte oft, wenn wir die Elfen fortschicken mussten, und sie waren nicht einmal echt.

Ich seufzte. „Ich vermisse ihn." *Aber ich kann dir nicht sagen, wo er ist oder wie es ihm geht.* Denn, obwohl ich wusste, dass sie unschuldig war, so konnte ich mich nicht dazu bringen, Cyrus' Vertrauen zu hintergehen. Er war damit beschäftigt, den Fall aus allen möglichen Blickwinkeln zu beleuchten – aber er hatte noch immer keine Spur.

Aber wenn sich jemand so sehr um Exos scherte wie ich, dann Cyrus. Also würde ich ihm vertrauen, bis er mir einen Grund gab, es nicht mehr zu tun.

„Beordere ihn nach Hause", sagte sie erneut. „Oder sag Cyrus, dass er es tun soll." Ein wissender Funke verzog ihre Augen zu einem Lächeln. „Oder ich kann ihn fragen, wenn dir das lieber ist. Ich weiß, wie angsteinflößend Cyrus sein kann."

„Findest du? Ich finde ihn so charmant", sagte ich ausdruckslos. Sie lachte laut heraus. „Ja, nicht wahr?" Sie wischte sich eine Träne aus den Augen und schüttelte ihren Kopf. „Er ist ein sturer Bock, so viel steht fest."

„Das ist eine Untertreibung", murmelte ich. „Ich bin mir sicher, dass er es gut meint, aber ja … Er ist eine Naturgewalt."

Elana nickte. „Ja. Er ist wie sein Vater. Eigensinnig und dominant und unglaublich loyal." Sie leerte ihre Teetasse und stellte sie mit einem milden Lächeln beiseite. „Du willst das vielleicht nicht hören, aber du bist deiner Mutter sehr ähnlich, Claire. Die Geschichte, von der alle sprechen, ist in so vielerlei Hinsicht unsauber." Sie verlor einen Teil ihres Strahlens und ihr Gesichtsausdruck wurde etwas betrübt. „Die Ophelia, die ich kannte, war eine entschlossene, intelligente und äußerst talentierte Frau."

Ich lehnte mich nach vorne und wollte mehr über die Mutter wissen, die ich nicht kannte. Elana hatte sie beiläufig ein paarmal erwähnt, aber nie viel Kontext geliefert. Das war das erste Mal, dass sie irgendwelche Zweifel am Vermächtnis meiner Mutter andeutete. „Was meinst du mit unsauber?", fragte ich.

Sie seufzte, winkte mir ihrer Hand und ließ die Elfen sich damit in Staub verwandeln, der auf dem Tisch landete. Normalerweise vergoss sie an dieser Stelle eine Träne, aber sie schien zu abgelenkt von der Vergangenheit zu sein, um die Gegenwart zu bemerken. „Es gibt so vieles an diesen Tagen, das ungeklärt ist. Ich meine, zum einen haben sie die Leiche deiner Mutter nie gefunden. Und Mortus schwört, dass er sie manchmal spüren kann."

„Moment mal ... Ich dachte, er hätte sie getötet?" Wieso würde er davon sprechen, dass er sie spürte, wenn er wusste, dass sie tot war? Glaubte er an Geister oder so?

„Oh, er behauptet, sie getötet zu haben, ja. Aber niemand hat jemals ihre Leiche gefunden." Sie zog ihren Mund zur Seite und seufzte dann. „Ganz ehrlich, ich weiß nicht einmal, warum ich überhaupt spekuliere. Es war ein Kampf, den sie nicht hätte überleben können, und ihr Körper hat sich vermutlich unter dem Energierückstoß eines gescheiterten Bandes aufgelöst. Aber die Seuche, die darauf folgte, ergibt nicht wirklich Sinn. Feen kippten scharenweise tot um. Ihre Körper waren ihrer Seelen beraubt worden, als hätte der Himmel sie verschluckt. Es war alles sehr ... *suspekt*."

Elana schluckte leer und ihre Hände klammerten sich fest an den kunstvoll verzierten Tisch im Esszimmer. Geister tanzten in ihren Augen, zeigten eine eindringliche Geschichte, die man hätte erleben müssen, um sie zu verstehen. Ich bekam Gänsehaut.

„Chaos herrschte über uns, Claire. Wochenlang. Es ist wirklich schwer zu sagen, was passiert und was nicht passiert ist." Ihre silbernen Augen sahen in meine und sie hatte einen düsteren Ausdruck im Gesicht. „Die Untreue deiner Mutter ist unbestreitbar und du bist der lebende Beweis. Aber die Umstände dieser Entscheidung scheinen mir ... Na ja, brutal."

„Die Seuche verbreitet sich zu den Erdfeen." Ich hatte es mit eigenen Augen gesehen. Zwei Erdfeen-Schüler waren im letzten Monat krank nach Hause gegangen, was Sol jedes Mal noch unnahbarer machte. Er schien sich Vorwürfe zu machen, weil er überlebt hatte, und ich sah die Besorgnis um jeden seiner Klassenkameraden in seinen Augen. Ich wünschte, es hätte etwas gegeben, dass ich hätte tun können. Auch wenn es nur war, mit ihm zu reden. Aber immer, wenn ich das Thema ansprach, wechselte er es zu Training oder instruierte mich. Dann brachte er eine Ausrede, um sich zu entschuldigen.

„Ja, sie verbreitet sich", bestätigte Elana leise. „Sie geben den Seelenfeen die Schuld daran, aber es sind nicht viele von uns übrig, um den ganzen ‚Ruhm' einzuheimsen. Was auch der Grund ist, warum ich so auf Harmonie abziele. Weil ich glaube, dass der Grund kein zerstörtes Band ist, sondern das Misstrauen unter den Feen. Anstatt zusammenzuarbeiten, um zu überleben, haben wir unsere Elemente in verschiedene Königreiche verteilt und kämpfen untereinander um Macht. Darum bist du so wichtig, Claire. Du hältst den Schlüssel dafür ihn der Hand, uns alle zusammenzubringen."

„Weil ich alle fünf Elemente besitze", flüsterte ich.

„Genau." Sie entspannte ihre Schultern und lächelte. „Das ist kein Gespräch, das wir heute führen müssen, liebste Claire. Aber du musst dein Potenzial anerkennen. Es gibt solche, die wünschen, es zu zerstören. Ich würde gerne das Meiste daraus rausholen. Es könnte uns alle retten."

Ich war mir nicht sicher, wie ich über die beiden Möglichkeiten fühlte. Eine führte definitiv zum Tode, während die andere darauf hindeutete, dass ich benutzt werden könnte.

„Kanzlerin", klang Titus' Stimme aus der Tür. Sein Ton war bescheiden und sein Feuer wärmte meine Haut.

„Ja, ja, es ist Zeit." Elana winkte ab und stand auf.

„Ich wollte dich nicht hetzen", sagte er reuevoll.

„Oh nein. Wir haben bereits überzogen. Das scheint eine fortdauernde Angewohnheit zu sein." Sie zwinkerte mir zu. „Nächste Woche um dieselbe Zeit?"

Ich nickte. „Ja, bitte."

„Wunderbar." Sie strahlte Titus an. „Du kannst deine Gefährtin jetzt wiederhaben, Feuerfee. Gib auf sie acht."

„Das werde ich, Ma'am", versprach er und legte seinen Arm um meinen unteren Rücken und ich stand auf.

Elana winkte mir zu und ließ Feenstaub im Raum tanzen, der sich in eine Armee aus neuen Elfen verwandelte. „Wir müssen ein Abendessen vorbereiten, ihr Kleinen", verkündete sie und ihre Aufmerksamkeit hatte sich bereits auf die nächste Aufgabe gerichtet.

Titus und ich waren mitten in ihren Anordnungen gegangen und er zog seine Mundwinkel amüsiert hoch. „Du solltest das im Seelen-Campus machen. Sie könnten all unsere Mahlzeiten kochen."

„Ich glaube, Vox genießt das Kochen zu sehr, um das zuzulassen", neckte ich. „Aber vielleicht könnten sie uns beim Saubermachen helfen?" Die Jungs waren echt unordentlich.

Vor allem Sol, der eine Spur aus losen Steinen zu hinterlassen schien, wo immer er hinging.

„Stimmt." Er schmiegte seine Lippen an meine Schläfe und führte mich aus dem Haus und den Weg hinab, der uns zurück zum Campus brachte. „Wie war deine Unterrichtsstunde?"

„Gut." Ich runzelte die Stirn und dachte darüber nach, was Elana enthüllt hatte. „Sie war aufschlussreich."

„Wie das?"

„Ich glaube nicht, dass sie Exos gefangen hält." Ich hatte Titus von Cyrus' Vermutungen letzten Monat erzählt, weil ich ihm nichts verheimlichen wollte. Er hatte Cyrus' Plan zugestimmt und gesagt, dass – obwohl es gefährlich war – es Sinn machte, näher an sie ranzukommen, um herauszufinden, was ich in Erfahrung bringen konnte. Und die heutige Stunde schien mir mehr Informationen gegeben zu haben als die letzten paar Wochen zusammen. „Hast du gewusst, dass die Leiche meiner Mutter nie gefunden wurde?"

Er dachte einen Moment lang nach und schüttelte seinen Kopf langsam. „Davon habe ich nie gehört."

„Elana hat gesagt, dass Ophelias Körper nie gefunden wurde und dass Mortus behauptet, er würde sie manchmal spüren", sagte ich und dachte laut, während ich das Szenario in meinem Kopf durchging. „Was, wenn Ophelia noch lebt?" Genau in diesem Moment beschloss Cyrus, aufzutauchen. Sein Wasser-Element lag schwer in der Luft. „Na, das ist eine interessante Theorie", erwiderte er und Titus blickte ihn mürrisch an. „Ich hasse es verdammt nochmal, wenn du das tust", murmelte er.

„Dito", stimmte ich zu. Die beiden Männer zogen ihre Augenbrauen hoch. „Das bedeutet, dass ich Titus zustimme", erklärte ich.

„Natürlich tust du das", sagte Cyrus grinsend. „Wie auch

immer. Du musst mit mir mitkommen. Wir können deine kleine Theorie auf dem Weg weiter besprechen."

Kleine Theorie. Was für ein Arsch. „Titus und ich haben Pläne." Das hatten wir nicht, aber es war eine Frage des Prinzips. „Also sprüh dich sonst wohin." Ich lief weiter, aber Cyrus' Antwort ließ mich innehalten. „Ich habe eine Spur zu Exos, Claire."

EXOS

Claire drehte sich so schnell um, dass Titus sie an ihrer Hüfte packen musste, damit sie nicht umfiel. *„Was?"*

„Ich wiederhole mich nur ungern." Sie hatte mich verstanden.

„Wirst du mit mir kommen oder nicht?"

„*Wir* werden mit dir mitkommen", sagte Titus, während Claires Mund sich bewegte, aber keine Worte rauskamen.

„Nein." Ich sah der Feuerfee in die Augen. „Nur Claire."

„Warum?", wollte er wissen.

„Weil wir ins Seelen-Königreich gehen müssen." Und nur eine Seelenfee konnte dorthin gehen, ohne bleibende Schäden davon zu tragen.

Titus' darauffolgender Gesichtsausdruck sagte mir, dass er das auch wusste. Er wurde beim Gedanken daran kreidebleich. „Das kannst du nicht ernst meinen", keuchte er.

„Es ist eine ernstzunehmende Spur." Vor allem, weil ich Mortus letzte Nacht dahin gefolgt war und es nur einen Grund geben konnte, warum er sich entschieden hatte, ins tote Königreich zu gehen: Exos.

„Wir haben das Areal der Akademie abgesucht und wir haben sogar den verzauberten Winkel durchsucht. Wo wir noch nicht waren, ist das Seelen-Königreich. Und das würde erklären, warum mein Bruder sich von allen lossagen konnte."

Es gab Elemente im toten Reich, die so einen Trick möglich machten. Es würde auch bedeuten, dass er womöglich übriggebliebene Energie sammelte, um sich zur Wehr zu setzen.

„Du brauchst sie, um dir dabei zu helfen, seine Präsenz zu spüren." Titus klang entsetzt.

„Das tue ich", gab ich zu. „Ich habe es gestern Nacht allein versucht und bin gescheitert. Vielleicht wird Claire etwas anderes finden."

„Indem sie ihr eigenes Leben riskiert", schaffte Titus zähneknirschend hervorzubringen. „Das Seelen-Königreich ist ein Ödland."

„Das stimmt." *Beides.* „Also schätze ich, ist die Frage, wie viel die kleine Königin für ihren Seelen-Gefährten zu riskieren bereit ist?"

Ich sah sie herausfordernd und mit hochgezogener Augenbraue an. „Bist du stark genug, Claire? Oder würdest du ihn lieber leiden lassen, bis es zu spät ist?"

„Das ist nicht fair", flüsterte sie.

„Was nicht fair ist, ist, dass mein Bruder irgendwo unter dem Erdboden verrottet", brachte ich vor. „Er stirbt, Claire. Und jeden Tag, an dem wir so tun, als ob es ihm gut geht, ist ein Tag, an dem sein Ableben näher rückt. Also, entweder –"

„Du bist derjenige, der gesagt hat, dass wir so tun sollten, als wäre nichts passiert", fauchte sie und stellte sich kampfbereit vor mich hin. „*Du* wendest dich nicht an den Rat. *Du* treibst Mortus nicht in die Enge. *Du* bist es, der ihn tötet, Cyrus. Nicht ich." Sie sandte einen Windstoß direkt in meine Brust und ich stolperte einen Schritt zurück. „*Wage* es ja nicht, über seinen Tod zu reden, als würde ich ihn herbeiführen. Du bist nicht der, der jede Nacht zu Bett geht und von ihm träumt und jeden Morgen aufwacht und ihn in der Verbindung zu finden versucht, die er unterbrochen hat."

Ich rieb die Stelle, an der sie mich getroffen hatte, und verzog das Gesicht. „Du magst meinen Methoden nicht zustimmen, aber ich –"

„Ich stimme nicht zu, dass du einfach auftauchst und so tust, als würde ich nicht alles in meiner Macht Stehende tun, um ihn zu retten. Du willst, dass ich ins Seelen-Königreich komme? Na schön. Ich werde mitkommen. Aber du musst mich nicht provozieren, damit ich es tue. Ich will ihn genauso sehr retten wie du, wenn nicht sogar mehr. Also fick dich und deine Psychospielchen, Cyrus. Entweder bringst du mich hin oder du kannst dich versprühen."

Titus sah sie mit offenem Mund an, war von ihrem Ausbruch schockiert.

Aber alles, was ich tun konnte, war, zu lächeln.

Das war die Kämpferin, die ich brauchte. Die Frau unter den Elementen, die tun würde, was nötig war, um die zu retten, die unter ihrem Schutz standen. Keine Tränen, keine Ausreden. Nur eine Kämpferin, die bereit für den Kampf war.

Und vielleicht machten meine Methoden mich zu einem Arschloch, aber sie funktionierten.

„Okay", sagte ich und streckte meine Hand aus. „Wir müssen sofort aufbrechen."

„Na gut." Sie sah Titus an und seufzte, als sie seinen Gesichtsausdruck sah. „Ich schaffe das."

„Du hast keine Ahnung, auf was du dich da einlässt, Claire", sagte er und seine Wut zog eine Linie aus unsichtbarem Feuer um seine Aura.

„Und du hast dich von Cyrus gerade dazu bewegen lassen, zu gehen."

„Er hatte mich bei ‚Exos'", erwiderte sie mit einem traurigen Lächeln. „Wenn er eine Spur hat, muss ich ihr folgen. Und ich würde dasselbe für dich tun."

„Das würde ich nie von dir verlangen."

„Und Exos auch nicht." Sie legte ihre Hand an seine Wange und stellte sich auf ihre Zehenspitzen, um ihn innig zu küssen. Es war ein Moment von zwei Liebenden. Er machte mich auf merkwürdige Art und Weise glücklich. Ein komisches Gefühl, zumal ich mich nicht hätte um sie scheren sollen. Aber ich mochte es, sie glücklich zu sehen. Etwas sagte mir, dass Exos auch zustimmen würde. „Ich packe das schon."

„Es ist eine Todesfalle", flüsterte Titus. „Das Seelen-Königreich ist der Ort, an den sie die Feen zum Sterben schicken."

„Dann ist es gut, dass ich voller Leben bin." Sie küsste ihn erneut und nahm dann einen Schritt zurück. „Und ich werde vom Seelenkönig gelotst."

Eine besserwisserische Bemerkung darüber, dass sie mir vertraute, lag mir auf der Zunge, aber ich hielt sie zurück. Ich brauchte dringend ihre Hilfe, wenn mein Plan hinhauen sollte. Und da ich sie jetzt hatte, würde ich nicht riskieren, sie zu verlieren.

„Wenn ihr etwas zustößt –"

„Dann wirst du dir nicht die Mühe machen müssen, mich zu töten, Titus", unterbrach ich ihn. „Mein Bruder wird das für dich erledigen, wenn ihr etwas passiert."

Er starrte mich einen langen Augenblick an, dann nickte er. „Bring sie zurück, Seelenkönig."

Ich streckte meine Hand nach ihrer aus und lächelte. „Wenn es nach mir geht, wird Exos sie zurückbringen."

SOL

„Sie ist so winzig", murmelte ich. Nicht unbedingt so winzig, wie Aflora oder meine kleine Schwester es gewesen war, aber definitiv kleiner als ich.

„Wer?", fragte Vox, während er meinen kürzlich herbeigeführten Schaden auf dem Seelen-Campus behob.

Was einst ein Esstisch gewesen war, war jetzt nichts mehr als ein Haufen Splitter, die Vox peinlich genau wieder zusammenfügte. Es bedurfte unglaublicher Macht und

Konzentration, damit die Luftfee jedes abgebrochene Stück wieder zusammenfügen konnte.

Ich hatte den Tisch nicht kaputtmachen wollen. Die Frustration hatte mich übermannt und, na ja … Ja.

„Wer?", wiederholte Vox mit einem Hauch Ungeduld in seiner Stimme.

„Oh. Claire." Von wem würde ich sonst reden? „Sie ist einfach so viel kleiner als ich."

„Na und?", fragte er und sah mich endlich an.

„Ich meine nur …" Ich legte eine Hand auf meinen Nacken, war mir nicht sicher, wie ich es in Worte fassen sollte. Vielleicht war es besser, einfach nichts zu sagen. Vox brauchte es nicht zu wissen. Er musste vermutlich mit seinen eigenen Problemen in Bezug auf Claire klarkommen. „Vergiss es."

„Oh nein. Ich will wissen, warum du das gesagt hast. Wieso denkst du über ihre Größe nach?"

„Es geht nicht um ihre Größe, sondern eher um ihren allgemeinen Umfang", gab ich schnaubend von mir. „Sie ist so winzig."

„Ja, das hattest du bereits gesagt." Er verschränkte seine Arme vor seiner Brust. „Warum kümmert dich das?"

„Kümmert es dich nicht?", wollte ich wissen. „Ich meine, du hörst sie nachts genauso gut wie ich. Du musst darüber nachdenken." Da waren die Worte, die ich nicht hatte aussprechen wollen. Voxs schockiertem Gesichtsausdruck nach waren sie auch nicht, was er erwartet hatte.

„Du meinst … Du meinst …" Er machte eine Handbewegung, die mich meine Stirn runzeln ließ.

„Was zum Teufel soll das sein?"

„Du weißt schon."

„Nein, weiß ich nicht." Es hatte ausgesehen wie … Na ja, ich wusste auch nicht. Er hatte mit seinen Fingern eine

Schere nachgeahmt, als wolle er ihr die Haare schneiden. „Du hattest schon mal Sex, oder?"

Er erblasste. „Sol!"

„Was?", fragte ich. „Komm schon. Angesichts deiner kleinen Bewegung ist das eine berechtigte Frage."

„Wir werden dieses Gespräch nicht führen."

„Du hast mich gefragt, worüber ich nachgedacht habe. Jetzt hast du die Antwort." Eine, für die er mich zu verurteilen schien, was total unfair war. „Du kannst mir nicht erzählen, dass du nicht darüber nachgedacht hast. Denn ich habe mitbekommen, wie oft du dich in letzter Zeit duschst."

„Oh, bei den Elementen", sagte Vox und sah zur Decke.

„Alles, was ich gesagt habe, ist, dass sie winzig ist, okay?", grummelte ich. „Ich weiß, dass du dir deswegen keine Gedanken machen musst. Ich aber schon."

„Was ist aus ‚Ich will mich nicht mir ihr verbinden' geworden?", wollte Vox wissen.

„Ich ... Ich will das auch nicht." *Glaube ich. Vielleicht. Verdammt, ich weiß es nicht.* Ich schüttelte meinen Kopf. „Es war nur ein Gedanke, okay?"

„Über ihre Größe da unten."

„Und wie ich ihr wehtun könnte", sagte ich missmutig. „Vergiss es. Mach einfach weiter mit dem, was du vorher gemacht hast."

„Was ich mache, ist, das verdammte Chaos in der Küche zu beseitigen", fauchte er. „Weil *du* den Tisch kaputt gemacht hast. Wie passend, wo du dir doch Sorgen um sie machst."

„Hey, das ist nicht fair."

„Ist es nicht?", fragte Vox. „Weißt du was? Du solltest ihn reparieren."

„Wieso benimmst du dich wie ein Arschloch?" Er war überhaupt nicht wie mein bester Freund. Klar, er hatte in der Vergangenheit so seine Launen gehabt, aber das hier schien tiefer zu gehen. Irgendetwas schien nicht zu stimmen. „Was ist los?"

„Ich kann kein Abendessen kochen, Sol. Weil wir es nirgendwo essen können. Das ist los." Er deutete auf das Chaos und beschwor einen Luftstoß herauf, der alles weg und durch die offene Tür pustete. „Und wieso zur Fee denkst du darüber nach, Claire zu ficken?"

Ich zog meine Augenbrauen hoch. „Willst du mir sagen, dass dir dieser Gedanke noch nie gekommen ist?"

„Natürlich", erwiderte er und seine Wangen färbten sich rot. „Ich meine, ich höre dasselbe wie du."

„Warum machst mir dann deswegen die Hölle heiß?"

„Weil keiner von uns sich mit ihr verbinden will!", rief Vox aus und ein Windstoß untermauerte die Lüge, die er sich selbst zu erzählen versuchte. Ich hatte das mit dem Duschen nicht übertrieben und er wusste es auch.

„Wollen wir nicht?", fragte ich, sprach meinen Gedanken laut aus. „Weil, wenn du das wolltest und ich das wollte … Dann könnte es vielleicht klappen."

Und vielleicht würde Vox dann aufhören, so ein verklemmter Mistkerl zu sein, und ich hätte wieder einen klaren Kopf. Der Seelen-Campus würde es begrüßen. Ich hatte im vergangenen Monat genug Schaden hier angerichtet.

Vox starrte mich ungläubig an und ich runzelte die Stirn. „Warum siehst du mich so an?"

Er verwarf seine Hände. „Es ist schräg, okay?"

„Schräg", wiederholte ich. „Sich mit einer wunderschönen Frau zu verbinden, ist schräg. Okay", knurrte ich und drehte mich zum Luftwirbel um, der den Tisch so ungefähr in derselben Form zusammenhielt, die er zuvor gehabt hatte. Kleine Risse waren an den gebrochenen Stellen zu erkennen und ich zwang meine Erdmagie dazu, hervorzukommen und den Tisch sich an seine ursprüngliche Form zu erinnern. Er war einst Holz gewesen, geboren aus der Erde, und hatte Leben und Jahreszeiten gekannt, lange bevor es von meinen unvorsichtigen Magieausbrüchen kaputt gemacht worden war.

„Wir müssten sie teilen", sagte Vox nach einem langen Moment der Stille. Seine Stimme klang jetzt sanfter als vorher. „Findest du das nicht schräg?"

Ich zuckte mit den Achseln. „Um ehrlich zu sein, nein." Wollte ich mit anderen Männern intim sein? Nicht wirklich. Aber wenn ich mir mit jemandem eine Frau teilen würde, dann mit Vox. „Wenn überhaupt, würdest du mir mit meiner Kontrolle helfen, damit ich ihr nicht wehtun würde." Die Worte waren kaum mehr als ein Murmeln, das an mich selbst gewandt war, aber angesichts Voxs Affinität für Luft hatte er sie vermutlich gehört.

Mein bester Freund erstarrte. „Was?!"

Ich seufzte. „Du hast mich schon verstanden."

„Du hast über uns … drei nachgedacht?!" Er klang so erschrocken, dass ich lachen musste. „Alter, es ist nicht so, als ob ich über dich fantasieren würde. Ich denke nur darüber nach, wie … Du weißt schon … Wie das alles –" Ich schüttelte meinen Kopf. „Weißt du was? Vergiss, dass ich es je angesprochen habe."

„Vergessen, dass du einen Dreier mit Claire und mir willst?", fragte Vox und das Schnaufen in seiner Stimme erzürnte mich.

Weißt du was? Scheiß auf diesen Tisch. Ich zerschlug ihn zu Voxs Schock in winzig kleine Teile und erschuf etwas aus dem Boden.

Etwas, von dem ich wusste, dass Claire es lieben würde.

Ich erinnerte mich an ihre Magie im Unterricht. Ein Baum, der nicht von dieser Welt war, verwurzelte sich im Boden und seine erdige Seele bebte, während ich die kleinen Samen suchte. Er wuchs, streckte Äste aus und erblühte mit

Claires unglaublich flauschigen, süßen Früchten. Wie hatte sie sie noch genannt?

Pfirsiche.

Ich ahmte ihre Essenz in meiner Handfläche nach und verteilte mehrere Samen, sagte ihnen, dass sie sich an Claires Element erinnern sollten.

„*Sol!*"

Vox hatte mich schon eine ganze Weile angeschrien, aber erst als er eine Wand aus Wind in meine Brust sandte, öffneten sich meine Augen und meine Energie ließ von der Magie und den friedlichen Gedanken, die mich eingelullt hatten, ab. Ich starrte das Resultat meiner Schöpfung an. Was ein Esstisch hätte sein sollen, war jetzt ein langes Stück Holz, aus dem Äste drangen. Lange Wurzeln vergruben sich in die kaputten Bodenfliesen und ein Abbild von Claires Pfirsichbaum schmückte die polierte Oberfläche. An den Seiten wuchsen weitere Bäume und berührten die Decke, waren voller Früchte.

Ich lächelte.

Vox starrte mich ungläubig an. „Was um der fünf Elemente willen ist in dich gefahren, Sol?! Jetzt ist der Boden kaputt und wir haben Bäume in unserer Küche."

In diesem Moment trat Titus ein. Funken sprühten an seinen Fingerspitzen, sahen aus wie kleine Explosionen. Er hatte bereits einen finsteren Gesichtsausdruck aufgehabt, als er eingetreten war, aber als er mein Werk erblickte, blieb er wie angewurzelt stehen. „Na, da hat wohl jemand umgestellt."

Hitze breitete sich vor Scham auf meinem ganzen Körper aus und ich setzte mich auf einen der überwachsenen Baumstümpfe am Tisch, griff nach einem Pfirsich, der an einem der niedrighängenden Äste baumelte. „Du wolltest Abendessen kochen, oder etwa nicht Vox?", erinnerte ich ihn. „Du wolltest, dass ich den Essbereich vorbereite, und das habe ich." Und damit versenkte ich meine Zähne in der köstlichen Frucht, entspannte mich sofort.

Vox funkelte mich an und ließ Luft ab – buchstäblich. Ein Windstoß ließ sein Haar aufwirbeln. Das Haarband hatte sich gelöst, als er versucht hatte, den Tisch zusammenzufügen. „Na schön. Ich werde kochen. Vielleicht wird etwas zu essen austreiben, was in dich gefahren ist." Er sah Titus, dessen Haut dampfte, an. „Und dir vielleicht auch."

Titus setzte sich auf einen Stumpf neben mir und blickte düster drein. „Ich will nicht darüber reden." Flammen züngelten über seine Haut wie Schlangen, was mich zusammenzucken ließ.

„Brenn ja nicht die Bäume nieder", tadelte ich. „Ich habe sie für Claire gemacht, weil sie Pfirsiche mag. Und ich auch."

Titus summte anerkennend und ein Teil seines Feuers erlosch. „Wenn sie es zurückschaffen wird, wird sie sie lieben."

Seiner Stimme wohnte so viel Groll inne, dass ich aufhörte, zu essen. Der Saft vom Pfirsich rann mir übers Handgelenk und ich wischte ihn an meiner Hose ab. „Vorausgesetzt, dass sie es von wo zurückschafft?" Erst dann kam mir in den Sinn, dass – wenn sie nicht bei Titus war – das bedeutete, dass sie bei Cyrus sein musste. Oder vielleicht Elana.

Titus grummelte und ballte seine Faust. „Cyrus hat sie ins verdammte Seelen-Königreich mitgenommen." Seine Augen funkelten wütend. „Er sagt, dass er eine Spur zu Exos hat, aber ich glaube, das ist alles nur Feenmist."

„Aber der Unterricht beginnt in ein paar Tagen wieder", sagte ich verwirrt. „Warum hat er sie dorthin gebracht? Sie könnte wochenlang weg sein. Und dann wird sie den Ball verpassen." Dieser letzte Teil hätte ich nicht von mir geben wollen, aber ich hatte seit über einem Monat nicht aufhören können, daran zu denken. Ich hatte nie *ja* gesagt und sie hatte es nicht wieder angesprochen, also wusste ich nicht, ob wir hingehen würden oder nicht. Aber ich wollte irgendwie mit ihr hingehen.

Nein, nicht irgendwie. Ich wollte *wirklich* gern mit ihr hingehen.

Was definitiv ein Problem war, weil wir nur Freunde sein sollten.

Aber meine Fantasien basierten definitiv *nicht* auf Freundschaft.

Die Stille, die über die Küche kam, brachte mich dazu, Vox und Titus anzusehen. Sie starrten mich beide mit offenen Mündern an.

„Claire wurde in dieses tote Ödland von Seelen-Königreich geschleppt und du machst dir Gedanken über den Ball?", fragte Vox schockiert. „Seit wann liegt dir an solchen Dingen etwas?"

Ich presste meine Lippen aufeinander und runzelte die Stirn. Ich hatte bereits zu viel gesagt und Vox hatte recht. Claire schwebte in Gefahr, obwohl ich stark bezweifelte, dass selbst das Seelen-Königreich ihre Lebenskraft dämpfen konnte. Trotzdem war das jetzt nicht der richtige Zeitpunkt, um sich über dumme Akademie-Veranstaltungen den Kopf zu zerbrechen.

Auch wenn ich mich darauf zu freuen begonnen hatte.

„Ja, Sol", sagte Titus und seine Flammen wichen zurück und ein amüsiertes Lächeln zog auf seinem Gesicht auf. „Wieso liegt dir etwas am Ball?"

„Hat sie dich gefragt?", unterbrach Vox mit einem merkwürdigen Tonfall in seiner Stimme.

„Und wenn schon", sagte ich und nahm einen weiteren Bissen vom Pfirsich. „Titus hat sie nicht gefragt und sie hat gesagt, dass sie mit mir hingehen will und wir Jeans tragen würden." Wir hatten unsere Pläne nur nicht fix ausgemacht, aber sie hatte dennoch vor, mit mir hinzugehen. *Glaube ich jedenfalls.*

„Beim Ball ist förmliche Kleidung nötig", erinnerte mich Vox. „Ihr könnt keine Jeans tragen."

„Na, sie sagte, wir würden Jeans tragen, und ich finde das gut." Und er konnte nichts dagegen tun.

Vox runzelte die Stirn. „Ich werde unsere Wette gewinnen. Du verliebst dich in sie."

Ich schnaubte. „Alter, ich habe noch nicht verloren. Wir haben kein Band zusammen, wir sind nur Freunde. Außerdem, was hätte ich tun sollen? Ihr sagen, dass sie nicht auf den Ball gehen kann?" Sogar ich konnte den defensiven Ton in meiner Stimme hören, aber verdammt, ich hätte es niemals zugegeben. Es war ein Ball. Wer interessierte es, ob ich mit ihr hingehen wollte?

„Wenn du dich nicht an die gesellschaftlichen Gepflogenheiten halten willst, solltest du sie mit jemand anderem hingehen lassen. Jemand, der sich rausputzen will", grummelte Vox und rammte das Messer mit einem Windstoß in ein Stück Fleisch. Er fluchte, als er die Klinge nicht vom Schneidebrett lösen konnte.

Titus lehnte sich an einen der Pfirsichbäume zurück und grinste. „Streitet ihr beide echt darüber, wer mit Claire zum Ball gehen darf? Warum geht ihr nicht einfach beide mit ihr hin?"

Vox hörte auf zu versuchen, das Messer rauszuziehen, und ich starrte die Feuerfee an. „Du bist nicht wütend?" Immerhin ging es hier um seine Gefährtin. Titus zuckte mit den Achseln. „Hör zu, wenn sie aus was für auch immer einem Albtraum, durch den Cyrus sie schickt, zurückkehrt, wird sie eine Ablenkung brauchen. Ich glaube, der Sonnenwendball ist eine großartige Idee. Aber ich kann nicht hingehen. Ich bin auf der schwarzen Liste, schon vergessen?"

„Oh, stimmt." Vox lachte. „Du hast das Elfenorchester beim letzten Ball niedergebrannt. Das war urkomisch."

Titus verzog das Gesicht. „Nur, weil ein paar Wasserfeen Arschlöcher gewesen sind. Ich war nicht in Stimmung für ihre Scheiße." Er erschauderte, als würde der bloße Gedanke an eine Wasserfee ihm widerstreben. Ich wollte ihn daran erinnern, dass Claire auch Wasser kontrollierte, aber ich wollte nicht das Nächste sein, das er abfackelte. „Wie auch immer, ihr beide solltet mit ihr hingehen. Das wird sie auf andere Gedanken bringen, nachdem Cyrus mit leeren Händen zurückkommen wird." Er spannte seinen Kiefer an. „Wenn ich es nicht besser wüsste, würde ich sagen, dass das alles nur ein Trick von ihm ist, um sie stärker zu machen. Er war seit dem ersten Tag ein totaler Arsch."

Keiner von uns würde ihm widersprechen. Aber der Gedanke, dass ich und Vox sie zusammen auf den Ball begleiten würden, lenkte mich ab. Ich konnte nicht tanzen – nicht, ohne die Hälfte des Ballsaales zu ruinieren. Und Vox stand ein festlicher Anzug viel besser als mir. Mit ihm konnte sie Spaß haben, wie sie es verdiente – ohne dass ich sie abweisen und ihre Gefühle damit vielleicht verletzen müsste.

„Also, was sollen wir tun, während sie weg sind?", fragte ich, zumal ich mich daran gewöhnt hatte, Claire im Erdfach zu unterrichten. Die anderen Schüler freuten sich darauf, ihre Magie zu sehen. Es war so lange her, seit wir eine Erdfee mit so gewaltiger Macht und Kontrolle unter uns gehabt hatten. Sie realisierte es nicht, aber wir lernten von ihr.

Titus sah zum Pfirsichbaum hoch. „Ich glaube, ich habe eine Idee."

CLAIRE

„Hier seid ihr aufgewachsen?", fragte ich und bestaunte die weißen Marmorwände und schwarzen Böden aus Obsidian. So schlicht. *So leer.*

Cyrus war gegen eine der blütenweißen Säulen gelehnt und sein eisiger Blick ließ nicht von mir ab. „Wir sind hier nicht nur aufgewachsen, wir leben auch heute noch hier. Das ist der königliche Palast des Seelen-Königreichs, Claire."

Ich hatte den königlichen Teil aufgrund des prachtvollen Anblicks draußen erfasst, aber es schien so leblos. Sogar die

Wassergräben an den Steinmauern entlang schienen sich nicht zu bewegen. „Niemand ist hier." Ich verzog das Gesicht, sobald die Worte mir über die Lippen gekommen waren. „Ich meine, es ist –"

„Tot", beendete er den Satz für mich. „Ja." Er stieß sich von der steinernen Säule ab und lief auf einen Balkon mit Aussicht auf das Gelände. Seine Hände waren hinter seinem Rücken verschränkt.

Ich sah die alten Gemälde an, die an den Wänden hingen, während ich ihm folgte, und bemerkte, dass die Porträts allesamt stoische Feen waren. Exos und Cyrus schienen ihre Härte von ihnen zu haben. Oder aber es war das Resultat davon, allein in diesem riesigen Zuhause aufzuwachsen.

Tote Bäume, stille Wasser und fade Landschaft waren draußen zu sehen. Sogar die untergehende Sonne schien gedimmt, die Welt um uns eine Mischung aus Schwarz und Weiß und vereinzelten Farbklecksen. Aber das Glühen eines Feuers in – was wie eine Stadt aussah – der Ferne erregte meine Aufmerksamkeit.

„Springfall", murmelte Cyrus und folgte meinem Blick. „Das ist die einzige Seelenfee-Community, die es noch gibt." Seine Hände waren in seine Hosentaschen gesteckt und sein Gesichtsausdruck schien verschlossen. „Wir haben eine Residenz dort, im Herzen des Hofs, aber Exos und ich bleiben lieber hier. Das lässt uns konzentrierter bleiben, erinnert uns an unser Scheitern und die Reisen, die uns noch bevorstehen."

„Hört sich einsam an", gab ich zu.

Er nickte. „Das ist es, aber es ist auch notwendig."

„Wie helft ihr eurem Volk, indem ihr euch isoliert?", fragte ich mich laut und konnte seiner Logik nicht folgen. „Sie würden es bestimmt vorziehen, euch zu sehen. Und wieso sind diese Seelenfeen nicht an der Akademie?" Ich hatte anzunehmen begonnen, dass es keine Seelenfeen mehr gab, aber die Kolonie aus Licht schien beträchtlich, selbst aus der Ferne.

„Es gibt keine Feen im richtigen Alter, die der Akademie beiwohnen könnten, Claire."

Ich runzelte die Stirn. „Sind sie zu jung?"

„Claire", sagte er und ich richtete meine Aufmerksamkeit wieder auf ihn. „Du bist die jüngste Seelenfee, die es gibt. Nach dir wurden keine anderen mehr geboren."

Ich öffnete meinen Mund. „Wegen der Seuche."

Er nickte. „Genau." Er legte seinen Kopf schief. „Hat mein Bruder dir nicht davon erzählt? Wie wichtig eure Paarung ist und was sie für unser Volk bedeutet?"

Ich schluckte und schüttelte langsam meinen Kopf. „Wir … Es war … Na ja, ich meine –"

„Ein simples *Nein* hätte genügt", unterbrach er und sein Ton deutete sein Missfallen über meine abschweifende Rede an.

Aber es war nicht so, als hätten Exos und ich unglaublich viel Zeit gehabt, um das alles zu besprechen. Zwischen meiner Aufnahme – wenn man es überhaupt so nennen konnte – an der Akademie und all dem Wahnsinn, der gefolgt war … Plus sein Verschwinden … Wir waren nicht dazu gekommen, darüber zu sprechen, was es bedeutete, dass er ein Royal war. Oder um über die Geschichte der Seelenfeen – nebst dem Einfluss meiner Mutter – zu reden.

„Mein Volk wird für deine Fruchtbarkeit beten, Claire", sagte er und sein Blick wanderte wieder zum Glühen von Springfall. „Du bist unsere einzige Hoffnung darauf, einen Thronfolger für das Seelen-Königreich zu gebären."

Mein Mund bewegte sich, ohne einen Ton von sich zu geben. Seine Worte waren so gar nicht das, was ich erwartet hatte zu hören.

Fruchtbarkeit?

Thronfolger?

„Was?"

Er sah mich an und verzog seine Lippen nach unten. „Warum würdest du dich sonst mit meinem Bruder verbinden, wenn nicht, um königliche Pflichten zu erfüllen?"

Meine Augen weiteten sich und mein Kopf wackelte vor und zurück. „Das kannst du nicht ernst meinen. Ich habe deinen Bruder eben erst kennengelernt."

„Und doch bist du schon auf der zweiten Ebene des Bands mit ihm." Er drehte seinen ganzen Körper zu mir und Genervtheit lag in den Zügen seines schönen Gesichts. „Bist du wirklich so egoistisch, dass du dich dem Band nur deiner Selbsterfüllung zuliebe hingeben würdest?" Seine blauen Augen musterten mich angewidert. „Vergiss es. Natürlich bist du das."

Er drehte sich wieder um, als wollte er weglaufen, aber ich packte seinen Arm und zog ihn zurück zu mir. „Gib mir wenigstens einen Augenblick, um deine Anschuldigungen zu verarbeiten, bevor ich antworte", fauchte ich. Mein Gott, diese Fee war ein verdammter Arsch! „Was hast du für ein Problem mit mir?"

Er zog seine perfekte Augenbraue hoch. „Hättest du gerne eine Liste?" Er gab mir keine Chance, um zu antworten, bevor er sich zu beschweren anfing „Du bist schwach. Du bist ein Halbling, keine vollblütige Fee. Du stammst nicht von der königlichen Linie ab. Du bist untreu und läufst rum wie eine verdammte Hure. Du bist– "

Meine Handfläche klatschte auf sein Gesicht und meine Wut ließ Feuer auf meinem ganzen Körper ausbrechen, das drohte, ihn in Asche zu verwandeln.

„Du weißt nichts über mich!", schrie ich und hatte das alles hier gehörig satt. „Du hast mich hierhergebracht, um Exos zu finden. Also warum zum Teufel sind wir hier? Was für eine Lektion versuchst du mir zu erteilen, bevor wir nach deinem Bruder suchen? Weil ich deine völlig falsche Analyse meines Charakters satthabe. Ja, ich bin ein Halbling – einer mit Zugang zu *fünf* Elementen. Scheiß auf deine Blutlinien und herrischen Ansichten darüber, was am besten für deinen Bruder ist. Denn er hat mich auch gewählt – oder hast du dieses kleine Detail an unserem Band vergessen?"

Verdammt, ich war wutentbrannt.

Ich wollte ihm noch eine runterhauen.

Ihn töten.

Irgendetwas.

Es bedurfte gehörigem Aufwand, um einen Schritt von ihm wegzumachen. Denn ich traute mir nicht über den Weg, dass ich ihn für seine geschmacklose Einschätzung am lebendigen Leibe verbrennen würde.

„Ich bin keine Hure", flüsterte ich und die Worte brachten so einiges an Emotion hervor. Ich hatte mich noch nie so herabgesetzt gefühlt. Und nach allem, was ich in den letzten paar Monaten durchgemacht hatte, wollte das etwas heißen. „Du kennst mich überhaupt nicht, *Eure Majestät.*" Ich verbeugte mich übertrieben und ließ ihn allein auf dem Balkon zurück.

Aber er packte mich nach ein paar Metern und sein Arm schlang sich um meinen Unterbauch, riss mich zurück an seine Brust. „Du liegst falsch." Seine Lippen lagen an meinem Ohr. „Ich habe im vergangenen Monat nichts anderes getan, als dich zu studieren, Claire. Ich *kenne* dich."

Ich trat mit meinem Fuß gegen sein Schienbein und versuchte ihm die Beine wegzutreten, wie es Titus mir beigebracht hatte. Cyrus ließ mich los, aber nur lange genug, um mich in seinen Armen herumzuwirbeln und mich wieder zu packen.

Mein feuriger Handabdruck auf seiner Wange gefiel mir nur allzu gut und ich hätte zu gerne noch einen draufgelegt.

Also kämpfte ich mit aller Kraft darum, ihn nochmal

schlagen zu können. Aber er wehrte jeden Schlag ab. Seine Fähigkeiten waren bewundernswert und unverschämt gut.

„Warum tust du das?", wollte ich wütend und erschöpft und unglaublich verwirrt wissen. „Wo ist die Spur zu Exos?"

„Ich bereite dich darauf vor", sagte er und fing meine Faust erneut problemlos ab und stieß mich zurück.

Ich ging mit einem Grollen auf ihn los und traf beinahe sein Gesicht, nur um mich im nächsten Moment wieder von seinen Armen zurückgedrückt wiederzufinden. Ich ließ mich sinken, zielte auf seine Kniekehlen und ächzte, als mein Rücken auf den Boden traf. Cyrus landete mühelos auf mir und seine Hände packten meine Handgelenke, hielten sie über meinem Kopf fest.

Meine Brust hievte unter ihm, war vom spontanen Kampf erschöpft. Er aber schwitzte nicht einmal. Die verdammte Fee schien völlig gelassen!

„Ich hasse dich, verdammt nochmal", sagte ich zu ihm und wand mich wie verrückt, konnte seinen Körper aber keinen Zentimeter bewegen. *Ach!* „Ich wünschte, sie hätten dich anstatt Exos entführt!"

„Ich auch", gab er leise zu. „Ich wünsche es mir jeden Tag, aber das ist reine Zeit- und Energieverschwendung. Was wir tun müssen, ist, ihn zu finden."

„Dann finde ihn", fauchte ich. „Hör auf, *meine* Zeit mit all diesem Scheiß zu verschwenden und such nach ihm."

„Ich verschwende nicht deine Zeit, Claire."

„Ach was", zischte ich und wand mich unter ihm, um meinen Punkt klarzumachen. „Du nennst mich eine Hure, sagst mir, dass ich nicht würdig bin und kritisierst –"

Sein Mund drückte sich auf meinen und ließ mich verstummen.

Im ersten Moment war ich so schockiert, dass ich nicht reagierte. Mein Kopf war angesichts der Unmenge an Kraft, die dieser einzelnen Berührung seiner Lippen innelag, völlig durcheinander.

Was ...?

Nein.

Ich biss ihn. *Fest.* Erzürnt darüber, dass er sich so etwas erlauben würde.

Er fauchte und sein Griff um meine Handgelenke verfestigte sich.

„Fick dich", knurrte ich. „Wenn das deine Art zu beweisen ist, dass ich eine Hure bin, dann *fick dich*, echt." Er hatte den Anstand, verärgert auszusehen – aber nur für ein paar Sekunden. Und dieses Arschloch bewegte sich immer noch nicht. „Ich bin Mortus letzte Nacht in die Felder des Todes gefolgt. Ich glaube, dort hält er meinen Bruder gefangen. Aber du musst wissen, dass dieser Boden geplagte Seelen birgt, die sich Ängste zunutze machen und notorisch herabsetzend sind. Sie blühen auf, wenn sie eine Fee so niederschmettern können, dass sie sich den Tod wünscht. All die plagenden Gedanken, die du über dich selbst gehabt hast, werden da draußen zum Leben erwachen. Sieh meine Worte als Vorbereitung auf das Kommende."

Endlich ließ er mich los und kam auf seine Beine, bevor ich nochmal versuchen konnte, ihn zu schlagen. „Ich halte dich nicht für eine Hure, kleine Königin. Aber ich kenne die gesellschaftlichen Standards auf der Erde und wie sie euch programmiert haben. Lass die Felder des Todes diese Gedanken nicht gegen dich verwenden. Andernfalls könntest du dich nie wieder davon erholen." Er zog seine Jacke zurecht und nahm eine steife Position ein. „Wir ziehen in einer Stunde los."

Ich gaffte ihn entgeistert an. Das war alles nur ein Test gewesen? Nein, eine Art Vorbereitung – inklusive des Kusses?

Was zum Teufel?

Ich schüttelte verstört meinen Kopf. *Wieso muss dein Bruder so ein verdammter Arsch sein?*, fragte ich Exos. *Ich meine, echt jetzt, verdammt nochmal!*

Natürlich erwiderte er nichts.

Ich strich mir übers Gesicht. Erst dann spürte ich es. Das Erwachen eines weiteren Bands. Eine Art Verführung. Mein Element reagierte auf einen potenziellen Partner. Die flüssige Empfindung nahm mich ein und ein entsetzter Schlag durchfuhr mich, als ich begriff, was gerade geschehen war.

Das war nicht irgendein Kuss gewesen.

Nein.

Cyrus hatte mich gerade auf der ersten Ebene des Bands auf Probe an sich gebunden. *Verdammt!*

CYRUS

Warum zum Teufel habe ich sie gerade geküsst?

Um sie dazu zu bringen, die Klappe zu halten.

Nein.

Verdammt nochmal.

Ich stieß einen Atemzug aus und funkelte mich im Spiegel an. Ich hatte sie geküsst, weil ich den Schmerz in ihrem Antlitz, die meine Worte ausgelöst hatten, nicht hatte ertragen können. Aber es war nicht so, als hätte ich die Worte so *gemeint*. Ich wollte sie nur für die bevorstehende

Aufgabe vorbereiten. Sie zu warnen, hätte den Zweck verfehlt. Sie hatte diese Bemerkungen spüren müssen, wie ein Schlag in die Magengrube, um die Schwere der Felder des Todes zu begreifen. Andernfalls hätten sie sie zerstört.

Aber sie zu küssen, war nicht Teil des Plans gewesen.

Und jetzt frohlockte mein Wasser-Element.

Nicht das Element der Seele, zumal dieser Teil von ihr meinem Bruder gehörte. Also hatte ich mir das genommen, was mich am meisten angezogen hatte. Die heiße Flüssigkeit, die in ihrem wunderschönen Körper brodelte.

Ich klammerte mich an den Tresen und war fuchsteufelswild über meinen Mangel an Zurückhaltung. Ich wusste es besser, als mich einer Frau derselben Macht hinzugeben. Trotzdem hatte ich dem Drang nachgegeben und mir genommen, was mir nicht gehörte. „Ich bin ein Arsch", sagte ich und schüttelte meinen Kopf. Vor allem, weil ich es irgendwie mochte, wie es sich anfühlte, mit ihr verbunden zu sein.

Ich runzelte die Stirn angesichts des unbekannten Bandes und inspizierte es. Als Nachfahre zweier königlicher Blutlinien, besaß ich gleich viel Macht im Element der Seele wie auch des Wassers. Also hatte es mich nicht schockiert, dass ein Band mit meinem Wasser-Element geknüpft worden war. Aber es war weitaus flüssiger, als ich erwartet hatte. Ich konnte ihre Verbindungen zu den anderen *spüren*. Wie ihr Feuer für Titus brannte, wie ihre Seele um Exos trauerte, die Neugier ihrer Erde gegenüber Sol und die Bewunderung, die ihre Luft Vox entgegenbrachte.

Sollte ich das alles spüren?, fragte ich mich. *Was noch wichtiger ist: Kann ich das dazu benutzen, um Exos anzuzapfen?*

Der Gedanke ließ mich erstarren.

Ja, ein guter Schachzug.

Aber wie würde das Claire beeinflussen? Sie verabscheute mich jetzt schon. So viel hatte ich in unserem Band gespürt.

Oh, ihr Wasser-Element fühlte sich sehr angezogen von meinem. Aber die Frau selbst ... Na, ich hatte mir keinen Gefallen getan, indem ich sie geküsst hatte.

„Verdammt", murmelte ich und zog meine Schultern erneut hoch.

Pragmatismus meldete sich in mir und flüsterte mir zu, wie richtig das Ganze war. Wie ich die Situation zu meinem Vorteil nutzen und meinen Bruder orten konnte. Es war nur ein Band auf Probe. Bestenfalls vorübergehend. Sobald ich die Aufgabe erfüllt und ihn gerettet hatte, würde ich sie von ihren Pflichten befreien und sie könnte sich mit einer anderen Wasserfee paaren.

Das klang einfach genug. Und sie würde sich so freuen, Exos zurückzuhaben, dass es ihr egal wäre. Sie würde sogar erleichtert sein, mich gehen zu sehen.

Also, wie benutze ich diese Verbindung?, fragte ich mich und erforschte sie weiter. Wenn sie mich herumlungern spürte, so reagierte sie nicht darauf. Aber ich konnte definitiv ihre Wut darüber, was ich getan hatte, spüren.

Ich seufzte.

Das würde schmerzhaft werden.

Was ich nicht alles für meinen Bruder tat.

TITUS

*I*ch ließ den Pfirsich erstaunt zu Boden fallen.

 Was.

Zum.

Teufel.

War.

Das?

„Titus?", fragte Vox und stand vor einem anderen Baum, den Sol angestrengt in Form zu bringen versuchte. Wir waren seit Stunden am Schuften. Wenn Claire nach Hause kam, würde sie einen paradiesischen Pfirsich-Obstgarten im Hinterhof des Seelen-Campus haben.

Wenn Cyrus ihr Tod gab, würden wir ihr Leben schenken. „Habt ihr das gespürt?", fragte ich und stolperte rückwärts in einen der fertigen Bäume. Ein paar Pfirsiche fielen zu Boden und versprühten einen süßen Geruch. Meine Flammen hatten ihren eigenen Willen und drohten, das kostbare Leben an meinem Rücken niederzubrennen.

Sol packte meinen Arm, ließ seine Arbeit liegen und Vox fluchte daraufhin, als Äste ihm ins Gesicht klatschten.

„Etwas stimmt nicht mit dir", beobachtete der Riese.

Ach wirklich.

„Es ist, als ob … *sie getränkt wäre.*" Claire war meine stete Flamme, aber jetzt hatte sie etwas mit einer Flutwelle übergossen, die mich genauso heftig getroffen hatte.

Und sie war übelst angepisst darüber. Sie kämpfte so fest dagegen an, wie sie konnte, und ihre Flammen riefen nach mir, suchten nach etwas, um den endlosen Ozean verdunsten zu lassen, der drohte, sie einzunehmen.

Aber da war etwas, das sogar ich spüren konnte – das sie sich selbst hassen ließ. Sie hatte es zugelassen, wenn auch nur kurz. Es hatte gereicht.

Sol runzelte die Stirn und setzte mich auf einen sandigen Fleck des Hofs, wo ich daran gearbeitet hatte, den Boden mit einem Hauch Feuer fruchtbar zu machen. Meine Flammen drangen augenblicklich aus mir und versanken im Boden, schmolzen die feinen Sandkörner. Es war, als würde mein Element nach ihr greifen wollen, sie beschützen wollen, vor …

Ihm.

„Geht es Claire gut?", fragte Vox und band sein Haar zurück zu einem Pferdeschwanz und fixierte es. „Müssen wir ihr nachgehen?"

Es wärmte mein feuriges Herz, dass die Luftfee ohne lange zu fackeln ins Seelen-Königreich marschieren würde. Ich schüttelte meinen Kopf. „Selbst wenn wir in diesem Drecksloch überleben könnten, dann nicht lange. Und ..." Ich kniff meine Augen zusammen und meine Hände ballten sich zu Fäusten. „So wütend wie Claire ist, wird sie unsere Hilfe nicht brauchen."

„Warum ist sie wütend?", wollte Sol wissen und kauerte sich neben mich, um mir in die Augen zu schauen.

Die Worte nur schon laut auszusprechen, brachten mich dazu, die Welt in Flammen zu stecken.

„Cyrus hat sie in die erste Ebene eines Gefährtenbandes gezwungen. Und ich werde ihn verdammt nochmal umbringen."

Sols Augen weiteten sich.

Vox sah völlig baff aus. Dann stieß ein leicht hysterisches Lachen aus seinem Rachen. „Nicht einmal der Seelenkönig kann ihr widerstehen", sinnierte er kopfschüttelnd. „Ich habe Mitleid mit Claire. Sie wird sich ranhalten müssen, wenn sie sich wirklich mit einem Gefährten wie Cyrus rumschlagen will."

„Was, wenn er nicht nur versucht, sich mit ihr zu verbinden?", fauchte ich und Funken sprühten von meinen Fingerspitzen und drohten, das Gebüsch neben mir in Flammen zu stecken. „Dieses Arschloch führt etwas im Schilde und wenn er sie benutzt oder sie in irgendeiner Weise verletzt ..."

Sol schlug mit seiner Faust auf den Boden und sandte damit ein Erdbeben durch den ganzen Hof. „Ich werde dir dabei helfen, ihn zu zermatschen", sagte er, und ein breites Grinsen zog auf seinem Gesicht auf. Die Erdfee sah äußerst erfreut über den Gedanken aus, den Mistkerl endlich herauszufordern. „Zusammen könnten wir ihm die Stirn bieten."

Ich hatte den Arsch bis jetzt toleriert, aber wenn der Seelenkönig glaubte, dass er Claire benutzen und sie danach wegwerfen konnte, würde ich Sols Angebot annehmen.

Vorausgesetzt, Claire würde ihn nicht vorher umbringen.

CLAIRE

Feuer züngelte an meinen Fingerknöcheln, meine Wut über Cyrus wuchs mit jedem Schritt. Er hatte kaum ein Wort gesagt, seit wir den Palast verlassen hatten. Er hatte mir nur gesagt, dass ich erhobenen Hauptes reingehen sollte.

Arschloch.

Er hatte ohne meine Erlaubnis ein Band mit mir begonnen.

Und jetzt wollte er so tun, als wäre es nie passiert?

Na, scheiß auf ihn.

Titus hatte mir einst gesagt, dass dieses Level einen Monat andauerte. Ich würde ihn fragen müssen, ob es einen Weg gab, die Verbindung vorher zu kappen. Vielleicht würde es wehtun. Oh, ich hoffte, dass es das würde. Cyrus, vor allem. Denn dieser Mistkerl –

„Man kann eine Verbindung nur vorzeitig abbrechen, wenn beide Parteien das wollen", murmelte Cyrus. „Genauso wie man, zufälligerweise, nur eines schließen kann, wenn beide Partner es wollen." Er sah über seine Schulter zu mir, während er mich einen Kiesweg hinab in die Dunkelheit führte. „Also, was verärgert dich mehr, kleine Königin? Dass ich mich ohne deine Erlaubnis mit dir verbunden habe oder dass du das Band akzeptiert hast?"

Ich sah ihn düster an. „Hör auf, meine Gedanken zu lesen."

„Dann hör auf, sie mir so laut zuzuschicken", schoss er zurück.

Wenn ich eine Knarre gehabt hätte, hätte ich ihm in diesen perfekten Arsch geschossen. Vielleicht konnte ich stattdessen seine Hosen in Brand stecken. Nachdem wir Exos gefunden hatten.

Was mich an etwas erinnerte. „Was glaubst du, wird dein Bruder dazu sagen?"

Er zuckte mit den Achseln. „Ich schätze, er wird zu erleichtert darüber sein, befreit worden zu sein, um sich darum zu kümmern. Außerdem wärst du nicht die erste Fee, die wir teilen."

Ich stolperte über den ebenen Boden, woraufhin er herumwirbelte und mich an der Hüfte packte, bevor ich auf mein Gesicht fallen konnte. Wir verblieben für einen langen Augenblick in dieser Haltung. Er hielt mich in der Luft, während ich mich daran erinnerte, zu atmen.

Du wärst nicht die erste Fee, die wir teilen.

Oh Gott.

Verdammt.

Ich mochte das Bild, das angesichts seiner Aussage in meinen Gedanken aufzog, überhaupt nicht. Vor allem, weil es ein Bild war, auf dem ich zwischen den beiden eingeklemmt war. Und nein.

Nein. Nein. Nein. Nein.

Ich schüttelte meinen Kopf angesichts dieses Gedankens und erntete ein tiefes Lachen von Cyrus. „Ihr Menschen und euer Zartgefühl. Ich habe es immer amüsant gefunden. Feen sind weitaus leidenschaftlichere Kreaturen, kleine Königin. Warum sonst, glaubst du, würde Exos dein Band mit anderen Feen gutheißen?" Seine Lippen schwebten über meine Schläfe und er richtete mich neben ihm auf. „Wir können später mehr darüber reden. Du musst dich konzentrieren."

Konzentrieren.

Ja.

Als ob das jetzt noch möglich gewesen wäre.

Er hatte gerade zugegeben, dass er Frauen mit Exos *teilte.* Was … verdammt nochmal heiß war. Und so, so, so falsch.

„Hör auf, dir Sorgen zu machen", flüsterte er und seine Hand glitt an meinen unteren Rücken. „Siehst du diesen dunklen Fleck dort?" Er deutete mit seiner anderen Hand auf ein bedrohlich aussehendes Loch in der Landschaft vor uns. „Das ist der Eingang zu den Todesfeldern."

Ich schluckte. „Okay. Was genau ist ein Todesfeld?" Er hatte den Hohn erwähnt, aber das hatte mir nichts gesagt. Ich meine, wie konnte ein Feld *sprechen?*

„Ich glaube, ihr nennt sie Friedhöfe", murmelte er und seine Berührung brannte an meinem Rücken. „Aber das hier sind Gräber von Seelenfeen. Gequälten Seelenfeen."

„Die Seuche", flüsterte ich.

„Genau. Hier haben wir die Toten begraben."

Darum auch Todesfelder, überlieferte ich. *Genau.* „Aber ihre Seelen leben noch immer?"

„In gewissem Maße." Er begann weiterzulaufen und der Druck an meinem unteren Rücken forcierte mich dazu, mit ihm mitzugehen. „Die meisten Feen leben mehrere hundert Jahre, aber Seelenfeen sind bekannt dafür, dass sie länger leben. Immerhin verkörpern wir Leben und Tod. Aber die meisten Opfer, die in diesem Feld liegen, sind viel zu früh gestorben. Lange bevor ihre Seelen bereit waren, zu gehen."

Er lief in Stille weiter und sein Kummer war eine spürbare Präsenz in der Verbindung, die wir geschlossen hatten. Tief drinnen fühlte er sich verantwortlich. Als hätte er sein Volk im Stich gelassen. Seine Schuldgefühle überkamen mich – die Bürde, eine sterbende Rasse anzuführen, und die Hilflosigkeit, die damit Hand in Hand ging. Er und Exos waren die letzten ihrer Art. Die letzten königlichen Feen. Und wenn sie ihr Erbe nicht fortführten, würde sein ganzes Königreich sterben.

„Etwas passiert mit einer Fee, wenn ihr Körper stirbt bevor ihre Seele bereit ist, weiterzuziehen", ergänzte er mit schroffer Stimme. „Und deswegen sind die Todesfelder entstanden. Das war, wovor Titus sich gefürchtet hat. Wovor sich alle fürchten. Was ich zu dir gesagt habe, war nur ein Vorgeschmack auf das, was dich da drinnen erwartet, Claire. Diese Seelen sind verzweifelt und verdorben und alles, was sie tun, ist, sich in einem Meer aus Verzweiflung zu winden."

„Kann man nichts für sie tun?", fragte ich und spürte mit jedem Schritt, den ich näher zum geistlosen Loch vor uns nahm, die Trostlosigkeit über mich kommen. Vielleicht war das alles nur in meinem Kopf. Vielleicht kam es vom Band mit Cyrus, aber ich hatte den Verdacht, dass es mehr auf sich hatte. Ich konnte ihre Schreie beinahe hören.

„Wir haben es versucht." Seine Hand an meinem Rücken spannte sich an und er schien nicht mehr so gelassen wie zuvor. „Sie waren einst in Familiengräbern beigesetzt worden, aber die Dunkelheit breitete sich aus und infizierte alle in ihrer Nähe und machten die wenigen Übrigen wahnsinnig. Darum haben wir diesen Ort geschaffen. Darum haben wir sie alle hierhin umgebettet – so weit entfernt von Springfall wie möglich. Aber sie sind nur noch brutaler geworden. Ruheloser. Und es gibt Feen, die glauben, dass die Krankheit sich wieder ausbreiten wird."

Ich blieb wie angewurzelt stehen und sah zu ihm hoch. „Bringe ich mich in Gefahr, wenn ich die Schwelle übertrete? Kann ich krank werden?"

„Ja." Er zögerte nicht und seine Antwort war entschlossen. „Genau wie ich. Aber wenn du den Spott ignorierst, realisierst, dass es nur Worte sind und nicht Realität, wirst du es schaffen."

„Ich verstehe nicht."

Er drehte sich ganz zu mir. „Die Krankheit, unter der sie leiden, ist eine Dunkelheit der Seele. Eine, die verdirbt und kontrolliert, aber wenn du sie und die Grausamkeit, die sie versprühen, ausblendest, wirst du nicht dasselbe Schicksal wie sie erleiden."

„Also ist es keine ansteckende Krankheit", stellte ich klar.

„Nicht wie eine in der menschlichen Welt, nein. Es ist eine Zersetzung von Leben." Er sah mit nachdenklichem Gesicht zum fahlen Himmel. „Stell dir vor, dir wird dein ganzes Leben lang gesagt, dass du wertlos bist, bis du es irgendwann glaubst. Was passiert?"

„Man wird depressiv."

„Na ja, ja, aber ich meine mehr als das. Du hast bestimmt schon den Begriff *selbsterfüllende Prophezeiung* gehört. Wenn man genug an etwas glaubt, passiert es auch."

Ich nickte. „Ja."

„Das ist, was diese gepeinigten Essenzen tun. Sie lassen dich glauben, dass du böse, verachtenswert, eine Versagerin bist. Bis du nur noch sterben willst. Und dann vergisst du vielleicht zu essen. Du vergisst, wie man *lebt,* und tötest damit deinen Körper, während deine Seele bestehen bleibt."

„Das ist eine schreckliche Art, zu sterben", flüsterte ich.

„Es ist schrecklich mitanzusehen", konterte er.

„Aber ich dachte, dass die Seelenfeen alle an einem Tag gestorben sind", sagte ich und erinnerte mich an die Geschichte, die Exos mir einst erzählt hatte. „Dass meine Mutter und Mortus gekämpft haben und beinahe neunzig Prozent der Feen daraufhin starben?"

Er legte seinen Kopf kurz schief. „Ja. Aber es war, als hätten sie alle gleichzeitig ihren Lebenswillen verloren und einfach zu leben aufgehört. Ihre Seelen stiegen höher, überließen ihren Körper dem Zerfall, und das ist auch, was wir begraben haben. Aber die Seelen kamen irgendwann zurück. Doch ihr Wirt war nicht mehr brauchbar, was sie dazu verdammte, in diesem konstanten Zustand der Unruhe zu verweilen."

„Könnten sie jemals wieder zusammengeführt werden?", fragte ich und stellte mir Hunderte von Zombie-Körpern vor, die von toten Seelen besessen wurden. Das klang … ziemlich übel.

Zum Glück verneinte Cyrus den Gedanken mit einem kurzen Kopfschütteln. „Nein. Es gibt nichts, das wir noch für sie tun können. Wir müssen einfach darauf warten, dass ihre Seelen übergehen. Aber sie scheinen nicht in der Lage, loszulassen, zumal der Kreislauf des Lebens so enorm gestört wurde. Wie ich schon sagte: Du bist die Jüngste unserer Art. Keine anderen Frauen sind in der Lage gewesen seit jenem Tag zu gebären, und was noch schlimmer ist: Es breitet sich aus."

„Zu den Erdfeen."

„Genau", stimmte er zu und schubste mich an, sodass ich weiterging. „Ein Ausflug in die Felder des Todes wird dir nichts anhaben, Claire. Du musst nur daran denken, sie alle zu ignorieren und nichts zu glauben, was du hörst."

Ich nahm mehrere Schritte vorwärts, bis mir ein Gedanke so fest in die Brust stach, dass ich erneut stolperte. „Glaubst du, Mortus hält Exos hier gefangen?" Die Worte kamen mir keuchend über die Lippen und Cyrus' Griff um meine Hüfte war das Einzige, was mich aufrecht hielt.

Er sah mich mit einem müden Gesichtsausdruck an. Einer, der seine eigenen Ängste preisgab. Ängste, die er ganz offensichtlich auch sich selbst vorenthalten hatte.

„Du hast ihn letzte Nacht versucht zu finden", realisierte ich laut und deutete die merkliche Erschöpfung und das Wissen in seinem Blick. Ich spürte sie durch unser Band fließen, während er vergeblich versuchte, sie zurückzuhalten. „Du konntest ihn im Chaos der Stimmen nicht spüren."

Er erwiderte nichts. Aber das musste er nicht. Ich spürte alles, was ich spüren musste durch unser neu geschlossenes Band. Die Schuldgefühle, die Verzweiflung, Versagensängste und am wichtigsten: Reue.

„Du willst nicht, dass ich das tun muss." Es war direkt da, an der vordersten Front seiner Gedanken. Der Hass darüber, was er tun musste. Aber seine Treue zu Exos überwog seine Rücksicht auf mich. Und das war etwas, das ich respektieren musste. Das ich verstehen musste. Und das tat ich. „Du tust das Richtige, Cyrus."

„Tue ich das?", fragte er und legte seine Hand an meine Wange. „War uns aneinander zu binden das Richtige?"

Das verschaffte mir eine neue Einsicht in seine Entscheidung und half mir einige der Entschlüsse, die er getroffen hatte, zu verstehen – auch wenn ich ihnen nicht zustimmte. „Ich schätze, wir werden es herausfinden", sagte ich und legte meine Hand über seine. „Bring mich zu den

Todesfeldern, Cyrus. Ich werde dich wissen lassen, was ich spüre."

Er beugte sich zu mir, um mit seinen Lippen an meine zu flüstern. „Danke, Claire."

Ein angespanntes Übereinkommen erwachte zwischen uns. Eines, das aus einem gemeinsamen Ziel geboren wurde: Exos zu finden.

Während wir liefen, fragte ich mich, ob diese Offenheit zwischen unseren Geistern normal war, denn ich hatte im ersten Level nicht dasselbe Gefühl bei Titus gehabt. Dasselbe bei Exos. Aber ich konnte Cyrus' Gedanken mühelos lesen und er hatte es offensichtlich gemacht, dass es ihm genauso leichtfiel, meine anzuzapfen.

„Ist es nicht", sagte er, als er meine Gedanken erneut vernahm – oder sie vielleicht rundheraus beurteilte. „Aber Wasser ist ein flüssiges Element. Es ist klar und präzise und immer beständig. Es macht Sinn, dass unser Band dieselben Qualitäten hat."

Das verstand ich – die Reinheit und Klarheit des Wassers waberte zwischen uns.

Es war das komplette Gegenteil der Undurchlässigkeit am Ende dieses Weges. Als ich vielleicht so um die drei Meter entfernt stand, schluckte ich trocken, als ich es sah, und mein Herz pochte fest gegen meine Brust.

Kraft waberte an diesem Übergang.

Nicht die gute Art Kraft, sondern die schlechte. Ich konnte die düstere Beschaffenheit sich an meiner Haut reiben spüren. Sie fühlte sich falsch an und löste den Impuls, umzudrehen und zurückzugehen, in mir aus.

Etwas stimmt hier nicht, dachte ich zu mir selbst. Aber ich ging dennoch weiter. Der Drang, eine Spur zu Exos aufnehmen zu wollen, ließ mich weitergehen. Denn wenn er wirklich in diesem Feld saß, war es ein Wunder, dass er noch atmete.

„Er ist stark", flüsterte Cyrus. „Das war er schon immer. Aber wenn er dich ausgesperrt hat, hatte er seine Gründe dafür."

„Und du vermutest, dass das der Grund ist."

„Ja."

„Wohin bist du Mortus gefolgt?", fragte ich und musste mich konzentrieren, um mich zu erden. Denn ich konnte bereits spüren, wie meine Seele verfaulte. Als ob unsichtbare Hände in mein Wesen gedrungen waren und mich streichelten.

Und wir waren noch nicht einmal drinnen.

„Ich werde es dir zeigen", sagte Cyrus und seine Hand ließ von meinem Rücken ab, glitt zu meinem Arm und runter an meine Hand, wo er unsere Finger ineinander schlang. „Lass meine Hand nicht los, Claire."

„Das werde ich nicht." Ich drückte seine Hand, um meine Aussage zu untermauern, und ließ mich von ihm über die Schwelle führen. Augenblicklich umgab Moos meine Füße, breitete sich über meine Schuhe und über meine Socken aus. Aber als ich runtersah, erblickte ich nichts als Kies.

Merkwürdig.

Cyrus lief weiter und ich stolperte neben ihm her. Meine Ohren waren erfüllt von einer surrenden Energie, die in meinem Kopf wummerte.

Es waren keine Worte. Nein.

Nur ein konstantes Zischen, das mich mit zusammengekniffenen Augen in die neblige Kluft spähen ließ. Ich blinzelte, um meine Sicht zu klären, aber es half nicht. Alles, was ich sah, waren sich windende Kreaturen, Rauch und Schwefel und eine Dunkelheit, die drohte, mich mit Haut und Haar zu verschlingen.

Ich versuchte Cyrus zu bitten, mir das zu erklären, bemerkte aber plötzlich, dass ich allein war. Seine Hand lag nicht mehr in meiner.

Ich wirbelte herum und suchte nach ihm, erblickte aber nur meilenweit Wolken in alle Richtungen. Der Boden begann zu beben und mein Name war ein Flüstern im Wind.

Cyrus ...

Ich konnte ihn nicht spüren.

Konnte nicht atmen.

Was ist hier los?

Das Moos stieg wieder an mir hoch, war noch immer unsichtbar, aber ganz klar da. Es drang durch den Stoff meiner Kleider und verankerte sich in meinen Adern, färbte mein Blut schwarz.

Ich erzitterte zeitgleich mit dem Boden und meine Seele schrie mir zu, wegzurennen. Aber ich wusste nicht, wohin. Ich konnte mich nicht daran erinnern, wo ich reingekommen war, konnte mich auf nichts anderes konzentrieren als dieses vernichtende Gefühl drohenden Untergangs um mich herum.

Tränen kullerten an meinen Wangen hinab.

Mein Herz pochte wie wild.

Die Welt um mich herum verschwamm immer wieder.

Und alles, was ich tun konnte, war, zu fallen, fallen, fallen ... ins Nichts. Und alles. Und bittersüße Dunkelheit. *Mein Zuhause.*

CYRUS

*V*erdammt!

Jetzt wusste ich, was Mortus letzte Nacht gemacht hatte. Er hatte eine verdammte Falle gestellt. Und zwar nicht für mich, sondern für Claire.

Ich schlang meine Arme um sie und kämpfte fieberhaft gegen eine unbekannte Kraft an. Sie schien die Elemente nur so aus ihr herauszusaugen, als würde sie nach ihrem Leben gieren. Und sie tötete sie verdammt nochmal.

Ihre Haut erblasste, ihr Atem kam stotternd zwischen

ihren blauen Lippen hervor. Es war alles so schnell passiert. Sie drehte sich stürmisch im Kreis und ihr Leben schwand vor meinen Augen dahin.

„Claire!", schrie ich.

Nichts.

Nicht einmal eine Bestätigung, dass sie mich gehört hatte.

Nur ein schlaffer, knochenloser Körper, der an meinen fiel.

Ich musste sie hier rausbringen. Aber diese Kraft hatte seine Klauen so tief in sie gehakt, dass ich mich nicht bewegen konnte. Also tat ich das Einzige, woran ich denken konnte. Ich stieß einen Sprühregen aus.

Wasser überwältigte meine Sinne und verwandelte mich in eine Brise, die Königreiche mithilfe von Magie durchqueren konnte. Aber ich hatte noch nie zuvor ein anderes Wesen mit mir mitgenommen.

Komm schon, drängte ich und verstärkte meine Energie, brachte sie dazu, Claire einzunehmen. Ein Hauch ihres Wassers reagierte darauf, als würde sich in ihr eine Hand regen, die nach mir griff. Ich nahm sie mit meinem Geist und verband unsere Elemente in einem Becken der Kraft.

Meine Brust schmerzte unter der Krafteinwirkung, als sich eine Verbindung bildete, die Zeit und Raum überschritt. Aber es war der einzige Weg, um sie aus diesem unablässigen Griff zu befreien.

Jetzt spürte ich es. Den dunklen Abgrund, der sie in ein schwarzes Loch der Bosheit zog und sie ihrer Fähigkeiten beraubte, sie in die düstersten Untiefen des Meeres zogen.

Nicht mit mir, Arschloch! Ich schob den Schatten mit einer Flutwelle zurück, die so stark war, dass das Wesen – die Falle – das *Ding* – abließ und Claire meiner überlegenen Kraft überließ, sodass ich in Sprühregen-Form zurückstolperte.

Ich dachte nicht nach, ich reagierte.

Meine Kraft legte sich fest um sie und zwang sie, sich in

Wassermoleküle zu verwandeln, die ich kontrollieren konnte. Dann brachte ich sie an den einzigen Ort, von dem ich wusste, dass man uns helfen würde.

Wir stürzten in ein Schlafgemach, das ich nie benutzte.

In einem Königreich, das ich nur selten besuchte.

Die kaskadierenden Wasserfälle zogen vor meinen Augen auf und in meiner Anwesenheit sprudelte ein Brunnen mit neu geschöpfter Kraft in der Ecke. Eine bewusstlose Claire lag in meinen Armen.

Ein krachendes Dröhnen war auf der anderen Seite des Gemachs zu hören, die Wachen spürten die Präsenz einer mächtigen Fee und rauschten herbei, um ihr Territorium zu verteidigen. Die Türen flogen auf und eine Wasserfee mit breiten Schultern und muskulösen Beinen stampfte hinein.

„Wer seid –" Als er mich auf dem Boden mit einer beinahe toten Frau fest an meine Brust gedrückt erblickte, fiel ihm die Kinnlade runter. „Mein Prinz." Er ging auf sein Knie und senkte seinen Kopf. Die meisten nannten mich ihren *König*. Hier nannten sie mich *Prinz*, aufgrund meines Wasser-Geburtsrechts. Eines, das ich abgelehnt hatte. Heute aber brauchte ich *seine* Hilfe.

Alle taten es der Wasserfee gleich, ihre Bestürzung offensichtlich.

Aber keiner von ihnen besaß die Präsenz oder die Kraft, die ich brauchte.

„Mein Vater", krächzte ich. „Ich brauche meinen Vater."

Chaos brach um uns herum aus. Rufe folgten. Aber meine ganze Aufmerksamkeit lag auf der zu kalten Frau in meinen Armen.

Schuldgefühle rasten durch meinen Kopf. Ich hätte wissen sollen, dass Mortus mich nicht so einfach zu Exos führen würde. Dass er gewusst hatte, dass ich ihm letzte Nacht gefolgt war.

Verflixt und zugenäht!

„Claire", flüsterte ich und schaukelte sie hilflos vor und zurück, spürte ihr Leben durch meine Finger rinnen. Das hätte nicht passieren dürfen. Exos hatte darauf vertraut, dass ich auf sie aufpassen, dass ich sie *beschützen* würde, und ich hatte sie in den Tod gestürzt.

Und ich wusste noch immer nicht, was es ausgelöst hatte oder wie dieses Ding aus Schatten ihr das Leben hatte aussaugen können. Die Todesfelder verkörperten so viele Albträume, aber nichts Derartiges. Es hatte mich an einen Vampir erinnert – etwas, das elementemäßig so ausgehungert war, dass es sich an Claire festgehakt und einfach von ihrer Kraft getrunken hatte.

Wie?

Was für eine Monstrosität hatte Mortus geschaffen? Und wieso hatte sie nur Claire angegriffen?

„Mein Sohn?" Der Stimme meines Vaters wohnte ein Hauch Besorgnis inne und seine Verwirrung stand ihm ins Gesicht geschrieben. Seine feierliche Robe deutete an, dass ich etwas Wichtiges unterbrochen hatte. Aber so, wie er vor mir auf seine Knie sank, schien ihm das egal zu sein. „Ist das …?"

„Claire", keuchte ich. „Ich habe sie in die Felder des Todes mitgenommen, um nach Exos zu suchen, und etwas hat sie angegriffen. Es hat ihr die Elemente nur so ausgesaugt. Ich … Ich weiß nicht, was ich tun soll."

Er fasste sich an die Stirn und schloss seine Augen. „Sie ist schwach", stimmte er zu.

Schwach ist eine Untertreibung. Ich konnte sehen, dass die Ranken ihrer Seele drohten, aus ihr zu stoßen. Die Angst in ihrer Essenz war spürbar. *Halte durch, kleine Königin*, flüsterte ich. *Ich werde das wieder hinbiegen.*

Irgendwie würde ich dieses Versprechen halten. Das musste ich einfach. Exos zählte auf mich. Claire auch.

„Euer Band ist stark", staunte er und legte seinen Kopf schief. „Sehr stark für ein neu geschlossenes Band."

„Es war ein Unfall", gab ich zu und war jetzt noch beschämter als zuvor. Sie verdiente etwas so viel Besseres. „Wir haben uns kurz geküsst und dann ist es entstanden."

Seine blauen Augen – dieselbe Farbe wie meine – sahen mich an und legten sich jetzt in Fältchen. „Ihr seid auf der dritten Ebene, mein Sohn."

Ich blinzelte. *Was?* „Nein. Wir haben nur … Es ist neu … Ich meine …" *Was?!* Ich prüfte die Verbindung und Demütigung und Schock kursierte durch meine Adern. „Oh, bei den Elementen …" Er hatte recht. Als ich nach ihrem Element gegriffen hatte, um sie mittels meiner Sprühregen-Fähigkeit hierherzubringen, hatten wir uns *verbunden*. Wir hatten unsere Seelen unwiderruflich aneinandergebunden und unausgesprochene Gelübde für die Ewigkeit abgelegt.

Das Band war tiefer als ihre Verbindung zu Exos.

Er wird mich umbringen.

Scheiße, Claire *wird mich umbringen.*

„Du musst es zu Ende bringen", drängte mein Vater. „Das ist der einzige Weg. Ich kann die anderen, nach denen sie gerufen hat, spüren, aber wir haben keine Zeit, um sie hierherzubringen. Sie wird sterben."

„Es zu Ende bringen?", wiederholte ich und mein Herz setzte einen Schlag aus. „Das Band vervollständigen?" *Ohne ihre Erlaubnis?*

„Sie braucht deine Stärke, Cyrus. Ohne die Rettungsleine wird sie sich nie wieder erholen. Es könnte bereits zu spät sein."

Bei den Elfen, das ist schlecht. Sehr, sehr schlecht.

„Du hast keine Zeit mehr. Entweder rettest du sie oder nicht. Aber dich gegen dein Schicksal zu wehren, wird das Mädchen ihr Leben kosten." Da war der Vater, den ich kannte. Direkt und auf den Punkt kommend, ohne auch nur einen Funken Reue zu zeigen. Er hätte genauso gut sagen können, dass ich mein eigenes Grab geschaufelt hatte, indem ich diese Verbindung überhaupt eingegangen war.

Womit er recht hätte.

„Was, wenn sie es ablehnt?", fragte ich und dachte an die äußerst wahrscheinliche Möglichkeit.

„Ihre Elemente beherrschen sie jetzt und es gibt keinen besseren Wasser-Gefährten in dieser Welt als den rechtmäßigen Wasserkönig", erwiderte er mit herausforderndem Ton, der mich dazu aufforderte, ihn zu korrigieren. Dieses Mal aber schluckte ich den Köder nicht. Hier ging es nicht um mein mir widerstrebendes Schicksal oder die Tatsache, dass meine Kraft seine und die aller anderen Wasserfeen überwog. Hier ging es darum, Claire zu retten.

„Sag mir, was ich tun muss", sagte ich entschlossen.

Ich konnte sie nicht leiden lassen, konnte nicht zulassen, dass sie wegen meiner Fehleinschätzung sterben würde.

Vielleicht verdiente ich eine Zukunft voller unerwiderter Liebe.

Wenigstens würde Exos glücklich sein.

Und Claire.

Das war nicht richtig. Eine bewusstlose Frau an sich zu binden, war der Inbegriff von Tabu. Aber was für eine andere Wahl hatte ich schon? Sie brauchte eine Lebensader und ich war die einzige, die verfügbar war.

„Bereitet die Zeremonien-Gemächer vor", ordnete mein Vater an und die Feen stoben auseinander. „Wir müssen das richtig und schnell durchführen."

Ich nickte und wusste, was er meinte. Der beste Weg, um zu garantieren, dass Claires Element meines akzeptierte, war, ihr ein gutes Gefühl zu verschaffen. Sie war so kalt und winzig in meinen Armen. Ihre Haut hatte mittlerweile einen bläulichen Teint angenommen.

Ich verabscheute es, sie so zu sehen, verabscheute es noch mehr, dass ich daran schuld war, weil ich diese Aufgabe so dringend hatte erledigen wollen. Mortus mochte die Falle gestellt haben, aber ich hätte es besser wissen sollen, als hineinzutappen.

Es tut mir leid, Exos, dachte ich und wusste ganz genau, dass er mich nicht hören konnte.

Er war nicht einmal in der Nähe der Todesfelder. Ich spürte es jetzt, durch das Band mit Claire, dass Exos irgendwo war, wo er sicher und unversehrt war. Wenn ich mir auch nur zwei Minuten Zeit genommen hätte, um unser neu geschlossenes Band etwas eingehender zu inspizieren, hätte ich das gespürt.

Aber stattdessen hatte ich sie auf einen Irrweg geführt.

„Komm", sagte mein Vater und seine Hand brannte auf meiner Schulter.

Ich drückte Claire an meine Brust und stand auf, folgte ihm wortlos und wusste, was das zu bedeuten hatte.

Ich würde nicht nur eine Königin nehmen, die mich nicht wollte, sondern wir würden uns auch unter dem Element des Wassers verbinden. Was ein völlig anderes Problem hervorrief. Eines, um das ich mich später kümmern würde. Denn wenn ich jetzt an die Konsequenzen denken würde, würde ich wegrennen. Und das verdiente Claire nicht.

Scheiße, sie verdiente gar nichts hiervon.

Sie war nicht der Sohn zweier mächtiger Blutlinien. Meine Zukunft war eine Bürde, die nicht auf ihren Schultern hätte lasten sollen.

Obwohl sie jetzt keine Wahl mehr haben würde.

Und ich hasste mich noch mehr dafür.

Ich hatte ihre Kraft aufs nächste Level bringen wollen, aber nicht so. Nicht, indem ich sie dazu zwang, die Königin der Wasserfeen zu werden.

Die Gefährtin meines Vaters – Coral – traf uns im Gang

und ihr schwarzes Haar war hochgesteckt und mit pinken Muscheln dekoriert. Eine wunderschöne Frau, die von vielen bewundert wurde. Aber der Blick, den sie mir zuwarf, sprach für unsere Vergangenheit. Ihrer Angst, dem wahren Erben des Wasserthrones zu nahezukommen.

Sie war der Ersatz für meine Mutter, nachdem die Seuche ihr das Leben genommen hatte.

Und ich hatte ihr nie die Chance gegeben, jemand anderes zu sein.

„Cyrus", sagte sie und neigte ihren Kopf auf respektvolle Art, die sie nur wenigen entgegenbrachte.

„Coral", erwiderte ich. Der ansonsten giftige Ton in meiner Stimme war der Frau in meinen Armen zuliebe verschwunden.

Sie musterte Claire interessiert. Dass sie keine Fragen stellte, deutete an, dass sie bereits informiert darüber worden war, was passiert war.

Die Zeit schien mir davonzurennen. Claires Leben hing am seidenen Faden, den ich verzweifelt festhielt. Ich konnte die Präsenz der anderen spüren und sie alle liehen ihr ihre Elemente in einem verzweifelten Versuch, ihre Reserven zu stärken. Mit jedem Moment, der vorbeiging, spürte ich die Wahrhaftigkeit meines Vaters' Behauptung.

Claire brauchte einen Gefährten, der vollends mit ihr verbunden war, der ihr die Stärke geben konnte, die sie brauchte, um zu überleben.

Und obwohl es ihr vermutlich lieber gewesen wäre, wenn es Titus gewesen wäre, konnte nicht einmal er sie jetzt noch retten.

Sie brauchte königliches Blut.

Mein Blut.

Ein Zimmer voller Pflanzen und Leben kam in Sicht. Der Altar befand sich am Fuße eines riesigen Wasserfalls. Ich war nur einmal zuvor hier gewesen. An jenem Tag, als mein Vater die Gefährtenband-Zeremonie mit seiner neuen Frau durchgeführt hatte.

Es war einer der schlimmsten Tage meines Lebens gewesen. Er konkurrierte mit jenem, an dem ich meine Mutter beerdigt hatte.

Und ich hatte seither keinen Fuß in diesen Palast gesetzt.

Das würde sich ab heute ändern. Meine Verpflichtung gegenüber dem Wasser-Königreich prasselte auf mich nieder wie tausende Wellen.

Ich legte Claire auf das Podium, strich ihr blondes Haar aus dem Gesicht und beugte mich nieder, um meine Stirn an ihre eisige zu legen. „Halte durch, kleine Königin." Es gab Vorbereitungen zu treffen. Wir brauchten eine Feen-Priesterin, um die Zeremonie abzuhalten. Alles, was ich jetzt noch tun konnte, war, zu beten, dass wir nicht zu spät waren. Denn mein Vater hatte recht. Ich konnte es jetzt spüren. Das Bedürfnis, dieses Band zu vervollständigen. Ihr zu geben, was sie brauchte. Aber es war an Claire, es zu akzeptieren. *Mich* zu akzeptieren.

Und angesichts unserer angespannten Beziehung wäre ich nicht überrascht gewesen, wenn sie mir sagen würde, dass ich mich versprühen sollte.

Mögen die Elemente uns beistehen, wenn dem so ist …

SOL

*W*as zum Teufel war das?, dachte ich mit müden Augen und schlaftrunken.

Ich hatte geschlafen wie ein Stein. Wortwörtlich. Aber die Explosion, die vor meinen geschlossenen Augen losging, brachte mich dazu, mich kerzengerade aufzusetzen, und kalter Schweiß lief an meinem Körper hinab.

Hitze rauschte über meine Haut und ließ mein Element darauf reagieren – bildete eine Kruste aus Erde darüber.

Woher kommt das?

Ich raste zur Quelle, die mein ganzes Zimmer in ein rotes Glühen gehüllt hatte und fand ein Inferno vor, das vor dem Seelen-Campus in den Himmel schoss.

Titus.

Ich wusste, dass die Feuerfee mächtig war, aber er brüllte mit erschreckendem Zorn, ausgestreckten Armen und angespannten Muskeln, während die ganze Kraft seines Elements aus ihm stieß, alles um sich herum einnahm und zerstörte.

Etwas zwackte in meiner Brust, als hätte mich gerade eine Nadel gepikst, und ich griff danach. Es schlug erneut zu – dieses Mal fester – und unter meinen Füßen breiteten sich protestierend Risse aus.

„Sol!" Vox rauschte mit einem Windstoß aus dem Haus, der das Inferno einhüllte und winzige Tornados über die zerstörte Landschaft sandte. „Was ist hier los?" Seine wilden dunklen Augen mit diesem hervorstechenden silbernen Ring weiteten sich, als er sich die Szene besah. „Sol, du musst Titus von was auch immer er da tut, abhalten. Wenn er so weitermacht, wird er sterben!"

Das musste dieselbe Kraft sein, die Exos entführt hatte. Die Claire tot sehen wollte – und jetzt kam sie auf uns los.

„Ich werde zu ihm durchdringen", versprach ich und stellte mich breitbeinig hin. Ich hatte das hier noch nie getan, aber jetzt war nicht der richtige Zeitpunkt, um zu fürchten, wozu ich fähig war. Ich öffnete das Tor zu meiner Fähigkeit, das ich immer fest verschlossen gehalten hatte. Kein Zögern. Keine Angst davor, was ich zerstören könnte. Wenn ich Titus nicht aufhalten würde, würden seine Flammen ihn auffressen und uns alle in Asche verwandeln.

Meine Kraft rauschte aus mir und ließ die Welt erzittern, aber Titus ließ sich nicht aufhalten. Sein Inferno hob ihn hoch und er warf seinen Kopf zurück. Er schrie noch lauter und seine Haut glühte weiß, Flammen loderten in seinen Augen, als er sie öffnete, um mich anzusehen.

„Claire!", brüllte er flehend.

Mein Magen verknotete sich angesichts der Sorge darüber, was ihr zugestoßen war, aber ich konnte Claire im Moment nicht helfen. Titus war drauf und dran, entzweigerissen zu werden, und ich musste ihn unter Kontrolle bringen. Kontrolle. Das Einzige, von dem ich fürchtete, sie zu verlieren, legte sich über mich wie eine Brise und ich sah zurück, erblickte Vox mit ausgespreizten Armen dastehen. Sein Haar wirbelte wild um ihn herum und er sah aus wie ein uralter Feengott. Nicht viele wussten von seiner wahren Kraft, ich aber schon. Das war der Grund gewesen, warum er mir zugeteilt worden war, und auch der Grund, warum ich ihm vertraute.

Er hatte keine Angst davor, meine Erde zu zügeln.

Der Wind hörte auf ihn und blies die Feuer beiseite, gab mir die Energie, die ich brauchte, um meine widerspenstige Kraft im Zaum zu halten.

Gesegnet seist du, Vox.

Eine undurchdringbare Rüstung legte sich um meine Haut und machte die Hitze erträglich. Ich stürmte auf Titus zu und packte ihn am Nacken. „Du musst aufhören!"

„Claire!", wiederholte Titus. Ihr Name glich einem Schwur.

Dann spürte ich es.

Ich spürte *sie*.

Dieser Schmerz in meiner Brust wurde mächtiger und verwandelte sich in ein verzweifeltes Kratzen. Es kam von Claire.

Meine Augen weiteten sich. *Sie stirbt.*

„Unmöglich", keuchte ich. Claire und ich hatten kein Band geschaffen, hatten uns nicht einmal auf dem niedrigsten Level verbunden, aber sie war in meiner Seele und rief nach mir, flehte um mein Element.

Kein Wunder, dass Titus völlig außer sich war.

Ich drehte mich um und bemerkte, dass Vox sich darauf konzentrierte, das Inferno unter Kontrolle zu behalten und meine Kraft zu stabilisieren, aber Claire könnte das für mich übernehmen.

Wenn ich einfach nachgab, würden wir einander helfen können. Die Feuer loderten auf, bildeten Wände, die sich an den Rand des Hofs ausbreiteten und drohten, die Bäume im angrenzenden Erd-Campus in Brand zu stecken. Das hier waren keine normalen Flammen. Sie würden alles, was sich ihnen in den Weg stellte, zerfressen und nichts würde sie aufhalten. Titus hatte die Kontrolle verloren, zumal er der einzige Gefährte mit einem Band zu Claire war, an den sie sich wenden konnte. Und sie hatte zu viel genommen.

Es war, als hätte etwas ihr das Leben ausgesaugt und sie dazu gezwungen, sich an jenen festzuklammern, die ihr am nächsten standen. Damit sie ihr helfen konnten, ihre Elemente zu stärken.

Ohne die zusätzliche Stärke würde sie sterben. Ich konnte es in meiner Seele spüren. Ich hatte keine Wahl. Entweder würde ich sie einlassen oder sie sterben lassen.

Und verdammt, das konnte ich nicht zulassen.

„Vox!", schrie ich und meine Stimme schallte über die Entfernung zwischen uns. „Es ist Claire! Lass sie ein!"

Er zuckte zusammen und sein Wind zwirbelte. „Bist du verrückt geworden? Ich kann dich nicht loslassen, du wirst noch schlimmer dran sein als Titus!"

Ich kannte Voxs Ängste. Wenn meine Kontrolle flöten ging – wenn auch nur für eine Sekunde –, könnte ich die Welt entzweisplittern.

Titus packte meine Schulter und drückte zu. Seine heißen Finger brannten sich sogar durch meine Rüstung. Seine

Augen glühten voller Wut und Zorn und Verzweiflung. „Gib ihr, was sie braucht", flehte er. „Sie stirbt. Ich kann ihr nicht genug geben." Er klang so gebrochen. So allein. So gequält.

Und das war alle Ermutigung, die ich brauchte. Ich schloss meine Augen und spürte, wie ihre Seele in mich floss, als hätte sie immer dorthin gehört. Der süße Rausch von Pfirsichen erfüllte meine Sinne und ihre warme Erde legte sich um mich wie eine Umarmung. Ich fiel auf meine Knie und war erleichtert, als Voxs unerschütterliche Kontrolle von mir abließ, als er es mir gleichtat.

Die Welt bebte, brannte und das Rauschen von tausend Wirbelstürmen pfiff in meinen Ohren.

Aber Claire würde leben – wenn auch nur ein paar Augenblicke länger.

Es würde reichen müssen.

Denn ich spürte sie jetzt. Die Wasser-Energie, die sich den anderen anschloss. *Wehe, du rettest sie nicht, Cyrus*, dachte ich. *Dann kommt das dicke Ende noch, wenn du zurückkehrst.*

CYRUS

Claire atmete nicht mehr. Ihr Körper lag schlaff auf dem Altar. Warmes Wasser floss um sie herum – das Meiste davon von meiner Magie kontrolliert –, während ich versuchte, sie lange genug am Leben zu behalten, um die Zeremonie zu vollziehen.

Es hätte nicht so sein sollen.

Sie hätte bei Bewusstsein und willens und nicht am Rande des Todes sein sollen. Scheiße, meine Gemahlin hätte mich wenigstens *mögen* sollen. Aber wir befanden uns nicht einmal annähernd auf einem so vertrauten Level. Ich war nur ein Mittel zum Zweck für sie. Ein Plagegeist, den sie so schnell wie möglich loswerden wollte.

Und ich konnte es ihr nicht übelnehmen.

Aber ich hätte nichts anders gemacht.

Außer, dass ich sie nicht in die Todesfelder gebracht hätte.

Aber ihre Ausbildung? Wie sie unter meiner harten Führung stärker geworden war? Das war ich gewesen, indem ich der Vollstrecker gewesen war, den sie gebraucht hatte. Die anderen gingen zu behutsam mit ihr um und ertränkten die Kämpferin in ihr. Ich lockte sie an die Oberfläche und hoffte inständig, dass die kleine Kämpferin sich zeigen würde.

„Wir müssen anfangen", sagte mein Vater, als die Priesterin ankam. „Das hier ist unerhört", sagte die winzige Fee, als sie sich dich Szene besah. „Zustimmung ist eines der wichtigsten Prinzipien."

„Gleich nach dem Überleben", sagte ich der kleinen weißhaarigen Frau. „Wenn es nicht so sein soll, wird ihr Element meines abweisen. Und jetzt hör auf, die Sache hinauszuzögern."

Ich strich mit meinem Daumen über Claires eiskalte Wange und rief die heißen Quellen um sie herum dazu auf, ihre blaue Haut zu wärmen. Es funktionierte nicht. Denn es war nicht, was sie brauchte.

Ihre Elemente versiegten und flossen aus ihrem Körper ins Reich der Toten.

Sie brauchte einen Anker.

Ich würde dieser Anker sein, wenn sie das Band akzeptierte.

Die Priesterin nahm ihre Position vor uns ein und ließ ihre gebrechliche Hand über Claires Brust schweben. Ein Gesang in unserer alten Sprache begann. Ich schloss meine

Augen und ließ das Flüstern in mein Wesen ein. Es nahm mich an einen Ort im Feenhimmel mit, wo die Energie hell und alles einnehmend pulsierte.

Claire, keuchte ich und suchte nach ihrer Seele, ermunterte sie dazu, sich zu zeigen, sich mir anzuschließen und mir zu erlauben, ihr zu geben, was sie brauchte, um zu überleben. *Komm zu mir, kleine Königin.*

Ich nahm ihre Hand im Zeremonienraum und drückte sie fest, während meine Seele durch die Felder wanderte und nach ihr suchte. Sie war noch nicht weg. Ich konnte ihre Lebensgeister in der Luft spüren. Ihre Feenhälfte versuchte noch ein kleines bisschen länger festzuhalten, als wüsste sie, was ich anzubieten hatte.

Und da.

Ich fand sie beim Brunnen sitzend. Ihre Augen hatten ein wunderschönes Blau inne.

Sie spielte mit ihren Fingern im Wasser und sah ihm dabei zu, wie es sich an ihren Fingerspitzen formte und dann zur strahlenden Sonne hochschwebte. *Das ist wunderschön*, staunte sie und war sich nicht bewusst, was ihrem Körper widerfahren war.

Du bist wunderschön, gab ich zu und schluckte. *Weißt du, warum du hier bist?*

Sie schüttelte ihren Kopf und ließ diese verführerischen goldenen Locken in Wellen an ihrem nackten Rücken hinabfallen. Ich hatte sie noch nie in etwas Vergleichbarem wie diesem luftigen Kleid gesehen, aber ich wollte ihr Hunderte davon kaufen, nur um es nochmal zu sehen. Denn sie war umwerfend. Stark. Leuchtend.

Mir gefällt es hier, flüsterte sie, als wären die Worte ein Geheimnis, das nur für mich bestimmt war. Und vielleicht waren sie das auch.

Es ist einer unserer heiligsten Orte, Claire. Nicht einmal ich bin jemals zuvor hier gewesen.

Warum jetzt?, fragte sie mit melodischer Stimme, von der ich mir wünschte, sie würde über ihre eisigen Lippen kommen.

Die Priesterin hat uns hierhergebracht, um unsere Gelübde abzulegen.

Mmh. Sie sah sich mit einem ehrfürchtigen und erwartungsvollen Gesichtsausdruck um. Das Wasser-Element in ihr nahm überhand und trieb ihre Instinkte, kannte den Grund für all das, obschon ihre sterbliche Hälfte keine Ahnung hatte, was hier vor sich ging.

Du musst das Gelübde wiederholen, sagte ich zu ihr, während ich es von der Priesterin hörte. *Kannst du das für mich tun?*

Sie murmelte zustimmend und ihre strahlend blauen Augen lächelten mich an. Die völlige Hingabe in ihren Augen gab mir beinahe den Rest. Ich musste mich daran ermahnen, dass es nur ihr Element war, das mich so ansah, und nicht Claire. Weil sie mich nie so ansah. Und es vermutlich nie tun würde.

„Ich, Claire ...", begann die Priesterin.

Und ich begann jedes Wort für meine Gemahlin zu übersetzen, wollte, dass sie sie von meinen Lippen kommen hörte und nicht jenen einer Fremden.

Ich, Claire, nehme hiermit die Kraft, die mich an Cyrus, geboren aus Seele und Wasser, bindet, an. Ich gelobe, ihn zu lieben und zu ehren, durch alle Ären und Zeiten, die wir durchleben mögen, bis unsere Seelen uns scheiden. Ich gebe ihm meine Flüssigkeit, meine Grazie, meine Ruhe und nehme seine an. Mein Element ist nun genauso seines wie seines auch meines. Bei den Feen, mögen wir uns nie trennen. Und ich werde ihn nicht für einen anderen aufgeben. Mein Wasser soll für immer ihm und nur ihm gehören.

Sie wiederholte jedes Wort und der Schwur meißelte ihren Namen in einen Teil meines Herzens, den ich nie zurückbekommen würde. Tränen stiegen mir gegen Ende in die Augen, als mir die äußerst echten Auswirkungen bewusstwurden. Dann wurde mein Gelübde fällig.

Ich, Cyrus, vormaliger König der Seelenfeen und Thronfolger des Wasser-Königreichs, nehme hiermit die Kraft, die mich an Claire – der zukünftigen Königin des Wasser-Königreichs – bindet, an. Ich gelobe, sie zu lieben und zu ehren, durch alle Ären und Zeiten, die wir durchleben mögen, bis unsere Seelen uns scheiden. Ich gebe ihr meine Gnade, meine Gelassenheit, meine Reinheit und nehme ihre an. Mein Element ist nun genauso ihres wie ihres auch meines. Bei den Feen, mögen wir uns nie trennen. Und ich werde sie nicht für eine andere aufgeben. Mein Wasser soll für immer ihr und nur ihr gehören.

Eine bindende Kraft machte sich um uns bemerkbar und floss durch unsere Adern, flutete meine Gedanken und mein Herz und band mich für immer an eine Frau, die mich nie gewollt hatte. Und an ein Königreich, dass ich nie begehrt hatte.

Aber mir blieb keine Zeit, um über die Zukunft nachzudenken, zumal die Quelle um Claire herum überfloss und zu einer Welle aus Lava wurde, die unser beider Leben bedrohte. Ich packte sie und brachte uns mit einem Sprühregen zurück in meine Gemächer. Die Zeremonie war vollzogen. Ich hielt sie an mich gedrückt, während ihre Energie meine absorbierte.

Nimm, was du brauchst, ermutigte ich sie und spürte ihr tödliches Verlangen.

Mein Herz pochte wie wild, als unsere Elemente sich verbanden. Ihr Wasser verschlang meines gierig, während ich uns in ein Meer aus Wärme einlullte und dem Wasserfall in meinem Gemach erlaubte, ihre Ohren zu beruhigen und uns beide in einen komatösen Zustand zu versetzen.

Ich hatte meinen Teil getan.

Jetzt lag es an Claire, zu überleben.

Aber in ihr ruhte eine Kämpferin. Eine, die meine Präsenz nur zu gut zu provozieren wusste. Und diese Kämpferin wütete jetzt in meinem Kopf, suchte nach jeder Reserve und trank mich leer.

Ich ergab mich der Dunkelheit und meine letzten Gedanken waren an Claire gerichtet.

Du wirst es härter versuchen müssen, kleine Königin. Nimm alles. Nimm mehr. Und hör nicht auf, bis du atmen kannst.

EXOS

agie machte sich in Form eines verzweifelten Ziehens an meinen Sinnen bemerkbar und zog mich mit einer Wildheit aus meinem Loch heraus, die nur wenige außer mir besaßen.

Claire.

Sie war überall um mich herum. Ihre Seele sprach weinend Worte aus, die ich nicht verstehen konnte. Ich fuhr hoch und die kahle Zelle um mich herum schien mir fremd und kalt. *Wo bin ich?*

Ein weiterer Schmerz traf mich mitten in die Brust und warf mich ächzend zu Boden. Es fühlte sich an, als würde mein Herz entzweigerissen.

Nein. Meine Seele.

Ich riss meine Augen auf. Claire war etwas zugestoßen.

Ihr Tod schlängelte sich um mich und ihr Bedürfnis nach meiner Energie klaute gegen mein Inneres und flehte darum, sie zu retten.

Aber ein anderer war an meiner Stelle da.

Wasser.

Der Dampf der heißen Quelle erfüllte die Luft und ein neues Band machte sich bemerkbar.

Cyrus.

Ich hätte diese Kraft überall erkannt. Er hatte seinen rechtmäßigen Platz im Wasser-Königreich eingenommen. Und es schien, als wäre Claire seine auserkorene Königin.

Scheiße.

Mein Hals schnürte sich zu. Mein Körper fühlte sich steif an, weil ich ihn so lange nicht benutzt hatte.

Was ist hier los?

Dann spürte ich es: Die Verbindung zu Claire zerriss und löste sich, weil wir zu lange getrennt gewesen waren. Eine Träne kullerte aus meinem Auge. Etwas Unbekanntes. Etwas, das ich noch nie erlebt hatte – nicht einmal anlässlich der Beerdigung meiner Eltern.

Aber für Claire …

Ich brach gequält zusammen und meine Seele verwelkte angesichts unseres zerfallenden Bandes. *Claire …* Ich musste sie finden, unser Band wiederentfachen.

Ich hatte zu lange gewartet, um zu entkommen. Hatte mich weitaus länger vor dieser dunklen Essenz versteckt, als ich vorgehabt hatte.

Wo ist sie?, fragte ich mich, suchte die schattigen Winkel meiner Zelle ab und bemerkte ein fahles Licht im schmuddeligen Gang. Niemand sagte etwas. Nichts regte sich. *Ich bin allein hier unten.*

Ich stand auf und meine Beine protestierten. Ich rüttelte an den eisernen Gitterstäben. Sie bewegten sich kein Stück. *Aber ich bin wach*, realisierte ich. *Das verschafft mir einen Vorteil.*

Alles, was ich tun musste, war, zu warten. Jemand würde bald genug vorbeikommen und ich würde jene Person dazu bringen, mich zu befreien.

Vergiss mich nicht, Claire, flüsterte ich. *Ich bin auf dem Weg zu dir.*

Denn ich musste sie warnen. Ich konnte mich nur nicht erinnern, vor wem oder was. Aber jemand, *etwas*, war hier unten mit mir. *Wer?*

Ich schüttelte meinen Kopf und war von den mehreren Wochen –jetzt über einen Monat – benommen, in denen ich alles heruntergefahren hatte.

Wieso habe ich das getan? Oder noch besser: Warum kann ich mich an nichts Wichtiges erinnern?

Ich schluckte leer. Mein Rachen war trocken, weil ich ihn lange nicht benutzt hatte. Ich musste einfach fliehen und dann würde alles gut werden. Das musste es.

Ein weiterer Schmerz durchfuhr mich. Claires Essenz zapfte meine an und ich ließ es zu. Was auch immer passiert war: Sie brauchte die Energie mehr als ich und ich hatte genug übrig, um zu kämpfen.

Wer auch immer mich hierhin gebracht hatte, würde den Tod finden. Einen schrecklichen. Und ich konnte es kaum erwarten.

CLAIRE

Mehrere Tage später ...

Exos streichelte meine Wange und sein warmer Atem machte sich an meinem Nacken bemerkbar. Ich kuschelte mich fester an ihn, bewunderte seine Stärke und den frischen Geruch von Wasser auf seiner Haut. *Mmh, das ist neu.* Normalerweise roch er nach Sonne und Mann, aber heute hatte er einen reineren Geruch, der mich an einen Regenwald erinnerte.

„Wie fühlst du dich?", fragte er mit heiserer Stimme als üblich.

Ich lächelte. „Erfrischt." Oh, wie mein Rachen brannte. Ein Strohhalm glitt zwischen meine Lippen, als würde er es wissen. „Trink, kleine Königin."

Ich runzelte die Stirn, tat aber, was er sagte. *Das ist ein neuer Spitzname.* Exos nannte mich normalerweise *Prinzessin*, manchmal *Baby*, wenn er angeheizt war. Meine Schenkel spannten sich angesichts dieser Aussicht an, vermissten seine Berührungen und wie unsere Elemente zusammen tanzten, wenn wir zusammen waren.

Ich ließ meinen Finger an seinem nackten Bauch runtergleiten und kreierte ein Wasserstrom an seiner Haut. Ich hatte Feuer benutzen wollen, aber das ging auch.

Exos stöhnte, als ich ihn zurückstieß, und meine Zunge wanderte bereits runter, um aufzulecken, was ich geschaffen hatte.

„Claire …", warnte er.

„Schh." Ich brauchte das hier. Brauchte *ihn*. Mein Körper fühlte sich schwach an, mein Herz war nicht komplett.

Ich will nicht nachdenken, entschloss ich und verlor mich in den Bewegungen anstatt in meinen Gedanken. Ich konnte meinen Körper später analysieren. Im Moment wollte ich mich paaren. Das Band komplettieren, das wir geknüpft hatten. Unsere Verbindung vollenden.

Ein Teil von mir zweifelte diese Logik an.

Ein Hauch der alten Claire.

Aber die neue Claire schmiss Besorgnis und Befürchtungen über Bord – die Fee in mir erblühte.

„*Ich brauche es*", sagte ich und verstand nicht ganz, was ich brauchte, nur dass ich es brauchte.

„Mach deine Augen auf", befahl er mit barscherer Stimme als für Exos üblich war. Er rollte mich auf meinen Rücken und sein Unterkörper legte sich zwischen meine Beine, woraufhin ich mich gegen ihn drückte.

Etwas war anders.

Eine Flüssigkeit lag in unseren Bewegungen, die ich nie zuvor gespürt hatte.

Oh, *ich mochte* es.

„Mehr", bettelte ich.

„Sieh mich zuerst an." Er schloss meine Hüften ein, als ich versuchte, sie hochzustemmen, und seine Hände lagen an meinem Gesicht, zogen eine Spur von kühlem Wasser über meine Lippen, das ich stöhnend aufleckte.

Meine Augenlider flatterten und ein dumpfes Licht erhellte den Mann über mir. Er war so unverschämt gutaussehend und hatte diese königlichen Züge in seinen ernsten Kiefer und seine perfekte Nase eingekerbt.

Aber die Augen waren total falsch.

Nicht Exos.

„Cyrus", keuchte ich verwirrt, aber nicht alarmiert. Ein Gefühl der Sicherheit überkam mich und seine Essenz war mir nur allzu bekannt und willkommen, dass ich ihn nie von mir hätte stoßen können. Ich legte meine Hand an seine Wange und legte meinen Kopf schief, um meinen Mund an seinen zu schmiegen. „Küss mich." Zwei Worte, von denen ich nie gedacht hätte, dass ich sie in seiner Anwesenheit sagen würde, aber sie kamen mir wie ein Gebet über die Lippen.

Es war nicht Exos, den ich brauchte, sondern Cyrus. Ich fühlte mich unvollständig ohne ihn. Als ob ohne ihn ein Puzzleteil in unserer Verbindung fehlte.

„Oh, Claire", flüsterte er und legte seine Stirn an meine. „Du verstehst noch nicht."

„Lass es mich verstehen. Zeig es mir." Ich ließ meine Fingernägel an seinem nackten Rücken hinabwandern und liebte es, wie seine Muskeln sich unter meinen Berührungen anspannten. „Bitte, Cyrus."

„Du bringst mich um." Er schluckte und sein Schwanz zwischen meinen Beinen wurde hart. „Der Drang, zu … Er ist falsch, kleine Königin. So verdammt falsch."

„Dann stell es richtig." Ich küsste ihn erneut – dieses Mal kräftiger – und leckte seine Unterlippe ab. „Ich brauche dich."

Ich konnte nicht erklären, warum.

Verstand nicht, wie ich neben ihm im Bett gelandet war.

Aber scheiß drauf. Mein Körper beherrschte mich jetzt. Und Wasser. Ich lullte ihn in eine Schicht meiner Kraft ein und lächelte, als er mich auf dieselbe Weise koste. So viel Friede lag in dieser sinnlichen Berührung. Es entlockte meinem Rachen ein Seufzen, das so tief war, dass ich hätte schwören können, dass ich die Welt einen Moment lang verließ, bevor ich wieder zurückfand.

„Cyrus", keuchte ich und drückte mich wieder an ihn. „Bitte."

Sein Grummeln vibrierte gegen meine Brust und meine Nippel verhärteten sich an ihn gedrückt durch die Schicht Klamotten, die ich trug. Ich wackelte herum, wollte sie ausziehen, sehnte mich danach zu *fühlen*.

Und dann zog sein Mund meinen in einen Kuss wie kein anderer. Er unterwarf mich auf eine Art, die mich dazu brachte, mich unter ihm zu winden. Seine Zunge wurde zu einer neuen Obsession – mein einziger Weg, um atmen zu können, als er mich Unterwasser zog und mich mit seiner Seele koste.

„Dafür werde ich in der Hölle schmoren", flüsterte er.

„Nur, wenn ich mit dir mitgehen kann", erwiderte ich und schlang meine Arme um seinen Nacken, während er mir das Kleid vom Körper riss. Seine Kleider schlossen sich bald darauf dem zerrissenen Kleidungsstück auf dem Boden an und mir wurde ein erster Blick auf die Schönheit von Cyrus gewährt.

Allesamt makellose Züge. Pure Perfektion. Der Körper eines Schwimmers in eine Kraft eingehüllt, die zu streicheln ich mich sehnte.

Ich ließ mich mit ihm auf meine Knie sinken. Wir beide waren nackt und staunten und streichelten und prägten sich ein. Seine Finger glitten in mein Haar und seine Lippen legten sich wieder auf meine, während seine andere Hand sich zwischen meine Beine senkte. „Du bist so verdammt feucht", lobte er.

Ich griff nach seinem Schaft, staunte über seine Größe und seinen Umfang und lächelte. „Du bist so verdammt hart."

Er lachte und seine Zähne streiften über meine Unterlippe, bevor er sie tief in seinen Mund saugte. „Es tut mir leid, Claire."

„Weshalb?", fragte ich.

„Es tut mir einfach leid", murmelte er und sein Mund nahm meinen erneut, ließ meine Antwort verstummen.

Er ließ mein Haar los und griff nach meinen Hüften, zog mich nach vorne und legte mich wieder auf meinen Rücken. Seine Zunge glitt über meine Wange zu meinem Ohr und an meinem Hals hinab zu meinen Brüsten. Ich vergrub meine Finger in seinem Haar und genoss die Empfindungen, die sein Mund an meinen steifen Nippeln auslöste. Er benutzte seine Zähne und ich wand mich, während seine Hand wieder zwischen meinen Beinen verschwand.

Sanftheit lag nicht in Cyrus' Natur.

Und doch war jede Berührung sanft und durchdacht, erinnerte mich an Wellen, die meine Haut kosten.

Ein Gefühl der Richtigkeit überkam mich, woraufhin mein Wasser-Element an die Oberfläche schwamm und mit seinem spielte. Regentropfen zierten unsere Haut, schwankten zwischen heiß und kalt. Jeder von ihnen beschwor eine neue Empfindung zwischen meinen Beinen herauf.

„Cyrus …" Jeder Schlag gegen mein Wesen rüttelte die Begierde in mir wach und kreierte einen Strudel, den ich nicht kontrollieren konnte. Er wurde größer und größer, überkam mich und raubte mir den Atem. *„Mehr."*

Er küsste sich seinen Weg an meinem Körper hoch und jede Berührung seines Munds entlockte mir ein Stöhnen, bis ich mir sicher war, dass ich gleich schreien würde.

„Ich kann dir keinen Wunsch abschlagen", sagte er an mein Ohr gelehnt und sein Schwanz legte sich an meine Mitte. „Ich werde dir geben, was du brauchst, Claire."

„Ja", zischte ich und erhob mich vom Bett, als er in mich glitt.

So glatt.

So feucht.

So perfekt *wir*.

Ich schlang meine Arme um ihn, hielt ihn besitzergreifend an mich gedrückt und schwor, dass ich ihn nie loslassen würde. Sein Kopf fiel an meinen Hals und sein barsches Fluchen schürte meine Begierde. Meine Beine schlangen sich um seine Hüfte und mein Körper bewegte sich im selben Rhythmus wie seiner, während er uns näher an den Wasserfall der Wonne brachte.

Ich wob meine Finger in sein Haar und drückte seinen Mund wieder auf meinen, küsste ihn, als bräuchte ich ihn mehr als Sauerstoff. Und vielleicht tat ich das auch. Weil ich hätte schwören können, dass wir Unterwasser waren.

Alles, was ich hören konnte, war, wie unsere Herzen im selben Rhythmus schlugen.

Wie sein Körper über meinen glitt.

Und diese alles einnehmende Wärme, die sich zwischen meinen Schenkeln bildete. Sein Name kam mir über die Lippen und wurde von seinem Mund aufgefangen. Eine seiner Hände glitt an meine Hüften und drängte mich dazu, mit seinem schneller werdenden Rhythmus Schritt zu halten, während er die andere an meine Wange legte.

Eisblaue Augen sahen in meine.

Schmerz vermischte sich mit Lust.

Und dieser Blick allein sandte mich über die Klippe des Wasserfalls in die herrlichen Gewässer darunter. Er folgte mit einem Brüllen und mein Name war ein Summen in seinem Kopf, als etwas Mächtiges an seinen Platz fiel.

Wonne überkam mich.

Vollständig, flüsterte mein Herz. *Wir sind jetzt vollständig.*

Ich gehöre dir, Claire, hörte ich ihn in meinen Gedanken sagen. *Bis ans Ende der Zeit.*

Ich gähnte, war zu erschöpft, um etwas zu erwidern, und küsste ihn stattdessen sanft. Seine Zunge spielte mit gemächlichen Bewegungen mit meiner, unsere Körper waren noch immer verbunden. Die Richtigkeit an allem lullte mich in den Schlaf und ein Lächeln lag auf meinem Gesicht.

Frieden.

Ich habe endlich Frieden gefunden.

ICH WACHTE zwei weitere Male auf und wurde auf dieselbe Weise verwöhnt. Cyrus' Körper war ein Heilmittel, von dem ich nicht gewusst hatte, dass ich es gebraucht hatte. Mit jedem Mal fühlte ich mich stärker, belebter und zufriedener.

Aber ich spürte Unruhe tief in mir. Meine anderen Elemente waren über meinen verlängerten Schlummer alles andere als erfreut.

Bald würde ich aus diesem Kokon aus Wasser brechen.

Jemand brauchte mich.

Ich wünschte mir nur, dass ich wüsste, wer.

Ruh dich aus, hörte ich jemanden sagen. *Du wirst mich finden, wenn du bereit bist.*

Mmh, ich liebte diese Stimme. *Okay.*

Ich werde warten.

Okay, wiederholte ich und kuschelte mich an den heißen Mann an meiner Seite. *Ich vermisse dich.*

Ich vermisse dich auch, Prinzessin.

„Wir werden bald zurück zu ihnen gehen", murmelte eine tiefe Stimme, deren Lippen nahe an meinem Ohr waren. „Vielleicht sogar schon morgen. Schlaf jetzt. Wir werden sehen, wie stark du morgen bist."

„Ooookay." Ich schmiegte mich an seine Haut und bewunderte den frischen Geruch, ließ ihn meine Sinne einnehmen. „Ich vertraue dir."

Und das tat ich.

Weil er mir gehörte.

Und ich vertraute dem, was mir gehörte.

„Wir werden sehen", erwiderte er. „Schlaf, kleine Königin."

Ich gähnte und nickte. Wie hätte ich einem König widersprechen können?

CYRUS

*M*ein Vater schloss sich mir auf dem Balkon meiner Gemächer an. Sein Haar war an seinem Nacken zurückgebunden. Die meisten Wasserfeen mochten langes Haar und genossen es, wie es wie Wasser über ihre Schultern wallte. Ich bevorzugte es, meines kürzer zu tragen – wie es für das Volk meiner Seelenseite üblich war. Das würde sich in den kommenden Jahren vielleicht ändern.

Ein weiteres Zugeständnis, dachte ich. *Alles für eine Frau, die ich nie hatte lieben wollen.*

Aber als ich jetzt über meine Schulter blickte und die blonden Locken auf meinen königsblauen Kissen sah, dachte ich anders.

Claire war einzigartig. Äußerst einzigartig.

„Wie geht es ihr?", fragte mein Vater und folgte meinem Blick.

Gut gefickt, sinnierte ich und musterte ihre geschwollenen Lippen und ihren ruhenden Körper. Die seidenen Laken verhüllten ihren Körper, aber ich wusste, dass der Rest von ihr genauso zufriedengestellt war wie ihr Mund. „Sie erholt sich", sagte ich stattdessen. „Langsam, aber sicher."

Er nickte. „Ihr Heilungsprozess wird sich verschnellern und sie wird stärker werden, sobald sie ihren anderen Elementen nahe ist."

Ich stimmte ihm zu. „Ja, ich denke darüber nach, sie morgen zu ihnen zu bringen." Obwohl sie noch immer den Großteil des Tages schlief, waren ihre wachen Momente mächtig. Und, na ja, fordernd. Jedes Mal, wenn sie ihre Augen öffnete, packte sie mich und konzentrierte sich auf nichts anderes – wie zum Beispiel essen –, bis ich sie in die Besinnungslosigkeit fickte. „Ich hatte keine Ahnung, dass ein Gefährtenband so ... stimulierend sein kann."

Nicht, dass ich mich beschwerte. Ich profitierte von Claires Begierde.

„Euer Band holt auf, was monatelange Umwerbung hätte sein sollen", murmelte er. „Ich bin nicht überrascht, dass es euch beide ziemlich fordert." Seinem Gesicht fehlte die Amüsiertheit in seiner Stimme. Sein Blick schweifte in die Ferne und er stützte seine Ellbogen auf das Geländer des Balkons. „Ich werde dir den Vortrag ersparen, mein Sohn. Wir beide wissen, was das bedeutet."

Ich wusste es zu schätzen, dass er meine Zeit nicht mit Worten verschwendete. Mein Kopf war bereits voll von ihnen. „Ich kann den Thron nicht besteigen, bis ich Exos gefunden habe." Denn ich konnte nicht zwei Königreiche gleichzeitig regieren.

Er blieb einen langen Moment still und die Brise des Meeres unter uns blies gegen den Kragen seines Anzugs und ließ den Stoff meiner losen Hose hochflattern. Es fühlte sich gut an, von Leben und Energie umgeben zu sein. Aber meine Pflicht gegenüber dem Seelen-Königreich lastete auf mir und drückte mich nieder. Ich konnte ihnen nicht einfach den Rücken zuwenden. Selbst wenn ich meinen rechtmäßigen Platz hier angenommen hatte, würde ich mich für das Königreich, das ich als mein echtes Zuhause sah, einsetzen.

„Ich wünschte, du wärst zu mir gekommen", sagte er schließlich.

„Wegen Exos, meine ich."

„Du weißt, warum ich das nicht getan habe."

„Ja. Aber du weißt, dass ich dem Rat ein Geheimnis verschweigen kann, Cyrus." Er warf mir einen Seitenblick zu. „Ich glaube diese Woche hat das bewiesen, oder nicht?"

Ich schluckte und senkte meinen Kopf zustimmend. „Ja." Obwohl die Neuigkeit über die Paarung mit Claire sich im Königreich wie eine Flutwelle verbreitet hatte, waren die Umstände, die das nötig gemacht hatten, nie erwähnt worden. Und mein Vater war sogar so weit gegangen, dass er Elana gesagt hatte, dass wir uns in einer Art Flitterwochen befanden, was auch der Grund war, weshalb Claire ihre Lehrstunden und den Unterricht auslassen musste.

Ich nahm an, das war nicht total unwahr. Immerhin hatten wir die ganze Woche miteinander im Bett verbracht.

Aber mein Vater hatte getan, was er hatte tun können, um uns zu beschützen, und ich wusste seine Loyalität zu schätzen. Vor allem, weil er niemandem von Exos' Verschwinden erzählte.

„Glaubst du noch immer, dass er in den Feldern des Todes ist?", wollte er wissen.

Ich schüttelte meinen Kopf. „Nein. Er ist jetzt wach." Ich hatte ihn durch Claire gespürt. Eine lebendige Kraft, die in einem Käfig auf und abging und wartete. Es bedurfte eines guten Maßes an Zurückhaltung, um sie nicht darum zu bitten, mit ihm zu kommunizieren oder mir zu erlauben, in ihre Seele einzudringen, um ihn zu finden. Aber ihre Genesung ging vor. Für mich und für Exos.

Und mein Bruder würde mich umbringen, wenn ich diesen unausgesprochenen Pakt brechen würde.

Nie in meinem Leben hätte ich mir träumen lassen, dass ich jemanden über meinesgleichen stellen würde, aber Claire hatte alles verändert.

Sie ist meine Gefährtin.

Ich hatte geschworen, sie zu beschützen, sie zu lieben und zu ehren, sie in Zeiten der Krankheit zu hegen und zu pflegen, und – was am wichtigsten war – ich hatte versprochen, ihre Bedürfnisse über meine zu stellen.

„Wenn sie in einer besseren mentalen Verfassung ist, werde ich sie darum bitten, meinen Bruder zu kontaktieren", sagte ich. Ich hatte das vor Tagen beschlossen. „Wichtig ist, dass er am Leben ist. Er wird in der Lage sein, seine Verpflichtungen als Seelenkönig anzutreten, wenn wir ihn gefunden haben. Und dann werde ich den Konsequenzen meiner Paarung ins Gesicht blicken."

„Konsequenzen", wiederholte mein Vater schnaubend. „Du haderst noch immer damit, deinen wahren Platz zu akzeptieren."

„Die Seelenfeen brauchen mich mehr als die Wasserfeen." Das war eine alte Auseinandersetzung, aber noch immer relevant. „Du bist nicht einmal zweihundert Jahre alt. Es geht ihnen unter deiner Herrschaft gut."

„Aber es wird immer diese Debatte geben, bis der

Mächtigste an die Spitze rückt, mein Sohn. Das ist, was du nicht verstehst. Du machst dir um deine Seelenhälfte Sorgen, während du deine Feen hier im Stich lässt. Und obwohl viele diese Entscheidung verstehen können, so werden Feen immer auf Macht reagieren. Und du hast das stärkste Wasser-Element von allen in der Geschichte unserer Spezies." Er sah erneut zur Schönheit im Bett. „Dicht gefolgt von Claire."

Das waren die richtigen Worte. Ich mochte, dass er ihre Fähigkeit anerkannte. Sogar untrainiert überstieg ihre Kraft jene der Royals in diesem Palast. „Sie ist atemberaubend, nicht wahr?"

„Ich hatte meine Zweifel", gab er zu. „Aber ich kann ihr Potenzial jetzt spüren. Wenn du nicht aufpasst, wird sie sogar dich übertrumpfen."

„Und wäre das nicht ein Wunder für die Feenwelt?", sinnierte ich und die Aussicht machte mich neugierig, obschon ich wusste, dass es unmöglich war. Oh, Claire besaß mächtigere Fähigkeiten als die meisten. Aber ihre Verbindung zu Wasser konnte nicht ganz mit meiner konkurrieren. Sogar mit Training würde ich der König dieses Reichs bleiben.

Oh, aber Claire würde Königin mehrerer Reiche werden. Und *das* war, was sie mächtiger machte, als selbst ich es war.

„Wann zieht ihr los?", fragte er und starrte wieder auf die hereinkommenden Wellen, die gegen den schwarzen Sandstrand unter uns klatschten.

„Morgen", entschloss ich. „In der Nähe von Sol, Vox und Titus zu sein, sollte ihre Genesung genug beschleunigen, damit sie Exos klar hören kann." Es würde zudem die zunehmende Anspannung etwas lösen, die ich in den Bändern zu ihren anderen Gefährten, die sich nach ihrer Claire sehnten, spüren konnte. Sie verstand noch immer nicht, dass sie mit Sol und Vox ein Band geschaffen hatte, als sie verzweifelt zu überleben versucht hatte. Ihre Elemente hatten diejenigen gerufen, denen sie am meisten vertraute, und hatten sich an ihren Reserven festgesaugt, um ihre eigenen aufzustocken.

Wenn sie aufwachte, würde sie von ihrer Feenhälfte kontrolliert werden.

Ich hoffte inständig, dass der Mensch unter der Oberfläche das akzeptieren konnte.

Ich wusste genug über ihr vormaliges Land, um zu verstehen, wie hart es für sie sein würde, das anzunehmen. Aber ihre Elemente würden ihr keine Wahl lassen. Sie brauchte einen Gefährten für jedes Element und jetzt hatte sie sie ganz offiziell.

Ein Kreislauf der Natur.

Einer, von dem ich nie gedacht hätte, dass ich Teil davon wäre. Aber jetzt hatte ich keine Wahl mehr. Als ein vollständig verbundener Gefährte, würde ich bleiben, egal, was kommen würde.

Und mein Herz würde ihr immer treu sein, auch wenn wir die emotionalen Flachheiten nie in Worten ausgedrückt hatten.

So funktionierte unsere Spezies. Und solange sie das mit offenen Armen annahm, würde unsere Verbindung problemlos funktionieren.

„Wir werden darüber sprechen, wenn du deinen Bruder gefunden hast", sagte mein Vater und klopfte mir auf die Schulter. „Ich werde mich in der Zwischenzeit um die politischen Angelegenheiten kümmern."

„Danke." Ich sah ihn an, musste sicherstellen, dass er meine unermessliche Dankbarkeit sehen konnte. „Ich meine es ernst. Danke für alles."

„Du bist mein Sohn", erwiderte er und zog seine Mundwinkel kaum merklich hoch. „Danke, dass du mir damit vertraut hast."

Ich legte meinen Kopf schief und nahm sein Eingeständnis an. Unsere Beziehung war bestenfalls angespannt. Aber wir würden uns von jetzt an annähern.

Oh, Claire, dachte ich und drehte mich zurück in Richtung Schlafzimmer und ihrem sich regenden Körper. *Du hast keine Ahnung, wie kompliziert das alles werden wird.*

Ihre wunderschönen blauen Augen öffneten sich blinzelnd und die Schläfrigkeit in ihnen raubte mir einen Augenblick lang den Atem.

Dann streckte sie ihre Hand nach mir aus und dieses sinnliche Summen in ihrem Rachen sagte mir ganz genau, was sie begehrte. Mein Vater entschwand wortlos und ich beugte mich über meine Braut, zog ihren Mund in den Kuss, von dem ich wusste, dass sie sich danach sehnte.

Eine weitere Nacht allein.

Dann würde ich sie wieder teilen.

Aber heute Nacht gehörte sie mir.

Meine Claire.

Vox

*E*ine Woche.

Eine verdammte Woche und wir hatten noch immer nichts gehört.

Meine Finger legten sich auf meine Brust. Der Schmerz war noch immer da und erinnerte mich daran, dass ich diese schreckliche Nacht nicht bloß geträumt hatte, in der Titus zu einer Supernova draußen auf dem Seelen-Campus geworden und Sol um ein Haar die Kontrolle über seine Kraft verloren hatte.

Die Nacht, in der Claire überhandgenommen hatte.

Ihre Präsenz war ein Atemzug in mir gewesen, hatte mich angefleht, ihr zu helfen, sie einzulassen. Und ich –

„Vox!", brüllte Professor Helios und ich zuckte zusammen. Seine buschigen Brauen zogen sich ungeduldig hoch. Mein Ruf als sein bester Schüler hatte im vergangenen Monat gelitten. Ich war zu verdammt abgelenkt gewesen.

Sie ruiniert mich. Auf die beste Art und Weise. Und die schlimmste.

Mein halbherziger Versuch, die heutige Aufgabe zu meistern, war ein exaktes Abbild davon, wie ich mich fühlte. Eine schwache Luftelfe taumelte auf meinem Pult und sandte Staubmotten um ihren Kopf herum, während sie schwach protestierend in meine Richtung quiekte. Sie erschauderte, welkte dahin und verwandelte sich dann in Asche.

„Ich habe nicht gesagt, dass du dein Projekt verschwinden lassen kannst", sagte der Professor ausdruckslos, aber ich erkannte einen Hauch von Besorgnis in der Art, wie die Luft sich um ihn herumbewegte.

Die anderen Schüler flüsterten sich etwas zu, ihre Magie sandte Wortfetzen im ganzen Klassenzimmer herum, die ich nicht hätte hören können dürfen. Aber seit dieser Nacht mit Claire hatte sich alles verändert. Nebst dem Offensichtlichen – unserem erzwungenen Band. Aber zusätzlich schienen meine Kräfte völlig überzuschnappen. Claire hatte mich geschwächt, indem sie so viel von meinem Element aufgenommen hatte, und es ließ meine Magie schwinden und mich einen Kontrollverlust erleiden, den ich mir nicht gewohnt war.

Fühlt sich Sol die ganze Zeit über so?

„*Vox*. Was bei den Motten ist in dich –"

Ein Klopfen an der Tür unterbrach den Rüffel des Professors. Ich war erleichtert, bis ich Elanas leuchtende Augen und ihr freundliches Lächeln erblickte.

Scheiße.

„Dürfte ich kurz mit Vox sprechen?", fragte sie.

Der erstaunte Professor verneigte sich. „Selbstverständlich, Kanzlerin."

Das Flüstern begann erneut und ich versuchte sie zu ignorieren, aber meine Magie gestand mir keine ruhige Minute zu.

Es war, als wollten die Elemente, dass ich durchgehend gefechtsbereit war, bis Claire zurückkehrte und beendete, was sie mir angetan hatte.

„Glaubst du, es geht um den Halbling?"

„Hast du es nicht gehört? Sie ist die Wasserkönigin."

„Oh, ich weiß. Es ist verrückt. Cyrus und Exos?"

„Na, Vox trainiert sie auch. Und ich schwöre, ich kann sie an ihm spüren."

„Weiß jemand, warum es letzte Woche eine Explosion gegeben hat?"

„Ich habe gehört …"

Ich rollte meine Schultern ab und streifte die gemurmelten Gerüchte ab, folgte Elana nach draußen.

Sie schloss die Tür mit einem leisen Klicken, bevor sie sich zu mir umdrehte und mir dieses zu nette Lächeln zuwarf.

„Vox", grüßte sie und ihr Blick musterte mich, bemerkte ohne Frage die dunklen Ringe unter meinen Augen, mein loses Haar und wie die Luft sich um mich mit einem unüblichen Kontrollverlust verdrehte. Sie nahm einen Schritt auf mich zu, drang auf eine Art in meinen Windkanal ein, der mich erstarren ließ. „Ich habe die meisten Gerüchte über den Vorfall letzte Woche entschärft, aber du musst mir sagen, was los ist. Es wird schlimmer und tut mir leid, wenn ich das sage, aber ihr alle seht aus wie entwurzelte Bäume nach einem Sturm."

Alle hatten gesehen, wie Titus Feuer in die Luft

geschossen hatte, die Tornados, die ich heraufbeschworen hatte, um ihn einzuschränken, und Sols Beben, die die ganze Akademie erschüttert hatten, gespürt. Wir konnten nicht verheimlichen, was passiert war – aber wir konnten es auch nicht erklären. Nicht, ohne vorher mit Cyrus und Claire zu sprechen.

„Wenn der Seelenkönig zurückkehrt, werden wir dich informieren", versicherte ich ihr zum millionsten Mal.

Sie legte ihren Kopf schief. „Du bist müde, Vox. Geht es Claire gut? Kann ich irgendetwas tun?"

Elanas Blick war gütig, aber ich konnte ihre Frustration spüren. Sie konkurrierte mit meiner eigenen. Claire war nicht hier an der Akademie, wo wir sie beschützen konnten. Und die einzigen Neuigkeiten, die wir erhalten hatten, waren Gerüchte im flüsternden Wind, dass sie …

Ich konnte das Verbrechen nicht einmal in meinem Kopf wiederholen.

Wasserkönigin, sagte mein Bewusstsein dennoch.

Ein heftiger Schmerz durchfuhr meinen Schädel und ich presste meine Daumen an meine Schläfen.

Elana trat näher, wollte eine Hand auf meinen Arm legen, aber meine Luft schubste sie weg. Sie zuckte zusammen und ein verletzter Gesichtsausdruck zog auf ihrem Gesicht auf.

„Tut mir leid", hauchte ich und stieß einen langen Atemzug aus. „Ich glaube, ich sollte einfach zurück zum Seelen-Campus gehen und mich ausruhen."

Sie musterte mich einen Augenblick lang und testete abwesend meine Windströme mit ihrer Magie. Winzige Tautropfen tanzten in der Brise und glitzerten wie Kristalle um uns. Sie schien es unbewusst zu machen, als wäre es nur eine Erweiterung ihrer immer stärker werdenden Magie. Was mich perplex machte, weil ich nicht gewusst hatte, dass sie eine Affinität für Wasser besaß. Es war wohlbekannt, dass Elana nur Zugriff auf das Seelen-Element hatte, anders als die anderen ihrer Art, die allesamt zwei Elemente beherrschten.

„Wenn ich in den nächsten Tagen keine Verbesserung sehe, werde ich eingreifen müssen", warnte sie. „Was auch immer ihr alle durchmacht, ihr müsst es nicht allein durchstehen."

Falsch. Das hier hatte nichts mit ihr zu tun. Das hier war eine Sache zwischen Claire und ihren Beschützern.

Aber ich nickte, um sie zu beschwichtigen. „Wir werden es unter Kontrolle bringen", versprach ich und war mir nicht sicher, wie wir das bewerkstelligen würden. Aber ich wusste, dass wir es schaffen mussten.

Etwas in meiner Brust stach erneut und ich rieb sie. Was auch immer Cyrus mit Claire machte, es stärkte sie. Und ich hoffte, dass das bedeutete, dass sie bald zurückkommen würde.

Und wenn sie es tat, würde sie eine ganze Menge erklären müssen.

Wenn ich gehofft hatte, dass zum Seelen-Campus zurückzukehren mir Erleichterung verschaffen würde, erwartete mich eine Enttäuschung.

Ohne Claire schien der Ort seinem Ruf gerecht zu werden. Der Seelen-Campus hatte das wenige Leben, das sie ihm eingehaucht hatte, verloren. Der Boden draußen war ein trostloses Ödland voller Risse, verbrannter Erde und umgefallenen Steinen.

Meine Affinität für Luft machte mir den Weg frei und schoss Schutt weg. Ich ging auf die Eingangstür zu und trat ein. Ich fand Titus über einem kalt werdenden Teller voller Resteessen brütend vor.

Ich zuckte zusammen. Klar, meine Kochkünste hatten

seit dieser Nacht gelitten. Ich hatte es einfach nicht mehr drauf. „Keinen Hunger?", fragte ich ihn und lehnte mich gegen den finsteren Baumstumpf, der einst ein Esstisch gewesen war.

Titus sah nicht auf. Stattdessen funkelte er die lauwarme Suppe an. „Sie ist zu kalt." Was bedeutete, dass er sie nicht erhitzen konnte.

Ich seufzte und rieb meine Brust erneut. „Meine Kräfte sind auch total am Arsch. Was auch immer Claire uns angetan hat –"

Titus stand im nächsten Augenblick vor mir und in seinen Augen tanzten wilde Funken, bevor ich mir überhaupt überlegen konnte, ob ich den Satz beenden wollte. „Das ist nicht Claires Schuld", fauchte er.

Normalerweise würde ich die Feuerfee einschüchternd finden, aber heute hatte ich keine Geduld für seine Unbeherrschtheit. Ich sandte einen taumelnden Windstoß los, der auf seine Brust zielte.

Er ächzte, als die Krafteinwirkung ihn zurückstieß. Meine Kräfte schienen nicht zu funktionieren – es sei denn, ich war emotional investiert, wie jetzt, wo Titus vor mir stand. Was mir überhaupt nicht ähnlich sah. Ich würde nicht zugeben, wie sehr mich dieser Kontrollverlust beunruhigte.

„Wo ist Sol?", fragte ich. „Vielleicht ist er im Moment die bessere Gesellschaft."

Titus knirschte mit seinen Zähnen und antwortete dann: „Im Hinterhof. Aber wenn du glaubst, dass er bessere Gesellschaft ist als ich, dann viel Glück."

Titus ging an mir vorbei und seine Funken verbrannten meine Uniform, als er das tat.

Ich löschte die winzigen Flammen mit einem Windstoß und dachte darüber nach, es der Feuerfee heimzuzahlen. Aber ein Kampf war genau das, was er wollte.

Weißt du was? Scheiß drauf. Ich will auch einen Kampf.

Meine Sicht trübte sich weiß und ein Tornado zog auf. Jedes Zurschaustellen von Schwäche in den letzten paar Tagen transformierte sich in das, was unter der Oberfläche wirklich abging. Meine königliche Erblinie hatte geschlummert, war von Jahren der peniblen Kontrolle unterdrückt worden. Aber etwas war kaputtgegangen, woraufhin sie hatte entweichen können.

Titus brüllte und ich hatte nicht die Zeit, um die Kraft davon abzuhalten, ihn in die Luft zu wirbeln. Er klatschte voller Wucht gegen die Wand und landete mit einem Aufprall. Er kam wieder auf seine Beine und grinste.

„Eine Herausforderung? Wer hätte gedacht, dass du das Zeug dazu hast?" Sein Lächeln war wild. „Lass uns das draußen klären und etwas Luft ablassen. Oder noch besser: Lass sie uns *finden*."

Die Fee war von meinem Angriff gänzlich unberührt.

Er wollte nur einen Sparringspartner. Einen Weg, um loszulassen. Mit einer Handbewegung ließ ich den Tornado verschwinden und Bretter und kaputtes Holz prasselten zu Boden. Unsere Küche war jetzt noch mehr verwüstet. Nicht, dass mich das kümmerte.

Okay, vielleicht ein kleines bisschen.

Verdammt!

„Wir können nicht einfach ohne Erlaubnis ins Wasser-Königreich einmarschieren. Wir sind Schüler der Akademie", erinnerte ich ihn. „Wir haben keine Bewilligung oder das Recht, einzudringen."

Es war Elanas Traum, die Feen zu vereinen, und die Akademie war in dieser Hinsicht eine große Geste. Aber die Grenzen waren strikter als jemals zuvor, seit die Seuche begonnen hatte.

Titus grummelte. „Ich habe diese Ausreden echt satt."

Flammen fuhren an seinem Arm hoch und verschwanden dann, flammten erneut hoch. „Claire sitzt dort fest und wenn

Cyrus uns nicht sagen wird, was zum Teufel vor sich geht, kann er es uns nicht übelnehmen, dass wir nach ihr suchen. Kannst du nicht spüren, dass sie uns braucht?"

Ja, natürlich konnte ich sie spüren.

Das war das Problem.

„Ich werde nirgendwohin gehen ohne Sol", sagte ich und meine Luft wirbelte in kleinen Saltos über den Boden.

„Ich glaube, du wirst feststellen, dass er weitaus mehr willens ist, als du glaubst. Frag ihn." Rote Adern rankten sich an seinen Armen hinab, als würde ein Vulkan in ihm brodeln, der nur darauf wartete, auszubrechen.

„Weißt du was? Scheiß drauf. Wenn du und Sol nicht in fünf Minuten vor der Eingangstür steht, gehe ich ohne euch Arschlöcher los."

Ich fluchte leise und griff nach der lauwarmen Suppe – die wie durch ein Wunder nicht umgeworfen worden war – und marschierte in Richtung Innenhof des Campus. Auch wenn es miserables Essen war, es war dennoch Essen. Und ich brauchte etwas, womit ich verhandeln konnte.

„Sol!", brüllte ich.

Ich hatte seit jener Nacht nicht nach dem Pfirsich-Obstgarten gesehen, hielt jedoch alarmiert inne, als ich den unerwarteten Zerfall bemerkte. Worin Sol tagelang Energie investiert hatte, um einen lebendigen Wald und süße Früchte zu erschaffen, war jetzt ein Friedhof. Verrottete Früchte hingen an den Ästen von verwelkten Bäumen und ein saurer Gestank lag in der Luft.

Sol war gegen einen der größeren Bäume gelehnt, der in der Mitte einen Spalt hatte und sich vorsichtshalber zur Seite abgedreht hatte. Die Hälfte der Wurzeln ragte aus dem Boden. Sol schien es nicht zu bemerken und schmiss Kieselsteine über den Boden.

„Sol", versuchte ich erneut und meine Stimme wurde sanfter, als ich auf ihn zuging. „Geht es dir gut, Kumpel?"

Er sah zu mir hoch und sah genauso müde aus, wie ich mich fühlte. „Es ist alles kaputt", beschwerte er sich. „Wenn Claire zurückkommt, wird sie so enttäuscht sein. Sie hat nicht sehen können, wie es ausgesehen hat … vorher." Er richtete seine Aufmerksamkeit wieder auf den Boden und ließ seine Schultern hängen.

Ich stellte die Schüssel Suppe neben ihn. „Bist du sicher, dass du nichts essen willst?" Er rümpfte seine Nase, als er die Schüssel ansah. „Nein, danke."

Ich setzte mich seufzend hin. „Na, wir sind ein bemitleidenswertes Pack, was?"

Sol schnaubte abwertend. „Das ist, was passiert, wenn wir eine wunderschöne Gefährtin finden und Cyrus sie nur für sich behält."

Meine Faust ballte sich bei diesem Gedanken. Ich zwang mich, sie zu öffnen. „Wir haben keine Gefährtin gefunden." Ich legte meine Hand auf meinen Nacken und bemerkte die Verspannungen dort, zuckte zusammen. „Sie hat uns nicht wirklich eine Wahl gelassen."

Sols Augen, die eine erdige Farbe mit grünen Punkten hatten, sahen mich voller Verachtung an. „Glaubst du das wirklich? Sie hat uns auserwählt, Vox."

„Nein, hat sie nicht." Die Erinnerungen an die vergangenen paar Wochen ließen mich hastig auf die Beine kommen. Ich begann auf und abzugehen und meine Luft verausgabte sich damit, die unzähligen Steine wegzuschieben, die Sol auf dem ganzen Hof verteilt hatte. Der penetrante Geruch von verrottenden Früchten half meiner Stimmung auch nicht gerade. „Sie mag dich auserwählt haben, mich aber nicht", fuhr ich fort. Ich musste es ihm erklären. „Denk mal drüber nach, Sol. Sie hat dich gefragt, ob du mit ihr zum Ball gehen willst. Ich bin nur eine zweckmäßige Luftfee, die sie aussaugen kann. Ich bin ein verdammter Mentor mit gewissen Vorzügen."

199

Und ich war nicht glücklich darüber.

„Rede nicht so über sie", warnte Sol und der Boden bebte. „Sie lag im Sterben, Vox. Und sie hätte uns nie absichtlich ein Band aufgezwungen. So ist sie nicht. Sie braucht uns genauso, wie wir sie brauchen, und ich weiß, dass du sie in dir spüren kannst." Er rieb mit seiner Faust über die Stelle, wo sein Herz war. An derselben Stelle, wo meine Brust mit einem Bedürfnis schmerzte, das ich nicht verstehen konnte. „Vertrau für einmal deiner Seele und nicht deinem Kopf."

Ich schnaubte und streckte meine Arme aus, deutete auf die Zerstörung um uns. „Du meinst, du steckst das alles ganz locker weg?" Ich marschierte zu ihm rüber, beugte mich herab und stupste ihm in seine Brust – was wehtat und meinen Knöchel knacksen ließ. Aber es war mir egal. „Sieh dir den Ort hier mal an, Sol. Ohne sie zerbrichst du, weil *sie* sich mit *dir* verbunden hat. Und sie ist nicht einmal hier, verdammt nochmal!"

„Genug!", erklang eine Stimme mit so viel Stärke, dass Sol und ich zusammenzuckten.

Autoritär.

Fordernd.

Ich drehte mich um und jedes Luftmolekül in mir erschlaffte erleichtert und gleichzeitig wütend.

Cyrus stand mit einer bewusstlosen Claire in seinen Armen da und alles, was ich tun wollte, war, ihm ins Gesicht zu schlagen.

CYRUS

*W*as für ein verdammtes Durcheinander, dachte ich, während ich Claire in ihr Bett legte. Die seidene blaue Robe, die sie trug, bildete einen Kontrast zu den Laken um sie herum. Ich strich es von ihren Schultern, zog es ihr ganz aus und ließ sie sich in ihre bekannten Laken schmiegen.

Sie murmelte etwas Unverständliches, war vollkommen in ihren Träumen versunken. Aber ich spürte augenblicklich, dass sie glücklich darüber war, die Energie um sie herum stärker werden zu spüren. Sie zur Akademie zurückzubringen, war die richtige Entscheidung gewesen. Auch wenn ich drei äußerst wütende Feen im Nacken hatte. Sie hatten keine Ahnung, dass Claire nackt war – mehrheitlich, weil ich ihnen die Sicht versperrte.

Sobald die Decken sie vollständig bedeckten, drehte ich mich um, um mich dem vor Wut schäumenden Mob zu stellen.

Titus schien kurz davorzustehen, sich nach vorne zu drängen und zu übernehmen, aber ich schob ihn mit einem Wasserschlag in die Brust zurück.

„Lasst uns nach draußen gehen", verlangte ich, wollte Claire nicht stören. Sie brauchte noch immer Ruhe.

Alle drei schienen Einwände machen zu wollen, aber ein scharfer Blick über meine Schulter zur schlafenden Schönheit bewegte das Trio dazu, auf den Ausgang zuzugehen.

„Du hast eine ganze Menge zu erklären", zischte Titus, sobald wir das Gebäude verlassen hatten.

„Was zum Teufel habt ihr mit der Küche angerichtet?", fragte ich stattdessen, da mir die Zerstörung auf dem Weg nach draußen aufgefallen war. Wenigstens schien Claires Schlafzimmer sicher und sauber.

„Willst du mich verarschen?!" Titus war offensichtlich bereit, mich alle zu machen. Ich konnte es ihm nicht verübeln. Es war nicht so, als hätte ich schon viel erklärt. „Was zum Teufel ist mit Claire passiert?"

„Das ist eine hervorragende Frage", erwiderte ich und verschränkte meine Arme. „Eine, die ich selbst noch zu beantworten versuche. Ein Wesen hat sich in den Todesfeldern an sie festgeklammert und hat ihre Elemente ausgesaugt." Was mich am meisten verwirrte, war, dass mich das Ding nicht einmal annähernd berührt hat. Nur Claire. „Es hat sie beinahe umgebracht."

„Offensichtlich." Vox rieb sich seine Brust und runzelte die Stirn. „Sie hat sich mit allen dreien von uns verbunden."

„Ich weiß." Ich hatte es gespürt. „Sie brauchte die Kraft. Ohne sie wäre sie gestorben."

„Was auch der Grund ist, weshalb du ebenfalls ein Band mit ihr geschlossen hast, was?", hakte Titus nach und spürte unsere intensive Verbindung offenbar.

Ich nickte. „Du warst zu weit weg, um zu helfen, und Exos ... Na ja, er ist noch immer verschollen. Also habe ich die Zeremonie vollzogen und ihr meine Elemente geliehen." Es hatte mich ausgelaugt, aber ich war noch immer einsatzfähig. Anders als diese drei. Sie alle schienen von den Wellen davongetragen worden zu sein und ihre Erschöpfung war spürbar.

„Was zur Hölle habt ihr die ganze Woche über getrieben?"

Ein Lachen stieß aus Titus' Rachen. Es war kein amüsiertes, sondern ein ungläubiges.

Und Sol tat es ihm gleich.

Ganz wie Vox.

„Habt ihr alle euren Verstand verloren?", wollte ich alarmiert wissen. „Du machst Witze, oder?" Titus lachte erneut. Das Geräusch klang gebrochen und irgendwie wahnsinnig.

„Was zum Teufel ist mit euch los?", wollte ich wissen.

„Ach, fick dich", sagte Vox, was unüblich streitlustig von ihm war. Dann sah ich ihn. Den Zorn, der in seinem Blick ruhte. Auch Sols Augen wohnte einen Funken davon inne.

Sie alle schienen verzweifelt.

Nein ... Sie waren fuchsteufelswild.

Titus verlor als Erster seine Fassung und sein Feuer stieß aus ihm, traf mich beinahe voll in die Brust.

„Echt jetzt?!", schrie ich, wütend über die lächerliche Attacke. Auch wenn ich von Claire geschwächt war, war er mir nicht gewachsen. Aber dann schloss sich Vox ihm mit einem heulenden Wind an, der mein Haar zurückblies und mich mehrere Schritte in den toten Hof zurückstolpern ließ.

Ein Hof, der rasend schnell in einem Loch versank, das die Erdfee kreiert hatte.

„Okay", sagte ich trotz des dreifachen Angriffs mit ruhiger Stimme. „Wie ich sehe, müssen wir uns mit ein paar Wutproblemen befassen." Ich schob sie mit einer Welle zurück, die sie alle drei umfallen ließ. „Ihr wollt mit mir spielen? Dann lasst es uns tun. Aber ich erwarte euer Bestes, nicht so einen lächerlichen Scheiß-Versuch." Ich hob meine Hand und machte eine Bewegung, die sagte *kommt und holt mich*. „Und wenn ich gewinne – was ich werde –, erwarte ich etwas mehr Respekt, während wir die nächsten Schritte besprechen."

Keiner von ihnen erwiderte etwas.

Sie griffen einfach an.

Idioten.

Aber ich nahm an, dass ich es verdient hatte. Ich war die vergangene Woche über nicht direkt mitteilsam gewesen, da ich zu beschäftigt damit gewesen war, Claire zu retten. Und ihr das Hirn rauszuficken.

Ja, okay. Ich wäre auch wütend.

Also ließ ich Titus einen guten Feuerschlag landen, der meine Wange verbrannte. Ich gab Vox Gelegenheit, mir mit seinem Wind eine zu klatschen. Und ich ließ Sol ein mächtiges Beben unter meinen Füßen herbeiführen.

Dann machte ich mich an die Arbeit, um den dreien mit einem Wasserschock eine Lektion zu erteilen, die ihnen vorübergehend den Kampf aus den Körpern raubte. Aber das war nicht gut genug, um ihnen etwas Verstand einzubläuen, denn sie kamen mit erneuter Kraft auf mich los. Sie schienen entschlossen, mich mit ihren Qualen und ihrer Frustration zu ertränken.

Und obwohl ich vielleicht etwas davon verdiente, würde ich nicht die ganze Schuld auf mich nehmen.

„Ich habe Claire gerettet", erinnerte ich sie alle. „Ohne mich wäre sie gestorben."

„Ohne dich wäre sie überhaupt nicht in Gefahr geraten", rief Titus durch die heulenden Winde. „*Du* bist der Grund, warum sie beinahe gestorben ist!"

„Und du hast uns hier zurückgelassen und uns nichts gesagt", ergänzte Vox. „Wir hatten keine Ahnung, wie es ihr ging, während du wolltest, dass wir ihr alles geben."

„Dem schließe ich mich an", sagte Sol.

Na, wenigstens arbeiteten sie zusammen.

„*Ich* habe sie nicht beinahe umgebracht. Die Falle, die Mortus uns gestellt hat, ist schuld." Das hatte ich mir in der vergangenen Woche eingeredet. Ich glaubte es beinahe. Beinahe. „Inwiefern hilft es Claire, wenn wir uns streiten?"

„Ich weiß es nicht, aber ich fühle mich verdammt nochmal um einiges besser." Sols Worte ließen die Erde erzittern, als der Riese seine Kraft nunmehr freiließ.

Obwohl ich es zu schätzen wusste, dass seine Kraft sich zeigte, wäre es mir lieber gewesen, wenn sie nicht auf mich gerichtet gewesen wäre.

„Ihr fühlt euch besser, weil Claire zurück ist", informierte ich die drei. Meine Worte wurden von einer Welle getragen, die sie alle zu Boden warf. *Erneut.* „Und jetzt hört auf, meine Zeit zu verschwenden, und lasst uns die Sache wie –"

Ein Feuerstoß ließ mich ein paar Schritte zurückstolpern und die Flammen fraßen ein Loch in meinen Anzug.

„Okay." Ich wischte die Glut ab. „In Ordnung. Dann werden wir es auf die kindische Art lösen." Ich übergoss sie alle mit Hagel, woraufhin es in meinen Ohren pfiff. Es war Vox, der strategisch angriff. „Vergesst nicht: Ich habe euch gewarnt", sagte ich mit einem Hauch Enttäuschung in meiner Stimme.

Und dann ließ ich sie das wahre Ausmaß meiner Kraft spüren.

Wenn ich fertig war, würden sie sich alle beugen.

Immerhin war ich ein König und sie waren drauf und dran herauszufinden, was das bedeutete.

EXOS

Claire, flüsterte ich, als ich ihren gestärkten Zustand spürte. *Baby, du musst mir jetzt zuhören. Ich kann nicht länger warten. Du spürst das, oder? Wie unsere Verbindung zerfällt? In ein oder zwei Tagen wird es zu spät sein. Du musst mich finden.*

Stille.

Ich ging in meiner dunklen Zelle frustriert auf und ab. Ich hatte gehofft, dass in der Zwischenzeit jemand hier unten nach mir sehen würde. Aber nein, ich war genauso allein wie am ersten Tag, als ich aufgewacht war – wann auch immer das gewesen war.

Wenigstens war die dunkle Gestalt verschwunden. Na ja, größtenteils jedenfalls. Der Bösewicht hatte ein Überbleibsel in meinen Gedanken hinterlassen und blockierte die Erinnerungen, die ich am liebsten hätte anzapfen wollen. Obwohl ich die Energiespur erkannte, konnte ich sie ihrem Besitzer nicht zuordnen. Und das machte mich verdammt nochmal wütend.

Ich konnte mich nicht einmal daran erinnern, wer mich bewusstlos geschlagen hatte. Und doch erinnerte ich mich ganz genau daran, wie es sich angefühlt hatte, von hinten eine über die Rübe gezogen bekommen zu haben.

Claire, versuchte ich erneut. *Baby, bitte.*

Noch immer nichts.

Ich grollte und lief weiter auf und ab, tat alles, was in meiner Macht stand, um meinen Körper in Form zu behalten. Einen Monat des Faulenzens hatte zu leichtem Zerfall geführt, aber nicht viel. Feen konnten weitaus schlimmere Behandlung überstehen – inklusive über längere Zeit ohne Essen auszukommen.

Natürlich machte mich das nicht weniger hungrig oder durstig.

Scheiße, was würde ich nicht alles für einen Knisterkuchen geben. Saftig, sämig und so dekadent. Ich sandte Claire aus Spaß Bilder davon und fragte mich, ob ich sie mit Gedanken an Essen aufwecken konnte.

Oder noch besser …

Ich dachte daran, wie ich meine Hände über ihren Körper gleiten ließ und unsere Seelen zusammen auf einem Feld tanzten, das nur uns zugänglich war. Dann küsste ich mich an ihrem Brustbein hinab zu der süßen Stelle zwischen ihren Beinen. *Ich liebe deinen Geschmack*, flüsterte ich. *Mmh, ich vermisse ihn, Claire. Wenn ich dich wiedersehe, werde ich jeden*

Zentimeter von dir verschlingen und jeden umbringen, der sich mir in den Weg stellt.

Etwas flackerte auf.

Neugier.

Ich lächelte. *Sex ist also, wie ich dich dazu bringe, mit mir zu sprechen, hm?*

Ein schläfriges, unverständliches Murmeln rieselte durch unsere Verbindung und amüsierte mich trotz meiner trostlosen Umgebung.

Willst du, dass ich weitermache?, neckte ich. *Dass ich dir erzähle, wie ich plane, dich zum ersten Mal zu ficken? Wie ich vorhabe, dich stundenlang zum Schreien zu bringen?*

Exos … Sie klang so müde.

Ja, Baby, ich bin hier, flüsterte ich ihr zu. *Es tut mir leid, dass ich dich aufwecken musste, aber du musst mich finden. Kannst du das für mich tun, Claire? Kannst du mich mithilfe unseres Bands finden?*

Keine Antwort.

„Scheiße", ächzte ich und rammte meine Faust in die Wand. Wenn ich sie nicht bald aufwecken könnte, würde unsere Verbindung ersterben. Permanent.

Also versuchte ich es nochmal.

Und nochmal.

Ihr Name wurde zu einem Gebet in meinem Kopf und mein Herz flehte sie an, mir zuzuhören, sich zu konzentrieren, nach mir zu suchen.

Ich werde nicht lockerlassen, sagte ich zu ihr. *Du wirst mir zuhören. Und jetzt wach auf, Claire. Wach. Auf.*

Auf.

Der.

Stelle.

CLAIRE

Mmh, Ich liebte diesen Traum.

Exos' Hände glitten über meine Haut und wärmten meine Seiten, meine Brüste, meinen Hals. Und Cyrus' Kälte an meinem Rücken war noch immer da. Seine Finger strichen an meiner warmen Haut hinab und ließen ein eisiges Gefühl darauf zurück.

Heiß und kalt.

Eine Folter, gespickt mit vorzüglicher Energie und gefolgt von Lippen, die jeden Zentimeter meines Körpers erforschten. Beide Männer waren mächtig und ihre Elemente spielten mit meinen, entfachten ein Inferno zwischen meinen Beinen.

Sie wollten gleichzeitig in mich eindringen.

Oh, es war verrucht.

Durfte ich das zulassen?

Würde ich es genießen?

Ja, flüsterten sie gleichzeitig.

Oh Gott ... Ich erschauderte und allerhand Empfindungen überkamen mich, rissen mich aus dem Schlaf, als ich in der Stille der Nacht kam.

Allein.

Mit meinen Händen zwischen meinen Beinen.

„Scheiße", keuchte ich und wand mich heftig angesichts des Orgasmus, den ich nicht für real gehalten hatte. „Das ist neu ..." Ich ließ mich ins Bett sinken. Die Decke war mir bestens bekannt und roch nach Titus – und nicht nach Cyrus oder Exos.

Ich verzog das Gesicht. Wieso hatte sich das falsch angefühlt? Ich hatte von seidenen blauen Laken, einem Bach, der am Fußende des Bettes vorbeigeflossen war, und einer gutaussehenden Wasserfee mit einer talentierten Zunge geträumt.

Und Exos.

Mein Herz pochte bei diesem Gedanken. Unsere Verbindung hing am seidenen Faden. Was würde passieren, wenn sie gekappt wurde?

Wenn das Band einmal gebrochen ist, kann es nicht wieder geschlossen werden. Exos' Stimme ging mir durch den Kopf und klang traurig. *Du musst mich finden, Claire. Bevor es zu spät ist.*

Aber wo bist du?, fragte ich mich und der Gedanke, ihn zu verlieren, verängstigte mich. *Du hast mich ausgesperrt. Ich kann dich nicht mehr spüren* ...Es tat so weh, es zu sagen. Zu wissen, dass das nur ein weiterer Traum war. *Ich hasse das hier.*

Ich bin hier, Baby. Ich bin die ganze Woche über hier gewesen.

Ich runzelte die Stirn. Die ganze Woche? Wann? Wie? Wo?

Und wieso roch ich nach Cyrus?

Ich sah mich im bekannten Zimmer um und suchte nach etwas. Einem Hinweis, irgendetwas, das die letzten paar Tage – und warum ich mich so schwach fühlte – erklären würde.

Benutz unser Band, Claire, verlangte Exos und sein königlicher Ton ließ meine Lippen angesichts des bekannten Tons zucken. *Ich bin nicht weit weg. Ich spüre dich. Was bedeutet, dass du mich spüren kannst. Folge dem Band. Finde mich.*

Ich zwackte mich in die Seite, musste sicherstellen, dass ich wirklich wach war. Denn alles schien irgendwie trüb, als hätte ich mehrere Tage oder Wochen Unterwasser gelebt.

So merkwürdig.

Claire. Exos' Stimme klang angespannt. *Bitte, du musst mich finden.*

Das werde ich, schwor ich und kroch aus dem Bett. *Ich muss nur den anderen sagen, dass ich dich wieder hören kann.* Und mich vergewissern, dass das kein Traum war.

Cyrus kann helfen, erwiderte er. *Ich kann sein Band spüren, was bedeutet, dass er meines spüren kann.*

Band? Ich erstarrte mit meiner Hand auf den Türknauf gelegt. Die Erinnerungen kamen wie eine Welle über mich, die mich erzittern ließ.

Oh, Scheiße ...

Ich hatte mich nicht nur mit Cyrus verbunden, wir hatten uns *gepaart*.

Und dann hatten wir gef–

Ich schüttelte meinen Kopf und lüftete ihn damit durch.

Aber es half überhaupt nicht. Lebendige Bilder davon, wie

er mich nahm, drangen alle gleichzeitig in mein Bewusstsein und brachten meine Schenkel dazu, sich lusterfüllt anzuspannen – trotz des Orgasmus, der mich aufgeweckt hatte.

Ich habe ein ernsthaftes Problem, beschloss ich. *Ich bin sexsüchtig.*

Mit diesem Problem komme ich total klar, erwiderte Exos amüsiert.

Das war nicht für dich bestimmt, sagte ich und meine Wangen erröteten.

Aber ich habe es trotzdem gehört. Und er klang überhaupt nicht so, als würde es ihm leidtun. Wer hatte es noch gehört? Cyrus? Titus? Und was ging sonst vor sich? *Sind das Sol und Vox?*, fragte ich mit einem leisen Kreischen in meinem Kopf. *Beantworte das nicht.*

Denn ich brauchte seine Bestätigung nicht.

Ich spürte alle fünf von ihnen in mir. Ihre Elemente beruhigten meine und stockten meine Energiereserven auf. Etwas war passiert. Etwas, das mich dazu geführt hatte, Verbindungen zu ihnen allen aufzubauen. Ich konnte mich nur nicht daran erinnern, *was* mich an diesen Punkt gebracht hatte.

Aber ich erinnerte mich definitiv an die Folge. All die Nächte und Morgen und Tage im Bett mit Cyrus. Das Streicheln. Das Küssen. Die Lust.

Es ergab keinen Sinn. Ich hasste ihn.

Und doch, tief drinnen, lag mir etwas an ihm.

Es war mir ein echtes Rätsel. Meine Gefühle waren völlig durcheinander und doch hatten sich meine Elemente nie stabiler angefühlt. Zum ersten Mal spürte ich etwas wie Kontrolle. Als wären meine Kräfte endlich geerdet und würden nur auf meinen Befehl warten.

Claire, Baby, es ist wunderbar, dass du deine Feenhälfte annimmst, aber du musst mich finden, drängte Exos. *Bitte.*

Genau. Ich konnte mich später mit diesen Empfindungen befassen.

Im Moment musste ich mich auf Exos konzentrieren. Und darauf, wie ich ihn finden konnte. Was ein besseres Verständnis dafür erforderte, wie man mit dem Band jemanden ortete.

Ich schloss meine Augen und rief meine Bänder hervor. Alle fünf von ihnen.

Wahnsinn, staunte ich, während ich jedes davon vorsichtig abtastete. Vier waren zusammengeschart, was andeutete, dass sie in der Nähe waren. Das Fünfte war nahe, aber nicht bei den anderen.

Du bist nicht weit weg, flüsterte ich ihm zu. *Aber ich erkenne das Land nicht, in dem du dich befindest.*

Zeig es Cyrus. Er wird helfen können.

Okay. Ich hätte nie gedacht, dass ich jemals Cyrus' Hilfe bei etwas haben wollen würde, wenn man unsere turbulente Beziehung bedachte. Aber jetzt spürte ich seine grenzenlose Liebe durch das Band.

Völlig surreal.

Nicht einmal in meinen wildesten Träumen hätte ich mir das ausmalen können. Und doch war ich jetzt hier – und mit *fünf* Männern verbunden.

Ich hatte keine andere Wahl, als es anzunehmen. Vorwiegend, weil es mir ein Gefühl der Vollständigkeit gab, von dem ich nicht realisiert hatte, dass ich es vorher nicht gehabt hatte. Jetzt wollte ich nicht mehr zurückgehen. Ich *mochte* diesen Hauch von Kontrolle. Diese Kraft, diese lebendige Energie, die meine Seele umgab.

Es war dir vorherbestimmt, eine Königin zu sein, stimmte Exos mit sanfter Stimme zu. *Und jetzt such Cyrus.*

Ich drehte den Türknauf herum und trat in den Wohnbereich, suchte nach den vier Elementen, die ich in der Nähe spürte. *Draußen*, gab mein Kopf von sich. Komisch, dass sie alle draußen waren, während ich drinnen schlief, aber vielleicht hatten sie eine Art Treffen.

Oder aber vielleicht versuchten sie sich gegenseitig zu töten.

Ich musterte die Szene vor mir mit weit offenem Mund. Cyrus, der sich mit einer Wand aus Wasser vom Feuer und der Luft, die Titus und Vox ihm entgegenstießen, schützte und ein Bach zu seinen Füßen, der ihn vom Loch im Boden abhob.

„Was um alles in der Welt macht ihr da?", fragte ich mit weitaus kratzigerer Stimme als beabsichtigt. Ich räusperte mich und versuchte es erneut, aber meine Worte waren kaum lauter als ein Flüstern, trotz meiner Angst.

Ich sandte einen Hauch Panik durch das Band – ein instinktiver Reflex, der die vier Augenpaare in meine Richtung schweifen ließ. Sie alle weiteten sich, als sie mich draußen stehen sahen.

Und das elementare Gefecht stellte sich ein.

„Was zur Hölle war das denn?", wollte ich mit einem heiseren Flüstern wissen.

Ein Wasserstrahl zog vor meinen Lippen auf. Cyrus bot mir das Getränk an, von dem ich nicht gewusst hatte, dass ich es brauchte. Ich nahm einen Schluck von der kühlen Quelle und seufzte zufrieden, dann versuchte ich es erneut.

„Was ist in euch gefahren?"

„Ähm, Claire ..." Ein verdrossener Ausdruck zog auf Titus' Gesicht auf und er verstummte allmählich.

Vox und Sol schienen zu verdattert, um ein Wort rauszubringen.

Und Cyrus schien einfach nur amüsiert.

Was auch immer die Feen getan hatten, niemand wollte darüber reden. Okay, na schön. Dann würde ich mich auf die wichtigere Aufgabe konzentrieren. „Exos ist wach und spricht mit mir und ich habe eine Ahnung, wo er sich befindet. Er ist nicht weit weg, aber nicht auf dem Areal der Akademie."

Alle Amüsiertheit wich Cyrus aus dem Gesicht. „Was hat er gesagt?"

„Dass, wenn ich ihn nicht bald finde, das Band brechen wird."

Ich erschauderte angesichts der Worte. „Wir müssen ihn heute noch finden."

Und gemäß dem Mond über unseren Köpfen hatten wir vermutlich nur noch um die zwölf Stunden Zeit. Wie ich diesen Zeitplan kreiert hatte, wusste ich nicht. Ich wusste nur, dass er richtig war.

„Hat er Mortus erwähnt?", wollte Cyrus wissen und schien der Einzige zu sein, der in der Lage war, zu sprechen.

„Nein." Ich dachte die Frage zu Exos und hörte ein Schnauben durch das Band.

Ja, ich spüre seine Anwesenheit hier unten, aber etwas stimmt nicht. Sag Cyrus, ich glaube, dass Mortus beeinflusst wird.

Ich leitete die Nachricht weiter.

Cyrus kratzte sich am Kinn. „Interessant. Ich kann mir vorstellen, dass Exos nicht weiß, von wem. Andernfalls hätte er es gesagt." Er sah das Feentrio mit offenen Mündern an. „Echt jetzt. Es ist, als hättet ihr drei noch nie eine nackte Frau gesehen. Reißt euch zusammen. Wir haben Arbeit zu erledigen."

Ich runzelte die Stirn, als ich seine letzte Aussage hörte. Das schien aus dem Nichts ge–

Moment mal …

Ich sah an mir herab und atmete scharf ein. „Oh, Scheiße." Ich war ohne Klamotten hier rausspaziert. Hitze stieg in meinen Nacken und ein Kreischen kam mir über die Lippen. *„Ups."*

„Ich kann mich nicht beschweren", sagte Cyrus

achselzuckend. „Und die Jungs hier auch nicht. Jedenfalls nicht, wenn sie genug Hirn besäßen, um zu sprechen."

Vox und Sol stotterten.

Titus grinste nur. „Du siehst gesund aus, Claire."

„Nicht wahr?", sinnierte Cyrus, während sein eisiger Blick mich wissend musterte und eine Wärme tief in mir entfachte.

Oh Gott. Ich hatte ihn diese Woche sozusagen mit meiner *Lust* aufgefressen. Wer hätte gedacht, dass Sex so heilend sein konnte? Sogar jetzt sehnte ich mich nach mehr.

Mit allen von ihnen.

Das ist echt übel.

„Ich werde, ähm … Ja." Ich rannte wieder nach drinnen und hatte das Bedürfnis, mich in einen Schlafsack einzulullen und niemals wieder rauszukommen.

Fünf Spuren der Erregung vermischten sich mit Freude in mir.

Sogar Exos wusste es.

Ihr Männer werdet ganz schön Schwierigkeiten machen, dachte ich missmutig.

Und du wirst jede Sekunde davon lieben, erwiderte Exos.

Das werden wir ja sehen, grollte ich und griff nach einem von Titus' Bademänteln, der mir weit über die Knie reichte.

Kannst du nackt sein, wenn du mich findest?, fragte Exos mit neckischem Ton. *Denn ich könnte etwas Erleichterung brauchen, Claire.*

Mein Gesicht entzündete sich in Flammen. *Exos!*

Claire.

Ich schnaubte. *Du bist unmöglich.*

Nein, Prinzesschen. Ich bin gelangweilt und vermisse dich.

Ich vermisse dich auch, sagte ich und ließ meine Schultern hängen. *Ich komme, Exos. Versprochen.*

Oh, das weiß ich, Baby. Und bald wirst du diese Worte unter mir im Bett benutzen.

Immer nur das Eine im Kopf, sagte ich anschuldigend.

Sagt die Frau, die nackt in einen elementaren Kampf zwischen vier Männern gerannt ist. Aber hey, wenigstens hast du ihre Aufmerksamkeit erregt.

Ich werde dich jetzt ignorieren, log ich und meine Lippen zuckten trotz meiner Demütigung.

Dann werde ich einfach lauter sprechen, versprach er. *Ich werde nicht aufhören, bis dieses Band erstirbt oder du mich findest.*

Ich zuckte zusammen. *Es wird nicht sterben. Das darf es nicht.*

Dann fang an zu suchen. Denn uns läuft die Zeit davon.

Ich nickte und meine Hand lag wieder auf dem Türknauf. Dieses Mal war ich angezogen. *Gib mich nicht auf, Exos.* Ich sprach die Worte entschlossen aus und erinnerte mich an die Nacht, in der er mir dasselbe gesagt hatte. Jetzt musste er mir vertrauen, sich darauf verlassen, dass ich ihn finden würde, bevor es zu spät war.

Niemals, flüsterte er. *Ich werde dich niemals aufgeben, Claire.*

TITUS

Claire wiederzusehen, hatte die ganze Frustration und Wut, die sich über eine Woche hinweg angestaut hatte, mit einem Schlag ausgelöscht, aber sie *so* zu sehen …

Feuer und Flamme.

Ich widerstand dem Drang, die Tür niederzubrennen, und wartete auf Claire. Ich war nicht dumm, auch wenn Cyrus das glaubte. Ich spürte eine Veränderung in ihr – eine große. Eine Veränderung, die ich vielleicht gerne erforschen würde, aber sie gehörte nicht mehr nur mir.

Sie gehörte uns allen.

Claire erschien und hielt inne, musterte mich mit ihren strahlend blauen Augen, die jetzt mit einem Überfluss von Cyrus' Kraft glitzerten.

Ich wollte auf meine Knie sinken und sie anbeten.

„Du bist so schön", flüsterte ich beeindruckt. Sie schmiegte sich in meine Arme und jeder Muskel in meinem Körper entspannte sich, erkannte sie als meine Gefährtin. Sie legte ihren Kopf zurück und lächelte.

„Titus", sagte sie und mein Name kam ihr mit einem neuartigen Klang über die Lippen, der mein Inneres sich anspannen ließ.

Ich wollte ihr Raum geben, um sich an die Fee in ihr, die ihre menschliche Seite übernahm, gewöhnen zu lassen, aber ich konnte nicht widerstehen, als sie sich an die Flamme tief in meiner Seele drückte. Meine Lippen fanden ihre instinktiv und ihr Geschmack erdete mich, als ihr Mund sich für mich öffnete.

Sicher.

Zuhause.

Meins.

Eine Welle der Hitze kam über mich, verlieh mir ein tiefsitzendes Verlangen, das wir beide teilten. Unser Feuer, das sich danach sehnte, zu beenden, was wir angefangen hatten.

Bald, schwor ich. *Bald.*

Ihre Zähne versenkten sich in meiner Unterlippe und ihre Nägel kratzten an meinem Rücken hinab, hinterließen eine Spur von Funken, die angenehm brannte und mit meiner eigenen Magie tanzte.

„Ich weiß zu schätzen, dass du aufgehört hast, mir Feuerbälle an den Kopf zu werfen. Aber können wir uns konzentrieren?", unterbrach Cyrus ungehobelt. „Claires Lebenskraft muss gestärkt werden – nicht deine."

Er hatte recht. Claires Hand kroch bereits an meiner Hose hinab, spürte mein Verlangen nach ihrer Berührung. Ich packte ihr Handgelenk, bevor sie ihre Finger unter das Gürtelband streifen lassen konnte.

Sie zog eine Schnute und sah Cyrus mit zusammengekniffenen Augen an. „Es geht nicht immer nur um mich."

Das amüsierte Grinsen in Cyrus' Gesicht sagte das Gegenteil. Ich zweifelte keine Sekunde daran, dass er die vergangene Woche mit ihr genossen hatte. Der Effekt der Paarungsrituale war wohlbekannt. Und obwohl ich neidisch war, wusste ich auch, dass Claire heißhungrig gewesen sein musste, als sie dem Tod nahe gewesen war. Eine schwierige Aufgabe für jeden Mann.

Cyrus antwortete mit seinem Element anstatt mit einer seiner typischen besserwisserischen Bemerkungen. Etwas Funkelndes und Flüssiges zog über Claires Lippen wie ein Kuss. Eine Zurschaustellung von Macht, die mich beeindruckte. Zum einen wegen seiner Präzision und zum anderen wegen seiner Sanftheit. Sie streckte ihre Zunge raus, um die Flüssigkeit zu kosten, und sie schloss ihre Augen genüsslich.

Weil mich nicht übertrumpfen lassen wollte, folgte ich der Spur der Magie mit meiner eigenen und konzentrierte mich darauf, blaue Hitze über ihre sanfte Haut zu senden. Sie rang nach Luft und sah hoch, als der Dampf sich mit unseren Atemzügen vermischte. In ihren blauen Augen funkelte eine wissende Flamme, die meine Energie in sich aufnahm. Ich nahm ihr Haar in meine Faust und legte ihren Kopf schief, um ihr alles zu geben, was sie wollte – alles, was sie brauchte.

„Ja", sagte Cyrus zustimmend, während Claire aufhörte,

zu versuchen, mir zu geben, wonach ich mich sehnte, und gierig die Elemente aufsog, die sie umgaben. „Genau so."

Claires Wangen erröteten und sie lächelte.

Energie tanzte in ihren Augen und ich realisierte, dass ich sie noch nie so gesehen hatte. Ausgeglichen, wie eine neugeborene Fee, die das Licht der Welt erblickte und ihre Kräfte – und wie man sie kontrollierte – verstand.

Kein Zögern.

Keine Emotionen, die sich völlig verausgabten.

Nur Wissen und Akzeptanz.

Cyrus hatte getan, was keiner von uns bisher geschafft hatte. Er hatte ihr gegeben, was ihre Elemente begehrten. Und obwohl sie hinsichtlich des Wasser-Elements gesättigt war, brauchte sie *mehr*.

Herausforderung angenommen.

Ich ließ meine Flammen durch das Band fließen und liebte es, wie sie ihre Züge aufleuchten ließen und ein Seufzen über ihre wunderschönen Lippen kam. Aber ich war nicht genug und ihr flüchtiger Blick in den Gang sagte mir das auch.

Claire sehnte sich nach ihrem Kreis und die Balance, die er bot.

„Sol und Vox sind in der Küche", murmelte ich und führte sie weg vom Schlafzimmer, bevor ich sie noch hineinziehen und ihre Kleider abfackeln würde.

Wenn wir – ihre Gefährten – die Sache richtig anstellten, würde es auf lange Sicht hin weitaus befriedigender sein.

Claire schwebte neben mir. Ihre Bewegungen waren anmutig, während Feuer und Wasser sich unter ihren Füßen vermischten.

Bei den Elementen, sie hat keine Ahnung, wie mächtig sie ist. Sie ist berauschend.

Sol hatte seine Arme verschränkt und sein riesiger Körper war gegen einen kaputten Pfirsichbaum gelehnt, der aus den Überbleibseln des Esstischs gewachsen war. Vox stand mit geballten Fäusten, die er auf das rissige Holz gestützt hatte, da.

Sowie ich Claire ins Zimmer führte, hörten die beiden mitten im Satz auf zu sprechen und sahen unentwegt zu ihr. Wenn es mir in meiner Seele wehtat, dass ich nicht vollständig mit ihr verbunden war, konnte ich mir nur vorstellen, was ihr Ruf mit ihnen anstellte.

Dem hin- und hergerissenen Blick auf Voxs Gesicht zu urteilen nach, kämpfte er hart dagegen an. Sol wiederum löste seine Position und schenkte Claire ein warmes Lächeln.

Ich stupste ihr leicht in den Rücken und stieß sie in Richtung Erdfee. „Nur zu, Schätzchen. Hab keine Angst."

Sie sandte ein spielerisches Kneifen aus Feuer, das über meine Lippen streifte. Ihre Feenseite war mächtig, nahm sie auf die beste Art und Weise ein und sie ließ es geschehen.

Endlich, verdammt nochmal.

„Sol", sagte sie und bestaunte den Pfirsichbaum. „Hast du den gemacht?" Wenn sie wegen ihrer vorherigen Nacktheit betreten war, so zeigte sie es nicht. Vielleicht hatte sie es angesichts der Unmengen an Elemente, die sich über sie ergossen, vergessen. Oder vielleicht nahm sie es einfach an, wie alles andere.

„Ähm." Er räusperte sich und scharrte mit den Füßen. „Ja. Ich hatte noch mehr davon draußen gemacht, aber sie, na ja, haben die vergangene Woche nicht so gut überstanden." Er verzog das Gesicht und Claire runzelte die Stirn.

„Wegen mir?", fragte sie leise und wich in meine Richtung zurück. „Habe ich euch allen wehgetan?" Sie sah mich, dann Vox, Sol und schlussendlich Cyrus an.

„Du hast eine Menge Energie gebraucht, um dich zu erholen, kleine Königin", erwiderte Cyrus. „Aber es geht uns allen gut und wir sind bereit, dir mehr von dem zu geben, was du jetzt brauchst. Er sandte ein Strang aus Wasser an ihrem Hals hinab, um seine Aussage zu unterstreichen. Eine Spur, der ich mit Feuer folgte.

Sol sah Cyrus an, als ersuchte er um Erlaubnis, teilzunehmen. Der Royal nickte und der Geruch von Pfirsichen erfüllte die Luft, während Erdmagie über ihre Haut streifte.

Claire seufzte und sie schloss angesichts der Unmenge an Kraft ihre Augen. Ich schlang meine Arme um sie und drückte sie an mich, während ich mehr Feuer durch unser Band sandte. Sie absorbierte es mühelos und erblühte unter dem Gleichgewicht, das wir ihr gaben.

Vox beobachtete den Austausch mit zurückhaltendem Interesse. Seine Magie summte bereit und wartete darauf, Sol zurückzupfeifen, wenn auch nur das kleinste Anzeichen auf Gefahr bestand. Trotz seiner Vorbehalte würde er nicht zulassen, dass Claire verletzt würde.

Hm, vielleicht könnten wir die Luftfee doch noch überzeugen, es sich anders zu überlegen.

Die Küche und das Esszimmer bewegte sich um uns, baute sich wieder auf, während Sol Claire noch mehr Kraft schenkte. Er erschauderte und flüsterte: „Claire, ich spüre dich."

„Ich dich auch", summte sie und das Element intensivierte sich, bis sie sich auf Vox konzentrierte. Er war der Einzige, der sein Element der Melodie nicht zufügte. Ohne ihn und Exos, die die fehlenden Noten zum Gleichgewicht beitrugen, fühlte es sich wie ein unvollständiges Lied an.

„Vox", sagte ich genervt. „Hör auf, so stur zu sein."

Claire schüttelte ihren Kopf. „Nein, zwing ihn nicht, Titus." Obwohl ihre Worte sagten, dass sie seine Unverschämtheit billigte, spürte ich, wie sie an seinem Element zog. Sein Mund öffnete sich immer wieder leicht. Es wäre mir entgangen, wenn ich seine Lust als Antwort darauf nicht im Band, das uns alle miteinander verknüpfte, gespürt hätte.

Ich grinste. Das war meine Claire. Sie würde nicht zulassen, dass er sie wegen etwas Sturheit abweisen würde. Vor allem nicht, wenn sie spüren konnte, dass Vox sie wollte.

Cyrus fügte der Luft einen weiteren Wasserstoß hinzu und nahm damit die Anspannung etwas. „Das ist genau der Grund, warum wir zurückgekommen sind", sagte er und blickte uns alle mit autoritärer Miene an.

Der Royal schien … anders. Noch immer pompös genug, um mir das Gefühl zu geben, dass er permanent einen Stock im Arsch hatte, aber er hatte diese Sanftheit, die vorher nicht da gewesen war. Oder vielleicht war sie da gewesen und er hatte sie einfach so tief in sich vergraben, dass sogar er nicht mehr gewusst hatte, dass sie existierte.

Er richtete seinen Blick auf mich. Die Autorität eines Königs lag in seinen Augen. Aber von welchem König? Er schien nicht mehr in die kühle Härte des Seelen-Königreichs zu passen. „Wie fühlst du dich, Claire?", fragte er mit sanfter Stimme und wandte seinen Blick nicht von mir ab.

Sie ignorierte ihn. Ihre Aufmerksamkeit war voll und ganz auf Vox gerichtet. Was auch immer sie tat, schien die Luftfee zu hypnotisieren. Er nahm einen Schritt nach vorne und ließ seine Finger über ihre Wange gleiten. Sie machte keinen Wank, als würde sie ihn vertreiben, wenn sie auch nur atmete.

In dem Moment, als seine Magie über ihre Haut streifte, schloss sie ihre Augen und erschauderte. „Mehr", flüsterte sie. Er tat wie ihm geheißen, ließ eine Brise durch ihr Haar wehen und dann an meinem Gewand hinab.

Stille kam über uns.

Wir vier tauschten Elemente aus, mit Claire in unserer Mitte. Sie nahm alles in sich auf und Energie surrte in einer mächtigen Welle um sie herum, die mich an ein drohendes

Inferno erinnerte. Und dann riss sie ihre Augen auf. „Exos." Sie wirbelte in meinen Armen herum und ein siegreicher Blick lag auf ihrem Gesicht, der mich dazu verleitete, sie küssen zu wollen. „Ich spüre ihn, Titus. Ich spüre ihn *wirklich*."

Cyrus nickte, als wäre er nicht überrascht. „Die Elemente erden dich und bilden den Kreis, der uns alle an dich bindet – inklusive Exos. Deine Feenseite sehnt sich nach den Elementen, sehnt sich danach, zu vollenden, was angefangen wurde. Also, wo ist er?"

Ihr Blick schweifte in die Ferne und ein Flattern ging durch unsere Verbindung. Sie drehte sich zu Cyrus und meine Arme waren noch immer um sie geschlungen. „Er ist in Sicherheit. Und nicht weit von hier."

Cyrus zog seine Augenbrauen hoch. „Auf dem Akademiegelände?"

„Nein. Aber in der Nähe." Sie rümpfte ihre Nase. „Hinter dem verzauberten Winkel, glaube ich. Wenn ich dem Band folge, werde ich ihn finden. Er ruft nach mir. Inständig."

Keiner von uns konnte dem widersprechen. Ihr Bedürfnis, alle von uns bei sich zu haben, brannte. Ihre Verbindung zu Exos war so kostbar. Und doch war sie schwach geworden. Selbst ich konnte die ermattete Verbindung, die stark hätte sein müssen, kaum fühlen. Sie hätte stark sein müssen – eine vereinte Kraft mit Claire als unseren Anker.

„Dann lasst uns gehen", sagte ich und genoss die Flut an magischer Energie, die meine Haut kitzelte. Jeder Teil von mir bebte, spannte sich an und schnurrte – bereit zu ficken oder zu kämpfen. Vielleicht beides. Und wenn ich mich so fühlte, wenn ich Claire und vier ihrer elementaren Gefährten nahe war, konnte ich mir nur vorstellen, wie mächtig sie sein würde, wenn Exos den Kreis komplettierte.

„Nein." In ihren blauen Augen zog eine Autorität auf, die

ich zuvor nicht gesehen hatte. Tropfen bildeten sich an ihrer Haarlinie und sie richtete ihre Aufmerksamkeit auf Cyrus. „Exos sagt, dass du Mortus ablenken musst. Er glaubt zwar nicht, dass Mortus der wirkliche Bösewicht ist, aber seine Essenz ist überall in dieser Zelle. Also schlägt er vor, dass du ihn ablenkst, damit ich Exos ohne Störungen befreien kann."

Cyrus summte nachdenklich. „Könnte lustig werden." Dieser Mistkerl klopfte mir auf den Rücken und seine Wassermagie zischte gegen meine Hitze, sandte Dampf in die Luft. Er grinste.

„Titus?"

Verärgerung lief an meinem Rücken hinab. Cyrus hatte viel zu viel Vertrauen in Claire. Ja, sie war mächtig. Ja, sie war atemberaubend, aber wenn dieser Mistkerl von Fee glaubte, dass ich sie wieder aus den Augen lassen würde, war er schief gewickelt.

„Leck mich am Arsch", grollte ich, schob ihn von mir weg und schlang meine Arme erneut um Claire. Ich ließ meine Finger an ihren Kiefer gleiten und nahm ihre Wange in meine Hand. „Ich werde mit Claire mitgehen."

„Weil das überhaupt nicht auffällig sein wird", säuselte Cyrus, klang gelangweilt und deutete irgendwie an, dass ich ein Idiot war, ohne es laut auszusprechen. „Jeder weiß, dass du einer ihrer Gefährten bist. Mortus wird dich genauso beobachten wie mich. Nein, wir werden zusammenhalten müssen." Ein kräftiger Wasserstrahl schubste mich von Claire weg und übergoss mich mit kalter Realität. Ich knurrte.

Er ignorierte mich, als ich Flammen über meinen Körper sandte, und er sah die anderen beiden Feen mit zusammengekniffenen Augen an. „Vox. Sol. Ihr seid unsere Geheimwaffen. Mortus weiß nicht, dass Claire sich mit euch verbunden hat, also wird er euch noch nicht orten. Jedenfalls nicht so wie Titus und mich. Und außerdem …"

Er sah mir erneut in die Augen. „Werden wir ihn ablenken, oder?"

Vox erstarrte. „Waffen", wiederholte er, scheinbar auf diesen Teil der Aussage konzentriert und nicht auf den lächerlichen Plan, den Cyrus gerade geschmiedet hatte.

„Ja", stimmte Claire mit einem Lächeln in ihrer Stimme zu, als sie aus meinen Armen schlüpfte und sich in die Mitte des Kreises stellte. Sie wandte mir den Rücken zu, während sie Vox und Sol ansah. „Meine Schutzwaffen, oder?"

Dieser silberne Ring in den dunklen Augen der Luftfee glimmte und eine leichte Brise ging von ihm zu Claire über, als hätte sie nach einer magischen Berührung gerufen. Wenn er es bemerkte, so reagierte er nicht darauf. Stattdessen nickte er.

Endlich. Sie hat die Luftfee gezähmt.

Aber ich spürte seinen Widerstand noch immer. Was bedeutete, dass Claire es auch tat.

„Wirst du sie wirklich mit zwei kaum verbundenen Feen losziehen lassen?", fragte ich Cyrus herausfordernd und mochte die Idee kein bisschen. Sol konnte mit der Situation umgehen. Aber Vox? Ich hatte meine Zweifel. „Das ist viel zu gefährlich."

Claire wirbelte herum und zog ihre Augenbraue hoch. *„Lass* mich, ja?"

Ich grollte und konnte meine Flammen nicht mehr zurückhalten. Eine Linie schoss über den Boden und zielte auf meine Problemquelle. *Cyrus.* Wenn er Claire dazu zwingen wollte, hier bei uns, wo es sicher war, zu bleiben, hatte ich keinen Zweifel daran, dass er das konnte. Sie mit Vox und Sol losgehen zu lassen, war eine dumme Entscheidung.

Er bewegte seine Hand durch die Luft und löschte meine Flammen. „Hör. Auf. Sie. Zu. Verhätscheln." Seine Magie schubste mich zurück und ich stolperte ein paar Schritte zurück. „Aber ich weiß die Herausforderung zu schätzen, Feuerfee. Das hat mich auf eine Idee gebracht, wie wir die Massen ablenken werden. Lasst uns sehen, was der machtlose Champion gegen die königliche Fee draufhat." Er zog seine Augenbraue hoch. „Es sei denn, du hast Angst?"

Sols Miene erhellte sich. „Hast du Titus gerade zu einem Duell der Elemente herausgefordert?" Dann runzelte er die Stirn. „Moment mal … Wir werden es verpassen." Der Riese zuckte mit den Schultern. „Na, ich muss dich echt mögen, Claire. Denn das ist etwas, was ich mir nur zu gerne ansehen würde."

Claire schien hin- und hergerissen, aber ein Flüstern von Exos durch das Band beruhigte sie und sie schüttelte ihren Kopf. „Benehmt euch, ihr zwei", sagte sie und sah mich und Cyrus an. Dann lächelte sie Sol an. „Und ich mag dich auch, Sol."

Die Erdfee schien ziemlich zufrieden über die Aussage. „Ja, das ist es total wert, den Kampf zu verpassen. Wir alle wissen, dass Cyrus sowieso gewinnt."

„Hey." Ein Feuerball bildete sich in meiner Hand. „Ich kann es mit ihm aufnehmen."

„Beweise es", erwiderte Cyrus gelangweilt.

Er provozierte mich und ich wusste es. Aber ich konnte mir die Möglichkeit, den Mistkerl in die Schranken zu weisen, nicht entgehen lassen. „Okay. Die Wette gilt, Blödmann. Aber bild dir ja nichts ein. Ich habe in der Arena noch nie verloren."

Der einzige Ort in allen Königreichen, an dem ich mich zu Hause fühlte – außer in Claires Armen – war in diesen blutigen, dreckigen Gruben, wo die Massen meinen Namen schrien.

Cyrus würde das Hören und Sagen vergehen.

CLAIRE

Sie werden das schon packen, sagte ich mir selbst zum hundertsten Mal. Exos hatte es versprochen, als er vorgeschlagen hatte, dass ich sie etwas Druck ablassen und etwas Spaß haben lassen sollte.

Hoffentlich hatte er recht.

Habe ich, murmelte er und seine Stimme koste meine Seele.

Energie surrte über meine Haut und meine Lippen verzogen sich zu einem Lächeln, während ich mit Sol und

Vox durch das Randgebiet des Waldes um die Akademie herum streifte. Ich fühlte mich gestärkt, voller Leben, *glücklich*. Alles merkwürdige Emotionen für jemanden, der beinahe gestorben wäre. Aber zum ersten Mal in meinem Leben war ich entspannt.

Ausgeglichen, flüsterte Exos. *Du fühlst dich ausgeglichen, Claire.*

Ja, stimmte ich zu, und spürte die Aufrichtigkeit seiner Worte in meinem Blut. Meine Verbindungen zu allen Elementen hatten mich geerdet und mir ein neues Leben geschenkt.

Außer diesem nervösen Gefühl, das vom Luft-Element herrührte.

Nein, von Vox.

Ich sah ihn an, während wir liefen, und bemerkte seine steife Haltung. Es gab keine Bedrohungen in unmittelbarer Nähe. Titus und Cyrus stellten das sicher, indem sie auf dem Campus für Ablenkung sorgten. Ich hoffte nur, dass sie miteinander klarkamen.

Na, während die Luftfee nicht direkt begeistert über unsere neu geschlossene Verbindung war, schien Sol ganz zufrieden damit. Der Boden bebte nicht mal unter seinen Füßen. Wenn überhaupt schien er leichteren Schrittes zu gehen.

Er lächelte, als er mich dabei ertappte, wie ich ihn ansah. Meine Wangen erröteten etwas. Es war mir peinlich, dass er mich beim Starren erwischt hatte, aber es war wirklich wie ein Wunder, ihn so übers Gras gleiten zu sehen.

„Du hast nichts kaputt gemacht", murmelte ich.

Er lachte. „Nein, und es fühlt sich verdammt gut an." Er rollte seine Schultern ab und sah zur Sonne über unseren Köpfen. „Ich fühle mich fantastisch."

„Ich mich auch", gab ich zu und lächelte aufrichtig. „Als könnte ich fliegen." Ich hüpfte durchs Feld und die Elemente tanzten im Gleichschritt, sandten eine Mischung verschiedener Kräfte in die Luft. Ich seufzte erfüllt. Außer mein Band zu Vox. Dieses fühlte sich brüchig an, als würde eine falsche Bewegung das zarte Band zerstören.

Ich runzelte die Stirn. „Was ist los?", fragte ich und war mir seines Unbehagens plötzlich sehr gewahr. „Habe ich dir wehgetan?"

Denn ich wusste, dass ich die anderen ausgelaugt hatte, als ich mich zurück ins Leben gekämpft hatte. Der arme Cyrus hatte am meisten abbekommen und uns beide mit Wellen der Leidenschaft aufgepäppelt.

Habe ich den Mann gerade dafür bemitleidet, dass er mich die ganze Woche ficken musste?, dachte ich und schnaubte. *Ja, was für eine Bürde.*

Obwohl ich ziemlich anspruchsvoll gewesen war.

Aber das war jetzt nicht der Punkt.

Was ich wissen wollte, war, warum Vox mich kein einziges Mal angesehen hatte, seit wir losgelaufen waren. Wieso seine Schultern angespannt blieben. Wieso er seine Lippen aufeinanderpresste. Wieso er mir noch immer nicht antwortete, obwohl ich ihm eine direkte Frage gestellt hatte.

„Vox", versuchte ich erneut. „Was ist los?"

„Nichts." Er ging weiter und ignorierte mich komplett.

Unser Band verriet mir, dass diese Antwort eine Lüge war. Ich blinzelte Sol an und zog eine Augenbraue hoch. „Dir geht es gut, oder?"

„Ich habe mich nie besser gefühlt, kleine Blume", erwiderte er und seine braun-grünen Augen funkelten voller Liebe. „Ich meine, die vergangene Woche war nicht leicht, aber dich zurückzuhaben ist wie ..." Er zog seinen Mund zur Seite und zuckte mit den Achseln. „Es ist, als hätte deine Rückkehr einen Teil von mir komplettiert, von dem ich nicht gewusst hatte, dass er unvollständig war."

„Genauso fühle ich mich auch", staunte ich und war

erleichtert, dass er es auch spürte. „Exos sagt, dass das ist, weil ich ausgeglichen bin. Weil all meine Kräfte endlich ausbalanciert sind und ich sie alle klar sehen kann." Ich erschuf einen Schmetterling in meiner Hand, um es zu demonstrieren, und ermunterte ihn, mit einer sanften Brise wegzufliegen. Aber die Brise verwandelte sich in einen Windstoß, der mich mein Gesicht verziehen ließ. „Okay, also nicht so perfekt, aber du weißt, was ich meine."

Sol streckte seine Hand aus und kreierte einen Haufen Erde und warf ihn dann Vox an, der mehrere Schritte vor uns lief.

„Was zum Teufel sollte das denn?", fauchte Vox und drehte sich um, um den Riesen anzufunkeln.

„Oh, entschuldige. Habe ich dich getroffen?", fragte Sol scheinheilig.

Vox kniff seine silbrig umrandeten Augen zusammen und sandte einen Windstoß über Sols Schulter, was ihn nur noch mehr zu verärgern schien.

„Daneben", sagte Sol nonchalant.

„Ähm, Jungs …", unterbrach ich und wollte das Gespräch wieder auf die Aufgabe, Exos zu finden, lenken. Mit jedem Schritt kam seine Essenz näher. Das war definitiv die richtige Richtung, auch wenn ich keine Ahnung hatte, wo in diesem Feld wir uns befanden. Es lag irgendwo hinter dem verzauberten Winkel, auf etwas, das Cyrus ‚neutrales Territorium' genannt hatte. Offenbar trennte diese Fläche die Akademie von allen Königreichen, weshalb sie häufig leer stand und nicht oft belaufen war. Darum auch das hohe Gras, das aussah wie außer Kontrolle geratenes Unkraut.

Ein weiterer Windstoß ging durch die Luft und traf mich an der Schulter, woraufhin Sol knurrte. Die Erde unter uns erzitterte, als er zurückgab und die Luftfee auf ihren Po fallen ließ.

Meine Augen weiteten sich.

Ich war es gewohnt, dass Vox Sol Lektionen erteilte. Nicht andersherum.

„Ich verstehe", sagte Vox und kam mit einer geschmeidigen Bewegung auf seine Beine, wischte sich den Staub von seinen Hosen. „Du kriegst etwas Kontrolle und wendest demjenigen, der dir die letzten zwei Jahre geholfen hat, den Rücken zu. Na gut. Vielleicht sollte ich einfach gehen und euch beide über euer neu gefundenes *Gleichgewicht* plaudern lassen."

Wow. Ich hatte Vox noch nie so sprechen gehört. Er klang so verbittert und beinahe grausam. „Echt jetzt, was ist dein Problem?", wollte ich wissen. „Ist es, weil ich dir das Band aufgezwungen habe?"

Ich konnte mich nicht daran erinnern, es getan zu haben, hatte kein Mitspracherecht gehabt, als meine Elemente versucht hatten, mein Leben zu retten. Aber ich konnte verstehen, dass ihn das verärgerte. Ich hatte nur nicht realisiert, wie sehr es ihn ärgern würde.

„Ich meine ... Es tut mir leid. Das gilt für euch beide. Ich meine ... Ich ... Wenn ich gewusst hätte, was passieren würde ..." Hätte ich dann etwas daran geändert? Ich biss mir auf die Unterlippe. *Nein*, sprachen meine Elemente gleichzeitig. Nein, ich hätte es nicht anders gemacht. Was bedeutete, dass meine Entschuldigung keine wirkliche war, weil sie nicht wahr war.

Na toll. Ich wischte meine Handflächen an meiner Hose ab und starrte in die Ferne, während die beiden Männer mich wortlos beobachteten. *Echt hilfreich, Jungs.* Obwohl, ja, sie verdienten eine Erklärung. Nicht, dass ich wirklich eine hatte, aber ich konnte es wenigstens versuchen.

Ich räusperte mich und öffnete meinen Mund, nur um ihn dann wortlos wieder zu schließen. Ich dachte darüber nach, wie ich das Nächste sagen sollte.

Dann erblickte ich Voxs gereizten Ausdruck.

Und Sols verletzten.

Okay.

Kein Nachdenken mehr.

„I-ich erinnere mich nicht daran, was passiert ist", begann ich und bereute die Worte augenblicklich, als sie ein langes Gesicht machen. „Aber ich weiß, *warum* es passiert ist", versicherte ich ihnen umgehend. Das schien die beiden neugierig zu machen. „Als Exos mich in dieses Reich gebracht hat, war ich ein Wrack. Er sagte mir, dass Feen existieren, dass ich Zugriff auf all diese Elemente habe, es geschahen Dinge um mich herum, die ich nicht verstand … Und ich spürte immer wieder diese unangebrachten Gefühle für mehrere Männer."

Ich erschauderte, als ich mich an diese ersten Tage zwischen Titus und Exos erinnerte, und spürte ihre Wärme durch die Bänder.

„Es hatte mich beängstigt", gab ich zu. „Da, wo ich herkomme, ist man nicht mit mehr als einem Typen zusammen. Tatsächlich gibt es ziemlich schreckliche Namen für menschliche Frauen, die mehrere Männer daten. Und das ist die Welt, in der ich groß geworden bin." Das war etwas, was Cyrus mehr als die anderen zu verstehen schien. Er hatte vor den Todesfeldern eine Bemerkung darüber gemacht, die bei mir Widerhall gefunden hatte.

„Ich halte dich nicht für eine Hure, kleine Königin. Aber ich kenne die gesellschaftlichen Standards auf der Erde und wie sie euch programmiert haben."

Er hatte recht.

Meine Erziehung diktierte meine Anschauung.

Aber jetzt, wo ich die Verbindungen spürte und meiner Feenhälfte erlaubte, zu regieren, während ich meinen Körper heilte, verstand ich.

„Die Dinge laufen hier anders", fuhr ich fort und schluckte leer. „Meine Gefühle für euch alle werden hier akzeptiert. Und darum ergibt es Sinn für mich, warum meine Elemente sich an euch gewandt haben. Meine Kraft erkennt euch beide als potenzielle Gefährten und zudem habe ich Vertrauen zu euch beiden gefunden. Also haben meine Elemente in der Not eure gerufen." Die Verbindung konnte nicht total einseitig sein – was mir Cyrus' Band gezeigt hatte. Wenn Vox und Sol also die Verbindung nicht im Geringsten begehrt hätten, wären sie nicht offen dafür gewesen und sie hätten bestimmt nicht darauf reagiert.

Ich sah Vox in die Augen und bemerkte seinen verschlossenen Gesichtsausdruck, seufzte dann. „Wenn du das nicht willst, verstehe ich das und wir können unser Band nach der Mindestlaufzeit auflösen." Von dem ich wusste, dass sie ungefähr einen Monat war. „Ich werde euch nicht zu etwas zwingen, das ihr nicht wollt." Ich sah Sol an. „Das gilt für euch beide." Ich zog meinen Mund zur Seite und fragte mich, was ich sonst noch sagen sollte. „Ich kann mich nicht wirklich entschuldigen, weil ich instinktiv gehandelt habe und, na ja, ich es nicht bereue – auch wenn ich das vielleicht sollte."

„Das tust du besser nicht", sagte Sol und verschränkte seine starken Arme vor seiner muskulösen Brust. „Denn ich tue es nicht."

„Was?", fragte ich verwirrt.

„Ich bereue es nicht", stellte er klar. „Sobald ich realisiert hatte, was passierte, habe ich dich eingelassen. Es hat sich richtig angefühlt." Er zog eine Schulter hoch. „Und es fühlt sich immer noch richtig an. Mehr als das muss ich nicht wissen."

So annehmend und ehrlich. Sol mochte ein Koloss sein, aber innen drin hatte er das größte Herz und das spürte ich jetzt mit meinem im Gleichklang klopfen.

Ich hatte nichts davon erwartet.

Aber etwas war in dieser Woche mit mir geschehen. Ich

war einfach aufgewacht und war bereit, das alles anzunehmen. Kein Chaos mehr. Kein Kämpfen. Nur Fühlen und Realität und aufrichtiges Bedürfnis, es zu akzeptieren.

Das ist deine innere Fee, Claire, murmelte Exos und seine Präsenz waberte um mich. *Du erlaubst ihr endlich, zu atmen.*

Und es fühlt sich unglaublich an, gab ich lächelnd zu. Vox schien nicht zuzustimmen.

„Sag mir, was du brauchst", sagte ich zu ihm. „Eine Entschuldigung? Eine bessere Erklärung? Ich kann nichts von beidem versprechen, aber ich kann es versuchen."

„Geht's hier immer noch um den Ball?", wollte Sol wissen und zog seine dunkle Augenbraue hoch. „Um die Tatsache, dass sie mich gefragt hat und nicht dich?" Verärgerung wirbelte in der Luft um Vox herum. „Es geht nicht um den Ball. Es ist alles. Sie hat sich mit Exos und Titus verbunden, weil sie es wollte. Sogar mit Cyrus, wie es scheint. Und wenigstens hat sich dich gefragt, ob du mit ihr zum Ball gehen willst. Ich bin nur ein Mentor. Denjenigen, an dem sie sich festgesaugt hat, als sie es brauchte. Was ich verstehe und auch in Ordnung ist. Und es ist meine eigene Schuld, dass ich das Band nicht früher angenommen habe. Aber es ist, wie es ist. Können wir jetzt Exos suchen?"

Seine Aussage brachte mich ins Taumeln.

Denn erstens hatte ich mich nicht mit Exos zusammengetan, weil ich es gewollt hatte. Es war zufällig passiert. Dasselbe mit Cyrus. Und ich hatte Vox nicht nur aus *Not* auserkoren. Obwohl ich verstand, wieso er das dachte.

Wer hätte gedacht, dass die Luftfee so sensibel ist?, säuselte Exos. *Küss ihn, Claire. Das wird die Sache klären.*

Ich fiel beinahe um. *Was?*

Du hast mich verstanden, Prinzesschen Küss den Mann. Exos sprach die Worte als Befehl aus, aber ein Hauch Belustigung lag in ihnen.

Ich werde nicht –

237

Claire, Taten sprechen bei männlichen Feen lauter als Worte. Und alles, was du bisher getan hast, hat Vox das Gefühl gegeben, ausgeschlossen zu werden. Küss ihn einfach. Vertrau mir.

Hatte mein Verhalten Vox glauben lassen, dass ich kein Interesse hatte? Vielleicht. Ich war sehr zurückhaltend gewesen. Ein verzogenes Gör, wenn man bedachte, wie geduldig all die Männer mit mir waren.

Okay. Zeit, das wieder geradezubiegen. Um alle Verwirrung zu beseitigen und weiterzumachen.

Ich näherte mich Vox und fing die wilden Fransen seiner Energie, die Unsicherheit, die ihn umgab, und den allgemeinen Schmerz unter der Oberfläche ein. Mein Element streckte sich aus, um seines zu beruhigen, die rauen Strähnen zu glätten und unsere Elemente auf eine intime Weise zu vereinen. „Vox", murmelte ich und schloss die Distanz zwischen uns. „Ich habe das Band mit dir geschlossen, weil unsere Kräfte übereinstimmen. Und" – ich nahm den letzten Schritt – „weil ich dich mag." Wir waren vielleicht nicht auf demselben Level wie ich mit Exos oder Titus war, aber ich spürte das Potenzial. Wenn er mich einlassen und mir eine Chance geben würde.

Was bedeutete, dass ich ihm mein Interesse zeigen musste, um ihn auf die Art zu erden, wie er mich letzte Woche geerdet hatte. Ich stellte mich auf meine Zehenspitzen und schmiegte meine Lippen an seine. Nur eine sanfte Berührung. Eine, die verführerisch und einladend sein sollte. Dann schlang ich meine Arme um seinen Nacken. Der zweite Kuss war etwas energischer von meiner Seite und flehte ihn an, zu reagieren. Und beim dritten erwiderten seine Lippen den Kuss endlich und der Schock darüber, dass ich ihn berührte, verwandelte sich in einen leidenschaftlichen Windstoß.

„Claire?", fragte er mit seinen Lippen an meine gedrückt.

„Vox." Ich lächelte. „Bitte, küss mich." Ich konnte seine

Begierde, mich zu küssen, durch meine Adern fließen spüren. Andernfalls hätte ich mich mittlerweile zurückgezogen. Aber sie war eine greifbare Präsenz, wob sich auf die verführerischste Weise in meine Aura.

Vox und ich waren uns ähnlicher, als er vermutlich zugeben wollte. Er schien zu fürchten, dass seine Magie ihn übermannen würde – genauso, wie ich meine Feenhälfte gefürchtet hatte.

„Ergib dich deinen Instinkten", flüsterte ich. „Ich habe das auch getan." Irgendwann im Verlaufe der letzten Woche mit Cyrus' Hilfe, hatte ich meine Magie und meine Natur, meine innersten Sehnsüchte und meine Leidenschaft angenommen. Und das hatte mich nur stärker gemacht. Eine seiner Hände legte sich an meine Hüfte und griff fest zu. Die andere wob sich durch mein Haar und nahm meine Strähnen in eine Faust, woraufhin er meinen Kopf schieflegte.

Und dann küsste er mich.

Nicht fest. Nicht hastig. Nicht schnell. Nur eindringlich. Meisterhaft. Als wäre sein Mund für meinen geschaffen worden. Seine Zunge war wissend und geübt und raubte mir den Atem. Es war die perfekte Liebkosung. Der Wind erfasste uns beide leicht und brachte uns auf eine Wolke der Perfektion und der Sehnsucht. Nur eine begierige Präsenz an meinem Rücken verwirrte meine Sinne. Erdige Noten, die sich mit meinen vermischten und den Moment von unwiderstehlicher Lust auf die Spitze trieben.

Vox drehte mich in seinen Armen herum und direkt zu Sol, der darauf wartete, mich zu fangen – mit seinem Mund. Mein Herz setzte einen Schlag angesichts der Synchronisation aus – angesichts des Gefühls, dass zwei starke und mächtige Männer mich so festhielten, als wäre ich ihr Lebenssinn, und weil ich ihre unbestreitbare Sehnsucht nach mehr fühlte.

Ich erschauderte und meine Elemente erwachten zum Leben.

Das hier war, was ich brauchte. Wie ich leben wollte. Was ich zum Leben brauchte.

Meine Gefährten.

Alle fünf.

Die eine Harmonie aus Energie in mir kreierten, die gestreichelt und gezügelt werden wollte. Und meine Fee reagierte darauf, dass jeder von ihnen mir sandte, was ich brauchte, um meine Kontrolle zu bewahren und einfach zu sein.

Ich verlor mein Zeitgefühl zwischen Sol und Vox. Ihre kosenden Münder und sich bewegenden Hände machten mich heiß und willig – irgendwo im Nirgendwo. Aber mein fehlendes Band zog mich aus dem Nebel. Meine Elemente waren nun noch feingeschliffener, lebendig und bereit.

„Er ist nicht weit weg", flüsterte ich und öffnete meine Augen. Ich blickte in Voxs wunderschöne Augen, die mit Leidenschaft überzogen waren. Mit seiner Willensstärke, die durch das Band floss, fühlte ich mich noch befähigter und alles um mich herum wurde schärfer.

„Wo?", fragte Vox und seine Hand glitt an meinem Arm hoch und runter, als wäre er süchtig nach meiner Energie.

Und vielleicht war er das. Ich fühlte genauso für ihn und meine Finger waren noch immer in seinem dichten langen Haar vergraben. Meine andere Hand hatte hinter mich gegriffen und sich um Sols Hals gelegt, dessen Hand um meinen Hals gelegt war. Nicht auf eine bedrohliche Art, sondern auf eine beschützerische. Ich schmiegte mich an ihn und absorbierte seine Stärke und schloss meine Augen, um die Erde zu spüren und nach der Präsenz unter dem Erdboden zu suchen, die nicht dort sein sollte.

Die Elemente antworteten und beugten sich meiner

größer werdenden Macht. Ihre Verehrung wuchs mit jedem meiner Atemzüge.

Diese Welt gehört jetzt mir, dachte ich und diese Einsicht setzte sich in meinen Adern ab, verwurzelte mich in meiner Kraft. Es übertraf alles um mich herum. Jeden. „Ich kann so viel spüren", flüsterte ich und fühlte die Unweiten von Land unter meinen Füßen, die sich bis zur Akademie und weiter erstreckten. Wo Cyrus und Titus ihr ganz eigenes Chaos herbeiführten.

Ich lächelte.

Cyrus amüsierte sich offensichtlich.

Und Titus, na ja, er hatte es satt, sich zu vertragen.

Exos, hauchte meine Seele und ging in die andere Richtung davon. Zu den uralten Gruften, von denen nur wenige wussten. Als ich die Worte laut aussprach, sahen Sol und Vox einander verwirrt an. Aber ich zweifelte meine Instinkte nicht an. „Da lang", sagte ich und ließ mich von der Energie führen.

Bis bald, murmelte Exos und Stolz floss durch unser Band.

Ja, erwiderte ich. *Sehr bald*.

CYRUS

*I*ch wollte eine Herausforderung.

Und die beste Art, den Respekt einer Feuerfee zu kriegen, war durch Gewalt.

Also würde ich ihm geben, was er begehrte – eine Tracht Prügel.

Kristallfarbene Lichter erwachten zum Leben. Erdfeen arbeiteten mit Wasserfeen zusammen, um herbeizuzaubern, was normalerweise Unterwasserpflanzen waren, die hell genug schienen, um die gesamte Arena zu erleuchten.

Obwohl der Unterricht im Gange war, hatte es nicht lange gedauert, um ein Publikum anzuziehen. Es hatte sich schnell verbreitet, dass ich herausgefordert worden war.

Elana würde fuchsteufelswild sein.

Ein doppelter Bonus, wenn es nach mir ging.

Diese alte Fee verheimlichte etwas, wie sie es immer zu tun schien. Irgendwann würde ich herausfinden, was das war.

Geschnatter und Aufgeregtheit umgaben uns, beschworen Flutwellen der Aufregung im kleinen Stadion herauf. Es war groß genug, um die derzeit aktiven Schüler zu beheimaten, aber winzig im Vergleich zu einer echten Arena – etwas, das Titus bereits bemerkt hatte.

Wetten wurden platziert und die Feen waren vertieft in den Kampf, der sich ihnen gleich bieten würde.

Und wer hätte es gedacht? Mortus stand mit mehreren Lehrern der Akademie an seiner Seite in der Menge. Seine Lehrerkollegen hatten ihn zweifelsohne eingeladen, damit er am Spaß teilhaben konnte. Es kam nicht jeden Tag vor, dass ein Royal gegen einen machtlosen Champion kämpfte.

Sein Knurren sagte mir, wie ablehnend er der Sache gegenüberstand.

Ich zwinkerte ihm als Antwort darauf zu.

„Gar keine schlechte Ablenkung", räumte Titus leise ein.

„War das ein Kompliment, Feuerfee?", fragte ich und zog meine Augenbraue hoch.

Er schnaubte. „Nur ein Zugeständnis, bevor ich dir in den Hintern trete."

„Das werden wir ja sehen", erwiderte ich amüsiert. „Bereit?"

„Ich wollte einen Grund haben, um dich zu zerstören, seit du Fuß auf den Seelen-Campus gesetzt hast." Er grinste mich an und in seinen Augen glühte bereits eine Flamme. „Glaub mir, wenn ich sage, dass ich das genießen werde."

„Zu schade, dass diese magischen Schranken da oben bleiben müssen." Sie hielten Feen davon ab, einander zu töten. Das hier war kein echter Machtloser-Champion-Ring und Elana schätzte die Leben ihrer Schüler wert.

Aber sie war noch immer nicht aufgetaucht.

Interessant.

„Sieh sie als deinen einzigen Schutz an", antwortete Titus grinsend. „Lass uns anfangen, königlicher Arsch."

Ich lächelte. „Ohhh, du hast mir einen Spitznamen gegeben. Wie süß."

Er machte eine derbe Geste und mehrere Feen rangen nach Luft. Ich hingegen lachte.

Oh, das hier würde echt spaßig werden.

Die Menge verstummte, als eine kleine Wasserfee zu mir eilte und mir eine Auswahl an Armbändern hinhielt. Sie verneigte sich höflich und die kleinen Muscheln, die von ihren spitzen Ohren hingen, klimperten.

„So sind die Regeln", flüsterte sie entschuldigend, ihre Worte waren kaum hörbar. Das war ein wahres Element-gegen-Element-Duell, was bedeutete, dass ich meine Seelenmagie gegen Titus nicht einsetzen konnte. Ein Element in direktem Kampf mit dem anderen. Ein wahrer Test von magischer Kraft.

Wasser gegen Feuer.

Ich ging die Auswahl durch und entschied mich für das stärkste Armband, das meine Seelenenergie mit seinem gnadenlosen Diamantenkern aussperren würde. Sogar das würde meine Fähigkeit nur dämpfen und ich nahm an, dass es Exos überhaupt nichts anhaben würde.

Trotzdem sah es aus wie eine Art Handschelle, die meine Stärke abschwächte und meine Affinität für Wasser an die Oberfläche brachte. Die zugegebenermaßen bereits da gewesen war und darauf gewartet hatte, dass ich meinen rechtmäßigen Platz als König einnahm.

Und vielleicht würde ich bereit sein. Bald. Mit Claire an meiner Seite.

Ich legte das Armband an mein Handgelenk und rote Funken sprühten. Dann übergossen Wellen meine Sinne und meine Seelenmagie wich zurück, ließ mich etwas benommen werden. Die Menge jubelte, als sie den Wechsel der Energie spürte, und zeigte an, dass die Show drauf und dran war, zu beginnen.

Ein einzelner Moderator schwebte über dem Rand der Arena und verstärkte seine Stimme für die Menge mit einem Windstoß seiner elementaren Magie. „Wir haben heute ein nie dagewesenes Duell! Ich präsentiere: Cyrus, König der Seelenfeen, Prinz des Wassers, gegen Titus, unseren ganz eigenen machtlosen Champion in seinem ersten elementaren Duell!"

Die Menge tobte und meine Ohren pochten, während ich mich an die abwesende Seelenmagie in meiner Brust zu gewöhnen versuchte. Es fühlte sich falsch an und doch merkwürdig richtig. Vor allem, als ein warmes Meer hineinbrauste und mich daran erinnerte, wie Claire mich auf die vorzüglichste Weise ertränkt hatte.

„Möge der Gewinner den Titel ‚Elementarer Champion der Akademie' erhalten! Fangt an!"

Echt jetzt? Ich bin nicht einmal dafür qualifiziert, dachte ich schnaubend. *Ich bin kein Schüler, schon vergessen?*

Aber dann erklang eine Hupe und zwang mich, mich auf die bevorstehende Aufgabe zu konzentrieren, während meine Sinne damit haderten, sich an den Mangel an Seele zu gewöhnen. Das hier war das erste Mal, dass ich mein Seelen-Element aussperrte, und ich hatte nicht erwartet, dass es so … überwältigend sein würde.

Titus machte sich meine Bewusstseinstrübung zunutze und sandte ein Inferno auf mich los, das rasend schnell auf mich zujagte.

Meine Magie reagierte, bevor ich es tat. Sie stieß mit einem Schlag aus mir und begegnete Titus' Flamme mit meiner rohen Kraft.

Die Magie der Arena erwachte zum Leben und überwachte unsere Vitalzeichen und unser Kraftmaß. Elana und ich, die anderen Ratsmitglieder und Akademie-Professoren, hatten diese Schranke errichtet – also wusste ich, dass sie sogar meiner Magie standhalten konnte, selbst wenn ich alles davon einsetzte.

Ein Meer mit emporsteigenden elementaren Seepferdchen, die in den Wellen schwammen, stieß aus meinen Fingerspitzen und breiteten sich aus, um das Stadion innerhalb von Sekunden zu füllen und Titus' Flammen mit nur einer Bewegung auszulöschen.

Die Feuerfee sah mich mit offenem Mund an, aber er ließ seinen Schock nur kurz zu. Dann ging er in die Hocke und sammelte seine Magie in sich, erschuf einen lodernden Feuertornado, der gegen die Wassermassen zischte und seine Hosen verbrannte. Hosen, die feuerresistent hätten sein sollen. Das Feuer ließ seinen nackten Oberkörper unberührt, was seine ultimative Kontrolle über die tobende Energie verriet.

Titus war kein Royal, aber seiner Magie lag Claires Leidenschaft inne, was ihn weitaus mächtiger machte, als ich ihm zugetraut hatte. Er sah aus wie der uralte Gott Vulcan und ließ eine Welle heißer Lava zu seinen Füßen ausbrechen, die meinem Meer die Stirn bot. Meine Seepferdchen wieherten bestürzt, bevor sie ins Nichts verdampften.

„Ist das alles, was du hast, kleiner König?", neckte Titus und benutzte meinen Spitznamen für Claire gegen mich. Ich war noch nicht der Wasserkönig. Und wenn ich in der Arena von einer Feuerfee besiegt würde, würde mein Vater mich das nie vergessen lassen.

Aber es würde eine bessere Show hergeben.

Und es könnte Mortus und allen anderen, die zusahen, den falschen Eindruck vermitteln, dass meine Verbindung zu Claire mich irgendwie geschwächt hatte.

Hm.

Vielleicht mussten wir dieses Duell zu unserem Vorteil nutzen und ein paar Trugwahrnehmungen heraufbeschwören.

Ich grinste, während seine Lava auf mich zufloss. Das sanfte rote Glühen färbte die Luft blutrot und ließ Titus furchterregend aussehen. Das Glühen in seinen smaragdgrünen Augen verriet mir, dass er mir vorwarf, Claire in Gefahr gebracht zu haben.

Vielleicht machte ich mir selbst Vorwürfe.

Aber ich musste das hier gut aussehen lassen. Um sicherzustellen, dass alle glaubten, dass Titus verdient siegen würde.

Ich änderte meine Attacke und verbog meinen Körper, um eine Welle heraufzubeschwören, die gegen Titus' Lava ankämpfte und sie verhärten ließ. Er ächzte angesichts des Rausches peitschenden Wassers, der gegen seine nackte Brust stieß und Spuren von leuchtendem Blut hinterließen. Er steckte es ein, ächzte, und Flammen brachen aus, drohten, ihn in seiner Wut aufzufressen.

Genau. Verlier die Kontrolle. Mal sehen, was dir das bringen wird.

Titus hätte meinem Angriff ausweichen und mich verausgaben lassen sollen. Die Anstrengung ließ meinen Kopf bereits pochen und meine Reserven waren beinahe aufgebraucht. Aber das war nicht Titus' Stil. Er rauschte Kopf voran auf mich zu und kämpfte sich durch die dichtesten Wellen, verbrauchte seine Energie, indem er Feuerschwaden ausstieß, um das Wasser verdampfen zu lassen und sich einen Weg zu mir zu bahnen.

Seine Faust war eine einzige Kugel aus Flammen und zielte direkt auf mein Gesicht.

Ich wich seinem Schlag aus und ließ sein Momentum ihn direkt in die Wasserwand hinter mir klatschen, was ihn einknicken und das Gleichgewicht verlieren ließ.

Ich drückte Titus gegen den durchnässten Sand. Seine Hitze überzog die Oberfläche mit purer Energie, ließ sie schmelzen. Er kratzte dagegen. Meine Wasser rauschten herein, zielten auf seine Flammen ab und ließen seine Finger am frischen Glas abrutschen. „Lass es echt aussehen, Titus."

„Was?"

„Du hast mich verstanden." Ich ließ ihn los und war überrascht zu sehen, dass er seine Flammen komplett ausmachte. Ohne Hitze, die mein Wasser anpeilen konnte, ergoss sich die daraus resultierende Welle über uns, was mich aus dem Gleichgewicht brachte.

Titus bewegte sich schnell – zu schnell – und trat mir die Beine weg, sodass ich zu Boden fiel.

Ich hob eine Hand hoch, um meine Wasser auf ihn niederprasseln zu lassen, aber ich tat es nur halbherzig. Oh, für das Publikum würde es aussehen, als ob ich mich anstrengte, und sein Panzer aus Feuer zischte gegen mein Element. Und das war das einzig Wichtige.

Er rannte schnell und voller Wucht auf mich zu und seine Faust traf auf meinen Kiefer, ließ ein lautes Knacksen durch die Arena hallen.

Das Publikum rang erstaunt nach Luft.

Der König war getroffen worden.

Der unbekannte Schmerz, der durch meinen Körper floss, gab mir das Gefühl, am Leben zu sein. Keiner kam mir jemals nahe genug, um mich zu schlagen – und noch weniger, um mir wirklichen Schaden zuzufügen. Keiner, außer mein Bruder.

Ich verdrehte mich und sandte einen letzten Strang Wasser in Titus' Richtung, stieß ihn von mir. Aber das war mehr Show als etwas anderes.

Mortus' dunkle Augen funkelten, stachen aus der Menge heraus, genauso, wie ich es gewollt hatte. Wenn dieser aufgeblasene Mistkerl dachte, dass er meine Schwachstelle finden könnte, indem er mir dabei zusah, wie ich gegen Titus kämpfte, würde er ganz schön enttäuscht sein.

Meine einzige Schwäche war meine größte Stärke und sie war weit weg, rettete meinen Bruder vor der Dunkelheit.

Exos, ich hoffe, Claire liegt jetzt in deinen Armen und dass ihr euch sicher auf dem Weg zurück zu uns befindet.

Ohne meinen Geist konnte ich ihn nicht spüren, aber ich spürte Claire. Ihr gesundes Glühen brachte mich zum Lächeln, was für das Publikum vermutlich so aussah, als würde ich mein Gesicht verziehen.

Ich wischte mir mit meiner Hand über den Mund. Blut klebte daran.

Ich kam taumelnd auf meine Beine und begab mich in eine Kampfposition, grinste. „Machtloses Duell?", neckte ich.

Titus ballte seine Hände zu Fäusten und wappnete sich. Alle Anzeichen einer Glut im Wind erstarb, zusammen mit meinem Wasser.

„Du willst eine Tracht Prügel?" Er rollte seine Schultern. „Kannst du haben."

Er kam schnell und gnadenlos auf mich los. Ein Schlag nach dem anderen traf mich, aber ich erzielte auch ein paar Treffer.

„Ist das alles, was du hast?", neckte er.

„Ich könnte das hier die ganze Nacht lang tun", erwiderte ich und meinte es auch so.

Ich wich aus und blockte dann, steckte den harten Schlag auf meinen Unterarm ein und stieß ihm dann meinen

Ellbogen in den Kiefer. Titus' ganzer Körper zuckte angesichts des Schlags zusammen. Jede andere Fee wäre getaumelt, er aber erholte sich unglaublich schnell. Mit jeder Sekunde bewunderte ich ihn mehr.

Seine Augen glühten, aber er verwendete sein Feuer nicht auf mich. Stattdessen steckte er den nächsten Schlag in den Magen ein und krümmte sich. Dann ergriff er die Gelegenheit, seine Finger um meinen Hals zu legen und mich so fest durchzubiegen, dass mein Rücken sich durchdrückte und ich das Gleichgewicht verlor.

„Hast du Spaß?", grummelte er mit spürbarem Zorn.

Ob es wegen des Kampfes war oder weil er wütend auf mich war, wusste ich nicht. Vermutlich beides.

Man musste kein Genie sein, um seine Wut zu verstehen. Ich hatte mich mit Claire verbunden und seiner Meinung nach verdiente ich sie nicht.

Und vielleicht hatte er recht.

Aber ich konnte nicht ändern, was passiert war – und das hätte ich auch nicht gewollt.

Ich kratzte seine Finger und spuckte, schlug ihm dann fest auf sein Handgelenk und brach seinen Griff. Er fluchte, als ich mich wehrte und mich hinter ihn stellte, um ihn in einen Würgegriff zu nehmen. Es wäre so einfach gewesen, ihn dazu zu bewegen, eine Niederlage einzuräumen, indem ich ihm die Luftzufuhr abschnitt.

Aber er musste gewinnen.

Also sagte ich etwas, von dem ich wusste, dass es ihn fuchsteufelswild machen würde.

„Du weißt, dass ich mich nur mit Claire verbunden habe, um Exos zu retten, oder?" Ich sagte die Worte emotionslos. Er musste sie glauben. Und darum ließ ich den Gedanken, dass ich diese Taktik mehrere Male erwogen hatte, in meinen Gesichtsausdruck fließen.

„Sieht aus, als hätte ich gewonnen."

Titus brüllte und seine Wut durchbrach jegliche Kontrolle. Seine Feuer entzündeten sich und zwangen mich, ihn loszulassen. Sein Ellbogen traf in meine Rippen und raubte mir jeglichen Atem. Ich stolperte rückwärts und fiel mit Titus zu Boden. Er schmiss sich auf mich, legte sein Knie auf meine Brust und schlang seine Hand wieder um meinen Hals.

„Ergib dich", verlangte er. „Oder ich werde dich *fertigmachen*."

Nicht schlecht, dachte ich. Und als seine Faust auf meine Wange traf und mich Sternchen sehen ließ, entschloss ich, dass es reichte.

Ihm den Sieg zuzugestehen, brachte so viele Vorteile mit sich.

Unter anderem, dass wir unseren elementaren Kreis verstärken konnten. Etwas, das Claire dringend brauchte.

Und so lächelte ich – für sie. „Ich ergebe mich." Die Worte beschworen Magie in der Arena herauf und ließ uns beide erstarren, markierte damit das Ende des Kampfes.

Titus kniff seine Augen zusammen und seine Hand ließ meinen Hals los. „Du hast mich angestachelt. Schon wieder."

„Habe ich das?", fragte ich mit heiserer Stimme.

„Mistkerl."

Ich zog eine Schulter hoch. Oder jedenfalls versuchte ich es. Die Feuerfee war schwer und immer noch auf mir.

„Du hast mich gewinnen lassen", ergänzte er und ein Hauch Respekt zog auf seinem Gesicht auf.

„Warum würde ich das tun?" Ich hauchte meiner Stimme einen unschuldigen Ton ein, aber das kam eher als Krächzen heraus.

Er schüttelte seinen Kopf amüsiert. „Halt dich das nächste Mal nicht zurück."

„Das nächste Mal?" Ich war mir nicht sicher, ob ich noch

ein öffentliches Duell wollte. Aber einen Sparringkampf ließe sich machen.

„Oh ja. Das nächste Mal werde ich dich wirklich besiegen, königliche Fee."

„Moment mal, ich dachte, ich wäre dein kleiner König?" Ich schaffte es, verletzt zu klingen. „Ich meine, da sitzt du rittlings auf mir und alles …"

Er schlug mich als Zugabe erneut, was mich zum Lachen brachte, und sprang praktisch von mir. „Wenn ich nicht so erschöpft wäre, würde ich dich erneut herausfordern."

Ich kam auf meine Beine und grinste. „Es ist, als würdest du mit mir flirten, Titus."

„Herrgott nochmal, Alter." Er sprach ungestüm, grinste aber gleichzeitig. „Echt jetzt. Wir werden das nochmal machen."

„Klar." Ich machte die nötige Verneigung, um meine Niederlage zu akzeptieren. „Ich freue mich schon darauf."

In meinem Augenwinkel sah ich, dass Mortus zurückwich, als hätte er genug gesehen – oder vielleicht hatte er endlich gespürt, wovon wir ihn versucht hatten abzulenken.

Claire hatte Exos gefunden. Er befand sich direkt unter ihren Füßen. Und Mortus war bereits zu spät. Er konnte sich nicht in Sprühregen verwandeln. Es war eine Kraft, die nur ich besaß.

Was mich jedoch mehr beunruhigte, war Elanas Abwesenheit.

Das hier schien mir wie eine Veranstaltung, die sie versuchen würde, zu verhindern.

Aber bei den Elementen, sie war nirgends zu sehen.

Wo bist du, Kanzlerin?, fragte ich mich. *Und was hast du getrieben?*

Titus klopfte mir auf den Rücken. „Wenn du jemals wieder behauptest, dass du dich nur mit Claire verbunden hast, weil du deinen Bruder retten wolltest, werde ich dich wirklich am Spieß braten."

Mit einem Grinsen sah ich in seine lodernden Augen. „Mach dir keine Sorgen, machtloser Champion. Exos würde mich vorher töten."

EXOS

Claires Lebenskraft nahm mit jedem Schritt zu. Meine Seele sog sie ein und erlaubte ihr, mein Wesen zu nähren. Das war die einzige Nahrung, die ich brauchte. Kein Essen. Kein Wasser. Nur *sie*.

Sie brachte meine Seele an die Oberfläche und übergoss mich mit einer Energie, die durch meinen ganzen Körper floss.

Ich hatte in den letzten Tagen so viel Energie in unser Band fließen lassen, um mich an den Strängen unserer

Verbindung festzuklammern. Ich hatte verzweifelt an den Enden gegangen. Jetzt, wo sie immer näher kam, spürte ich, wie das Band wieder stärker wurde und sich daran erinnerte, wie schön es war, ihre Präsenz zu spüren.

Es gab mir das Gefühl, lebendig zu sein, auf eine Art, die ich seit einer langen Zeit nicht gespürt hatte.

Sobald sie nahe genug war, um mich zu berühren, würde ich meinen Griff um sie verstärken und uns auf das dritte Level bringen, damit so etwas nie wieder passieren könnte. Oh, es konnte noch immer kaputtgehen. Ophelia und Mortus hatten das auf die krasseste Weise bewiesen. Aber ich würde mir nicht mehr Sorgen darüber machen müssen, dass Zeit und Raum unsere Verbindung verrotten lassen könnten.

Da stimme ich dir zu, flüsterte Claire in meinem Kopf. Ihre Seele war so auf meine eingespielt, dass es sich beinahe so anfühlte, als wären wir jetzt ein und dieselbe Person. Das war teilweise aufgrund der Energie, die ich in unser Band gesteckt hatte, als ich meine Gefährtin angefleht hatte, mich zu finden. Aber ein weitaus triftigerer Grund dafür war, dass Claire ihre Feenhälfte endlich akzeptierte.

Sie fühlte sich vollständig. Ich konnte es in ihrer Seele spüren. Ihre Zufriedenheit darüber, dass sie all ihre Elemente geerdet hatte. Sie mochte nicht beabsichtigt haben, sich mit der Erdfee oder Vox oder Cyrus zu verbinden, aber sie bereute nichts davon. Nicht einmal ihre menschliche Hälfte – die entsetzt über die Idee von *fünf* Gefährten war – konnte ihre Feenhälfte jetzt überkommen.

Und ich liebte es, verdammt nochmal.

Du bist nahe, murmelte ich und spürte sie über mir.

Ja. Sie wurde einen Moment lang still und ihre Elemente nahmen überhand, als sie sich konzentrierte. Ich lächelte, als die Wände um mich herum zu zittern begannen, während Claire ihre Erdmagie einsetzte, um das uralte Grabmal zu zerstören. Ein Energiestoß – Luft – ließ das Fundament über mir erzittern.

Hab die Tür gefunden, sagte sie mit einem Hauch Stolz in ihrer Stimme.

Das habe ich gespürt. Ich lächelte. *Versuch, das Dach über meinem Kopf nicht einstürzen zu lassen, Prinzesschen.*

Ihre Belustigung floss durch ihre Seele, genauso wie Voxs Staunen angesichts der Zurschaustellung ihrer Kraft. So eine enge Verbindung zur Luftfee zu haben, war etwas merkwürdig, aber als Seelenfee verband ich mich oft mit den Auren von anderen.

Die Erdfee war mir jedoch völlig neu.

Sol.

Ich kannte seinen Namen nur wegen Claire. Die Kraft unter seinem taffen Äußeren konkurrierte mit einigen der stärksten Feen, die jemals gelebt hatten. Das musste die Fee sein, die Elana erwähnte hatte. Diejenige, die von Vox in Kontrolle unterrichtet wurde. Interessant.

Aus Sicht eines Beschützers stimmte ich anerkennend zu. Und ich konnte mir vorstellen, dass Cyrus das auch tat – darum auch seine Präsenz in Claires Leben.

Ich fuhr mir mit der Hand übers Gesicht und dachte an alle Dinge, die ich mit meinem Bruder bereden musste. Er würde wissen wollen, wer mich bewusstlos geschlagen und mich hier hierhin gebracht hatte. Aber ich konnte mich nicht daran erinnern. Meine Erinnerungen waren unter einer dicken, dunklen Mauer begraben. Eine, von der ich hoffte, dass Cyrus mir dabei helfen konnte, sie zu zerstören. Denn die Antworten waren da – irgendwo in meinem Hinterkopf, versteckt hinter dieser moosigen, dunklen Substanz. Ich hatte die ganze Woche darin herumgestochert und erfolglos versucht, die Blockade niederzureißen. Wer auch immer sie erschaffen hatte, war mächtig – und das auf die dunkelste Art und Weise.

Mortus schien mir ein unwahrscheinlicher Verdächtiger, obwohl ich seine Präsenz überall hier unten spürte.

Nein, ich vermutete etwas Düstereres.

Jemand hatte ihn als Marionette benutzt.

Die Frage war: *Wer?*

Ein Windstoß segelte durch den Raum und blies die Fackeln an der Wand aus. Ich zündete sie mit einer Handbewegung mühelos wieder an, zumal Feuer mein zweites Element war. Claires Präsenz summte in der Brise und ihre Eifrigkeit ließ mir das Blut in meinen Adern gefrieren.

„Exos?", rief sie. Ihre Stimme war das wunderschönste Geräusch, das ich je vernommen hatte.

„Hier drüben, Baby." Ich umschlang die eisernen Gitterstäbe und hoffte, dass sie wenigstens meine Hände von ihrem Standpunkt aus sehen konnte.

Ihre Energie wärmte mein Wesen, als sie näher kam.

So nahe.

Du bist fast da.

Meine Claire.

Mir stockte der Atem, als ich sie erblickte. Ihre goldenen Locken waren von den Flammen in ihrer Hand erleuchtet. Ihre blauen Augen schienen von innen her zu glimmen und ihr Lächeln ähnelte meinem.

„Da bist du ja", keuchte sie und musterte meine Gefängniszelle.

„Geh etwas zurück."

Vox und Sol kamen hinter ihr zum Stehen und nahmen beschützerische Haltungen ein. Vor allem die Erdfee. Und der Blick, den er auf mich richtete, sagte mir, dass ich in seinen Augen die Bedrohung war.

Ich legte meinen Kopf schief und trat von den Gitterstäben zurück, wie Claire verlangt hatte. Dann sah ich dem Mann in die Augen. „Du wurdest von jemandem meinesgleichen verletzt." Ich konnte die Narben in seiner Seele sehen.

„Das ist eine Untertreibung", grollte er.

Meine Mundwinkel zogen sich hoch. „Ich wette, du und Cyrus kommt großartig miteinander aus."

Sol und Vox schnaubten beide, als ich meinen Bruder erwähnte, was mich nur noch mehr belustigte. Cyrus wusste nur, wie man regiere. Sein königliches Blut verlieh ihm die Autorität und die Kraft, um das zu tun. Und er war großartig darin, weil er sich nicht mit belanglosem Mist auseinandersetze.

Wie zum Beispiel vergangenem Kummer, der keinen von uns betraf.

Hm, aber ich war mir sicher, dass er bei Sol eine gemäßigtere Herangehensweise gewählt hatte. Vermutlich hatte er nicht von ihm verlangt, irgendetwas zu tun, und ihm weisgemacht, dass er seine Entscheidungen von sich aus getroffen hatte.

Ich schüttelte meinen Kopf. Cyrus war gut. Wirklich gut. Claires Elemente wirbelten um sie herum. Eine Mischung aus Wasser und Luft bildete sich in ihrer Hand. „Ich werde die Tür aus ihren Angeln sprengen", sagte sie konzentriert.

„Verdammt", erwiderte Sol mit verschränkten Armen. „Ich würde gerne sehen, wie du durch diese Tür durchbrichst, wie du es oben gemacht hast."

„Und der königlichen Seelenfee ins Gesicht schlagen?", fragte Vox mit hochgezogener Augenbraue. „Das würde definitiv Spuren hinterlassen."

Sol lächelte. „Eben."

„Wir haben uns eben erst kennengelernt und du sprichst schon Drohungen aus." Ich machte ein Tz-Geräusch. „Und ich dachte, wir könnten als glückliche Einheit fungieren."

„Ach ja? Sag das deinem arschigen Bruder." Sols

Feindseligkeit vernebelte die Luft und deutete an, dass ich eine Auseinandersetzung verpasst hatte.

„Pst", murmelte Claire und schloss ihre Augen. „Ich muss *hören* können."

Energie zischte durch die Luft und blies ihr Haar aus ihrem Gesicht, lullte ihre Seele in ein warmes Glühen ein, das meinem ähnelte. Ich presste mich gegen die Wand und spürte die sich bildende Kraft, grinste, als sie sie mit einem Eisschock wie ein Profi auf die Türangeln richtete. Sie vereisten auf der Stelle und ratterten unter ihrem eindringenden Wind, knackten und prasselten schließlich zu Boden.

Sol griff mit ausgestreckter Hand über sie und ließ die Tür mit einem heftigen Stoß zu Boden gehen.

Claire sprang über das Eisen und rannte direkt auf mich zu. Ihre Lippen lagen auf meinen, bevor ich etwas sagen konnte. Ihre Arme schlangen sich um meinen Hals und zogen mich zu ihr nach unten in einen hungrigen Kuss. Unser Band erwachte zum Leben, summte zustimmend, als wir uns berührten, und festigte sich wieder. Wir beide wussten, wie nahe wir dran gewesen waren, einander zu verlieren; dass unsere Verbindung sich beinahe in Luft aufgelöst hätte. Aber keiner von uns hatte diesem Gedanken nachgehangen – wir waren zu entschlossen gewesen, das Problem zu lösen.

Und so sollte es sein.

So hatte ich es immer haben wollen.

Claire reagierte genau gleich darauf und akzeptierte die dritte Phase unseres Bandes mit einem mutigen Zungenschlag in meinem wartenden Mund. Wir hatten so viel durchzugehen, so viel zu besprechen, aber das alles verblasste im Vergleich zu unserem beinahe erfahrenen Verlust.

Nie wieder, flüsterte sie. *Ich werde dich nie wieder verlieren.*

Du sprichst mir aus der Seele, Baby. Ich vertiefte unseren Kuss und packte ihre Hüften, um sie in die Luft zu heben. Ihre Beine schlangen sich um meine Hüften. Ich drückte sie gegen die Wand und, na ja, verschlang sie.

Ich habe dich vermisst. Wir sprachen die Worte beide gleichzeitig aus – wieder und wieder. Ihr Körper sang zu meinem, ihr Mund nahm meine Vergötterung willkommen entgegen. Jeder Zungenschlag belebte meine Seele, gab mir die Stärke, von der ich nicht bemerkt hatte, dass ich sie brauchte, und machte mich im Nu wieder gesund.

„Claire", flüsterte ich ehrfürchtig. Ich wollte so viel mehr tun, als sie nur zu küssen, aber das hier war nicht der richtige Ort. Und wir hatten Zuschauer.

Hungrige Zuschauer.

Ich konnte ihr Verlangen nach ihr durch das Band spüren. Sie befanden sich erst auf der ersten Ebene und ihre Umwerbung war instabil, während ihre anderen drei Gefährten ihr bereits für die Ewigkeit versprochen waren.

Das barg das Potenzial eines weiteren Ungleichgewichts. Eines, das Claire eben erst ausgeglichen hatte. Aber es war zu früh, um sich ihnen ebenfalls zu versprechen. Ich konnte es in ihren Gedanken spüren, dass sie mehr Zeit wollte, um sie kennenzulernen – um sicherzustellen, dass *sie* das wollten. Und ich konnte Sols uneingeschränktes Verlangen, seine unerschütterliche Loyalität spüren. Sie hatten sich im vergangenen Monat entwickelt – in dem er herausgefunden hatte, wer seine *kleine Blume* war. Ich mochte diesen Spitznamen und fragte mich, ob er ihr ihn schon laut gesagt hatte oder nicht. Denn es schien ein neuartiges Erblühen in seinen Gedanken zu sein.

Hm, aber Vox blieb nervös. Obwohl er Claire mochte, war er mit ihren Beweggründen für ihr Band noch nicht zufrieden. Vor allem, weil er die ganze Zeit ihrer Beziehung damit verbracht hatte, sie abzuweisen. Er schien zu allem hin auch noch zu denken, dass er einen guten Job damit gemacht hatte.

Ich lachte beinahe.

Es zeigte definitiv, dass er mehr Zeit brauchte, um Claire kennenzulernen, denn wenn er das erst einmal hatte, würde er sehen, was für eine sture Frau sich unter der Oberfläche verbarg.

Sie seufzte an mich gedrückt und ich konnte fühlen, dass sie ein Gefühl der Richtigkeit verspürte.

„Bring mich zurück in unser Bett, Exos", flüsterte sie. „Bitte."

Ich lächelte gegen ihre Lippen gedrückt. „Wirst du mich vorher nicht einmal etwas essen lassen?"

Sie erstarrte und ihre Augen weiteten sich, ihre Nägel krallten sich in meine Schultern. „Oh … Oh *Gott*, du hast recht! Ich malträtiere dich hier, obwohl du vermutlich –"

Ich ließ sie mit meinem Mund verstummen und presste sie fester gegen die Wand, legte meinen härter werdenden Schwanz zwischen ihre Beine. „Baby, es geht mir gut und ich mache nur Scherze."

Ein Wimmern stieß aus ihrem Rachen, als ich sie erneut küsste – dieses Mal mit all der aufgestauten Leidenschaft der Monate, in denen ich sie gekannt und unsere Beziehung *nicht* konsumiert hatte. Oh, ich hatte sie gekostet – mehrere Male –, aber ich hatte die süße Wonne, meinen Schwanz in ihre heiße Mitte gleiten zu lassen, noch nicht erfahren.

Und leider musste ich noch länger damit warten, sie zu ficken. Denn ich musste mit Cyrus zusammenarbeiten, um die wirkliche Bedrohung zu auszuschalten.

Es war nicht der fiese Mädchenklub gewesen, der unsere Claire vorgeschoben hatte und sie zu instabil für eine Existenz im Feenreich hatte scheinen lassen, sondern jemand anderes. Und diese Präsenz züngelte an meinen Gedanken, versteckte sich noch immer hinter dieser klebrigen Wand, die nicht dahin gehörte.

Claire legte ihre Hand an meine Wange und ihre Lippen ließen von meinen ab. Sie sah mich mit zusammengekniffenen Augen an. „Ich spüre es", sagte sie und war offensichtlich meinen Gedanken gefolgt. „Es ist …" Sie stupste es mit ihrer Seele an und zog ihre Augenbraue hoch. „Ich glaube –"

Ein ohrenbetäubendes Kreischen ließ mich zusammenzucken und sie beinahe fallen. Sol war urplötzlich an unserer Seite und seine Hände schlangen sich um Claire, versuchten, sie aus meinen Armen zu reißen. Ich schüttelte meinen Kopf, um ihn zu klären, und klammerte mich fest an sie, während das Geräusch anhielt.

Und dann realisierte ich, dass es von ihr kam.

„Lass los!", schrie Sol.

Ich ließ augenblicklich von ihr ab und meine Hände legten sich an meinen pochenden Schädel. Ich krümmte mich angesichts der negativen Energie, die unsere Verbindung besudelte. Claire weinte an Sol gelehnt und Voxs Hände suchten sie nach Verletzungen ab.

„Was hast du getan?", wollte Sol wissen.

Auch wenn ich es geschafft hätte, zu sprechen, hätte ich keine Antwort darauf gehabt. Denn ich wusste es nicht. Sie war im einen Moment in Ordnung gewesen und im nächsten nicht mehr.

Und *Scheiße*, mein Kopf schmerzte.

Ich griff in mein Haar und fiel auf meine Knie, versuchte das Chaos, das in meinem Kopf herrschte, zu ordnen. Es fühlte sich an, als wäre ich gespalten worden. Die dunkle Masse in mir bebte und zischte wütend.

Nein. Nicht wütend.

Hungrig.

Was. Zum. Teufel.

Eine Hand auf meiner Schulter ließ mich zusammenzucken. Vox griff fester zu und sein Mund bewegte sich, ohne dass irgendwelche Worte daraus kamen. Alles, was ich hören konnte, waren Claires Schreie.

War das eine Entschuldigung, die ihm da über die Lippen kam?

Ich konnte es nicht –

Seine Faust traf auf meinen Kopf und sandte mich damit in eine allzu bekannte Dunkelheit.

Claire ...

Keine Antwort.

Sie hatte mich ausgesperrt.

Und ich hatte keine Ahnung, warum.

SOL

„Warum haben wir nochmal den ganzen Weg hierhin zurückgelegt, um diesen Mistkerl von Seelenfee zu retten?", fragte ich missmutig.

Vox rieb seine Knöchel, nachdem er dem Royal ins Gesicht und ihn bewusstlos geschlagen hatte. Es hatte Voxs Wind bedurft, um Exos bewusstlos zu schlagen.

Schade, dass ich nicht selbst hatte Hand anlegen können.

Die Seelenfee hätte mit einem aus Erdmagie herbeigeführten blauen Fleck großartig ausgesehen.

Aber ein Blick in Claires schmerzverzerrtes Gesicht, während sie bewusstlos gegen meine Brust gelehnt war, tat meinem gewalttätigen Verlangen Abklang. Ob ich es mochte oder nicht, das hier war einer ihrer Gefährten.

Was bedeutete, dass ich ihn niemals töten könnte.

„Denn du glaubst an diesen ‚Kreis der Elemente-Scheiß‘, richtig?", murmelte Vox rundheraus und antwortete damit auch auf meine Bemerkung, Exos zurückzubringen. „Ich bezweifle, dass er das absichtlich getan hat. Was auch immer es war, es fühlte sich … falsch an."

Ich nickte, hatte es auch gespürt. Ein pechschwarzes dunkles Etwas, das nach Claire gegriffen und meine Verbindung zu ihr attackiert hatte, um schneller voranzukommen. Ich hatte überhaupt nicht gemocht, wie es sich angefühlt hatte – vor allem, weil ich es nicht hatte aufhalten können.

„Wir müssen die beiden zurück zum Seelen-Campus bringen", sagte Vox und sah mich mit diesen silbrig umrandeten Augen an, in denen Entschlossenheit lag. Er hatte sich Claire endlich geöffnet, wenn auch nur genug, um zu spüren, was er für sie sein könnte – was sie für uns alle war. Wahre Gefährten, die auf die intimste Weise kompatibel waren.

Er sah wieder zu Claire, die in meinen Armen lag. Mein Griff um sie verstärkte sich instinktiv. Ich wollte sie beschützen, indem ich meinen eigenen Körper als Schild gegen alles verwendete, was versuchen würde, sie wieder anzugreifen. „Du wirst sie loslassen müssen", murmelte Vox und schenkte mir ein seitliches Grinsen. „Bevor du sie zerquetschst."

Ich lockerte meinen Griff. „Ich kann sie tragen. Sie wiegt kaum etwas."

Vox lachte und deutete auf den bewusstlosen Royal auf dem Boden. „Na, er nicht und ich werde ihn nicht den ganzen Weg zum Seelen-Campus zurücktragen." Er funkelte mich an, bis ich fluchte.

„Dann zieh ihn", schlug ich zähneknirschend vor.

Vox kniff seine Augen zusammen. „Wenn Claire aufwacht, wird sie Exos in einem Stück erwarten und wenn ich ihn durch den ganzen Wald schleife, wird sie alles andere als glücklich darüber sein. Vor allem, wenn sie erfährt, dass du dich geweigert hast, ihn zu tragen."

Scheiße. Er hatte nicht ganz unrecht.

„Na gut", knurrte ich und legte Claire in seine Arme.

Vox benutzte seine Luftmagie, um sie an seine Brust zu legen. Es machte mich eifersüchtig, wie sie selbst im Schlaf ihre Arme um seinen Hals legte und sich unter sein Kinn schmiegte. Vox stockte der Atem, als sie das tat.

„Freu dich ja nicht zu früh", warnte ich ihn. „Was auch immer dieses Ding ist, es hat hier auf uns gewartet. Und wer auch immer es in Exos' Kopf gesteckt hat, könnte zurückkommen, um den Job zu Ende zu bringen."

Vox spähte in die Dunkelheit, die uns umgab, und erschauderte. „Okay. Lass uns gehen."

Ich stürmte mit Exos über meiner Schulter voran und gab mir keine Mühe, meine Kraft zu unterdrücken oder dem Royal eine angenehme Reise zu bescheren.

Er würde sowieso Kopfschmerzen haben, wenn er aufwachte. Niemand würde ein paar zusätzliche blaue Flecken hinterfragen.

CYRUS

*E*ine Falle.

Der Geruch davon verschmutzte die Luft, als die Erdfee den Körper meines Bruders vor meine Füße schmiss. Ich sah den Riesen mit hochgezogener Augenbraue an. „Du weißt, dass wir uns irgendwann mit deinen Problemen mit Seelenfeen befassen müssen."

Er schnaubte, aber die Wut in seiner Art fehlte dieses Mal, während sein Blick auf Claire, die in Voxs Armen lag, gerichtet war. Ihr Kopf war gegen die Brust der Luftfee gelegt und ihre Augen geschlossen. Sie befand sich in einem unruhigen Schlaf.

Ich hatte ihre Panik gespürt, als wäre es meine eigene gewesen. Der Schrecken hatte einen eiskalten Schauer an meinem Rücken hinabgesandt. Er hatte mich dazu gebracht, zurück zum Seelen-Campus zu rieseln – mit Titus dicht auf meinen Fersen. Aber wir hatten den Schlafsaal leer vorgefunden.

Sobald ich ihren Standort geortet hatte, hatte ich spüren können, dass Vox und Sol sich bereits auf dem Rückweg befunden hatten, und hatte dem feurigen Rotschopf gesagt, dass er sich beruhigen und warten sollte.

Er hatte mir als Antwort darauf einen Feuerball an den Kopf geschmissen, den ich mit einer Flutwelle löschte, die ihn Wasser spucken ließ.

Wenn ich etwas aus der heutigen Erfahrung gelernt hatte, war es, dass Titus ein wunderbarer Sparringspartner war. Sobald Exos aufwachen würde, würde ich ihm die Neuigkeiten übermitteln.

Hm, aber diese Falle …

Ich ging vor ihm in die Hocke und legte meine Hand an seine Wange.

„Das würde ich nicht tun", warnte Vox. „Genau so hat Claire ihr Bewusstsein verloren."

Na, ich bin nicht Claire, dachte ich, überging seine Warnung und ließ meine Seelenessenz in die Psyche meines Bruders fließen, um mich umzusehen. Etwas in seiner Essenz versprühte eine faulige Note und hinterließ einen Hauch Verschmutzung in seiner Aura, die nicht hätte da sein sollen. Claire musste ebenfalls gesucht haben – getrieben von ihren Instinkten, ihren Partner zu heilen. Aber anders als meine kleine Königin wusste ich, dass ich Dinge, die nicht dahin gehörten, nicht anrühren sollte.

Wie zum Beispiel dieses schwarze Loch, das sich im Kopf meines Bruders herumwand.

„Hm", murmelte ich und beurteilte die vernichtende Energie, die in meiner Anwesenheit fauchte. Es schien beinahe so, als hätte es Schuppen, und die dunkle Magie griff mit seinen Klauen nach mir, suchte nach der Seele, die es wirklich begehrte.

Claire.

„Exos ist absichtlich allein zurückgelassen worden", sagte ich mit geschlossenen Augen, während ich weiter mit der unbekannten Präsenz im Kopf meines Bruders tanzte. „Der Bösewicht wollte, dass Claire ihn findet."

Was erklärte, warum sie so plötzlich in der Lage gewesen war, seinen Standort zu orten – wo sie es doch vor einem Monat noch nicht gekonnt hatte. Ich hatte fälschlicherweise angenommen, dass es an der Stärkung ihrer Elemente gelegen hatte. Aber nein. Das war alles Teil des Plans dieses niederträchtigen Wesens gewesen.

Das war die zweite Falle, die ich übersehen hatte.

Eine dritte würde mir nicht entgehen.

„Die Gedanken meines Bruders wurden mit derselben Essenz infiziert, die versucht hat, Claire in den Todesfeldern zu übermannen. Darum hat sie reagiert. Und soweit ich sehen kann, hat sie zurückgekämpft, als dieses Etwas erneut versucht hat, nach ihr zu greifen." Der Beweis dafür lauerte in der sprudelnden Textur. Sie schienen eine Art Wunde zu sein, die denjenigen ähnlichen war, die Sols Aura zierte. Aber anders als Sols bildeten diese hier keine Narben. „Ich glaube, sie hat dem Ding permanente Verletzungen zugeführt …" – was mich ganz schön beeindruckte – „Aber sie hat auch Exos verletzt."

„Kannst du es ihr übelnehmen?", wollte Vox mit verteidigendem Tonfall wissen.

„Überhaupt nicht." Ich löste meine Verbindung zu Exos'

Essenz und öffnete meine Augen. „Und er wird das auch nicht tun." Die Verletzungen, die die unbekannte Präsenz erlitten hatte, waren irreparabel, aber Exos würde wieder werden. Jedenfalls wenn ich dieses Wesen aus seinen Gedanken entfernte. Ich fuhr mir mit den Fingern durch mein Haar und seufzte. „Ich muss Exos nach Hause bringen, um mich darum kümmern zu können. Wir können nicht riskieren, dass diese Infektion auf Claire übergeht."

„Infektion?", wiederholte Sol und erblasste. „Wie die Seuche?"

Ich hatte die Ähnlichkeiten nicht wirklich bedacht, aber sie waren da.

Unbekannte Essenz.

Elemente verschlingende Energie, die den Körper unbrauchbar machte. Aber das hier arbeitete langsamer, ließ die Schale nicht so schnell zerfallen wie die Seele darin.

„Nicht ganz", sagte ich langsam und dachte noch immer nach. „Aber ich weiß, was du meinst." Exos musste echt wieder auf die Beine kommen und ein paar Ideen einbringen. Er war derjenige, der ein Talent darin besaß, Rätsel zu durchschauen. Ich ordnete nur an, wie sie zu lösen waren. „Es ist nicht dasselbe, denn ich kann es entfernen", ergänzte ich. „Aber ich muss es außerhalb der Reichweite von Claire tun."

Denn ich wollte nicht riskieren, dass es sie wieder ausfindig machen würde.

Moment Mal ...

„Es fühlt sich von Claire angezogen", fuhr ich fort und rieb meinen Nacken. „Dieses Ding in den Todesfeldern hat nur sie angegriffen, nicht mich. Und es hat dasselbe durch Exos' Gedanken gemacht. Also, nein, es ist nicht die Seuche. Es scheint, als wäre es spezifisch dafür geschaffen worden, nur ihr wehzutun." Was verrückt klang, aber die Tatsachen lagen vor unseren Augen. „Es verletzt nicht einmal Exos. Es scheint nur seine Erinnerungen zu trüben."

„Dann nimm es aus seinem Kopf und setz dich mit demjenigen in Verbindung, der ihm das angetan hat", wiederholte Titus – der Mann der tiefgründigen Einsicht – sozusagen das, was ich gerade gesagt hatte.

„Das ist der Plan", erwiderte ich. „Aber ich kann nicht garantieren, dass es Claire nicht wieder angreifen wird, sobald Exos aufwacht. Ich meine, das hat es zuvor nicht, aber jetzt, wo sie ihre Verbindung gestärkt haben, ist es möglich, dass es sie direkt angreift." Was natürlich auch der Grund war, warum Exos sich für so lange Zeit abgeschottet hatte. Um Claire vor dieser unbekannten Essenz zu beschützen. Er musste gedacht haben, dass sie verschwunden war, und hatte darum nach ihr gerufen.

„Musst du ihn aufwecken, um es zu entfernen?", fragte Vox, der Claire noch immer fest an seine Brust drückte.

„Ja." Was auch immer für schwarze Magie dieses Ding in den Kopf meines Bruders gesetzt hatte, würde eine Menge elementarer Feenmagie bedürfen, um es zu entfernen. „Aber wenn ihr Claire mit ihren anderen Elementen beschäftigt, wird es nicht so einfach auf sie zugreifen können."

Titus verschränkte seine Arme. „Beschäftigt?"

„Ablenkt", versuchte ich es erneut. Als alle drei Männer mich weiter anstarrten, gab ich murmelnd ein Fluchwort von mir und versuchte es ein drittes Mal. „Sie mit Luft, Erde und Feuer erden, Jungs. Fickt sie. Sparrt mit ihr. Lasst sie ihre Magie benutzen. Es ist mir egal, wie ihr es anstellt. Haltet ihre anderen Elemente als Seele einfach auf Trab, damit sie zu beschäftigt damit ist, um mit Exos zu kommunizieren. Verstanden?"

Sols Kinnlade stand weit offen.

Vox schien so starr wie eine Glasvase.

Und Titus grinste nur. „Ja, das lässt sich machen."

Na, wenigstens einer von ihnen hatte den Mut, ihren Appetit für die Elemente zu stillen. „Wenn sie aufwacht, beruhigt sie und sagt ihr, dass es Exos gut geht. Erklärt ihr, was wir machen. Und dann fangt das *Ablenkungsmanöver* – welches auch immer es sein möge – an. Aber lasst es ein gutes sein." Ich sah Titus in die Augen, als ich das Letztere sagte. „Ich werde Zeit brauchen. Verstanden?"

„Wir können sie auspowern", versprach Titus mit einem schelmischen Funkeln in seinen smaragdgrünen Augen. „Du warst nicht der Erste, der sie gekostet hat, Feenkönig. Ich bin mit ihren Gelüsten sehr bekannt."

Wenn er mich nerven wollte, so schaffte er es nicht. Meine Mutter hatte zwei Gefährten gehabt. Mein Vater hatte sich wiedervereint, nachdem meine Mutter gestorben war – aber nicht, bevor mehrere andere potenzielle Bänder ihm über den Weg gelaufen waren. Sex oder eine Frau zu teilen, machte mich nicht verlegen. Und ich hatte mich in diese Sache gestürzt, obwohl ich vollends wusste, dass Claire fünf Gefährten brauchte.

Also war alles, was ich tun konnte, zu lächeln. „Gut. Kümmer dich drum. Und hilf diesen Jungs, ja? Sie gaffen mich immer noch an wie Fische auf dem Trockenen."

Sol knurrte. „Ich weiß, wie man mit einer Frau umgeht."

„Wundervoll", erwiderte ich und bückte mich, um Exos hochzuheben und ihn über meine Schulter zu schmeißen, bevor ich dem Riesen in die Augen sah. „Dann geh gut mit Claire um. Sie mag Oralsex. Fang damit an."

Natürlich regte sie sich bei der Erwähnung jener Worte. Ich schüttelte meinen Kopf lachend. „Siehst du? Die bloße Erwähnung rüttelt sie wach." Ich begann zu laufen. Ich musste meinen Bruder von ihr wegkriegen, bevor sie das Bewusstsein vollständig wiedererlangte. „Viel Spaß, Jungs."

CLAIRE

*D*er frische Duft des Ozeans kitzelte meine Sinne. *Cyrus*, seufzte ich.

Ja, kleine Königin, murmelte er und seine Belustigung war ein sinnliches Streicheln an meinen Innenschenkeln.

Ich hätte nie gedacht, dass wir uns je in dieser Lage befinden würden. Dass ich ihn je begehren würde. Aber ich sah keinen Grund, mich dagegen zu wehren. Nervte er mich? Ja. Aber er brachte mich auch stundenlang zum Schreien und ich wollte so viel mehr davon.

Oh, leider musst du dich heute Abend auf deine anderen Gefährten verlassen, flüsterte er. *Ich muss mich um Exos kümmern.*

Ich schlug meine Augen auf. *Exos?*

Es geht ihm gut, versicherte mir Cyrus. *Wer auch immer ihn gefangen genommen hat, hat eine Falle in seinen Gedanken aufgestellt. Ähnlich jener in den Todesfeldern.*

Ja. Ich blinzelte Vox an, der amüsiert auf mich hinabstarrte. „Hallöchen", piepste ich verwirrt. Titus stand an seiner Seite und Sol hinter mir. Aber es waren Voxs Arme, die mich in der Luft hielten.

Lass sie sich um dich kümmern, drängte Cyrus. *Ich werde mich um Exos kümmern.*

Wie?, fragte ich.

„Geht es dir gut, Schätzchen?" Titus streichelte mit einer Flamme über meine Wange und wärmte meine kalte Haut.

Indem ich das unbekannte Etwas in seinem Kopf zerstöre, erwiderte Cyrus. *Geh und verbring Zeit mit deinen Gefährten, kleine Königin. Wir werden bald wieder zu dir zurückkehren.*

„Claire?", Titus klang besorgt.

Ich räusperte mich. „Ich ... Moment." *Lass dich nicht von diesem Ding angreifen, Cyrus. Es ist mächtig.* Sobald ich gespürt hatte, wie es mich nach unten hatte reißen wollen, hatte ich mit aller Kraft zurückgeschlagen. Dass es mich das Bewusstsein hatte verlieren lassen, besorgte mich etwas.

Ich brauche mehr Training in den Abwehr-Elementen.

Hm, ja, tust du. Aber in diesem Fall scheint die Essenz für dich geschaffen worden zu sein, Claire. Es hat mich nur angefaucht, als ich in seinem Kopf war.

Für mich geschaffen?, wiederholte ich und meine Haut brannte unter Titus' Berührung an meinem Gesicht und meinem Hals. Sein Blick ließ nicht von meinem ab. *Das ist alles so verwirrend.* Denn ich spürte Cyrus in meinem Kopf, aber Titus, Sol und Vox waren physisch hier und hatten ihre Hände an mich gelegt.

Geh und unterhalte deine anderen Elemente, sagte Cyrus etwas fordernd. *Wir werden es dir sagen, wenn wir Neuigkeiten haben, aber für den Moment musst du dich auf die anderen konzentrieren, während ich meinem Bruder helfe. Vertrau mir, kleine Königin. Vertraue darauf, dass ich das wieder hinbiegen kann.*

Das tue ich. Ich meinte es so. Wenn ich Exos' Schicksal jemandem anvertraute, dann Cyrus. *Es ist nur ...*

Denk nicht, tu einfach, ermutigte er. *Nimm deine Fee an, Claire. Dann wirst du es mehr genießen.*

„Spricht sie mit Cyrus?" Sols rumpelnde Stimme vibrierte an meinem Rücken und seine Hand glitt erneut an die Seite meines Halses. Das war das zweite Mal, dass er mich beschützerisch hielt. Ich mochte es unheimlich.

„Ja", erwiderte Titus. „Ich kann sie nicht hören, aber ich fühle sein Wasserband in ihrem Kopf."

„Er erzählt mir von Exos", erklärte ich und schluckte. „Was immer dieses Ding ist, es hat versucht, mich wieder in ein schwarzes Loch zu reißen. Aber ich habe dagegen angekämpft."

Und das hast du großartig gemacht, flüsterte Cyrus mit hörbarem Stolz in seiner Stimme. *Ich werde dich jetzt verlassen und mich um Exos kümmern. Ich werde an dich denken, meine kleine Königin. Und wie du klingst, wenn du kommst.*

Hitze breitete sich auf meinem Körper aus. *Cyrus!*

Sein Lachen tanzte an meinem Rücken hoch und runter und sandte Sehnsucht durch jede Zelle meines Körpers, bevor er sich aus meinen Gedanken entfernte.

Meine Schenkel spannten sich an, als eine heiße Welle mein Höschen ruinierte.

Verdammte Wasserfee.

Wer auch immer behauptet hatte, dass Hass und Lust

nahe beieinander lagen, verdiente einen Preis. Denn, Junge, dieser Jemand hatte recht gehabt. Ich wollte mich nicht zu Cyrus hingezogen fühlen und ich spürte, dass es ihm auch so ging, aber da waren wir, lebenslang aneinandergebunden.

Du vergötterst mich, neckte er.

Ich dachte, du wolltest gehen, grollte ich.

Das werde ich auch, aber ich musste sicherstellen, dass du in der richtigen seelischen Verfassung bist, um deine anderen Elemente zu genießen. Und jetzt, wo du es bist ... Viel Spaß.

Ein weiterer heißer Stoß überzog meine Haut und ließ mich in Flammen aufgehen – buchstäblich. Vox legte mich in Titus' wartende Arme, der meine Flammen mit ein paar seiner eigenen dämpfte. Ich tränkte mich mit Wasser, versuchte mich abzukühlen, aber es half nicht. Wenn überhaupt, ließ es mich nur noch heißer brennen.

Ich ächzte gegen Titus' Brust.

„Claire?" Sols Griff um meinen Hals verstärkte sich und seine Erd-Essenz blockte das Inferno, das an meinem Rücken hinabzüngelte, irgendwie.

„Ich brauche nur einen Moment", schaffte ich mit trockenem Hals zu sagen.

„Ich glaube, du brauchst länger als einen Moment", flüsterte Titus in mein Ohr. „Lass uns um dich kümmern, Schätzchen."

Es wäre so einfach gewesen, mich ihm hinzugeben. Aber was war mit Exos? Es schien falsch, zu ... na ja, *spielen*, wenn er unter dem, was auch immer seine Gedanken angegriffen hatte, litt.

Ich werd schon wieder, flüsterte er. Sein Bewusstsein berührte meines kaum merklich. *Lass dich von ihnen ablenken, Prinzesschen. Cyrus ist der Einzige, der mir jetzt helfen kann, und wir werden dieses Ding zerstören. Bis bald.*

Er ging, bevor ich antworten konnte. Seine Essenz streichelte mein Herz ein letztes Mal.

Eine Ablenkung, realisierte ich. Das war, was sie hier zu bezwecken versuchten. Mich beschäftigt zu halten, während Cyrus und Exos sich mit seinem Kopf befassten. Weil das, was auch immer ihn konsumiert hatte, eine Bedrohung für mich war.

Jetzt verstand ich.

Ich musste anderweitig beschäftigt sein, damit meine Verbindungen zu ihnen nicht in die Quere kamen.

„Vielleicht solltest du sie zurück in dein Zimmer bringen?", schlug Vox vor und zog seinen Mund zur Seite. Seine Unsicherheit stand ihm ins Gesicht geschrieben.

Sol schnaubte. „Auf keinen Fall. Wir sitzen im selben Boot und ich brauche dich. Schon vergessen?"

Vox sah der Erdfee in die Augen, die immer noch wie ein beschützerischer Fels, der keinen Zentimeter weichen würde, an meinem Rücken stand

Wie sich die Dinge verändert haben, dachte ich etwas benommen, aber auch extrem neugierig. *Was würden die drei im Bett mit mir anstellen?*

Meine Schenkel pressten sich wieder aneinander, dieses Mal fester, und Titus' wissender Blick funkelte interessiert.

„Sie ist nicht bereit", erwiderte Vox. „Ich meine, das ist alles so neu. Und drei von uns? Lasst uns einfach tun, was sie gewohnt ist, und die Sache langsam angehen."

Ich verzog das Gesicht. *Warum weist er mich ab?* „Was erlaubst du dir, zu behaupten, dass ich nicht bereit bin?" Ich stupste ihm in die Brust.

„Ich glaube, er ist noch immer verbittert wegen des Balls", sagte Sol mit neckischer Stimme.

Vox kniff seine Augen zusammen. „Könntest du das jetzt bitte nicht ansprechen?"

„Warum ist dieser Ball so eine große Sache für dich?", fragte ich verblüfft. „Ich meine, ich werde mit euch beiden hingehen. Zum Teufel, ich werde mit euch allen dreien hingehen."

„Nicht mit mir", erwiderte Titus mit amüsiertem Ton. „Ich stehe auf der schwarzen Liste, aber du solltest unbedingt mit Vox und Sol hingehen."

„Schwarze Liste?", wiederholte ich. Dann schüttelte ich meinen Kopf. Darum ging es jetzt nicht. Vox wies mich immer wieder ab und ich verstand nicht, warum. „Wir werden alle hingehen."

„Oh, ändere deine Pläne nicht wegen mir", sagte Vox gedehnt und war von meinem Angebot ganz offensichtlich nicht beeindruckt.

Echt jetzt? Was will dieser Typ noch?

Ich hatte ihn vorhin geküsst. War das nicht Beweis genug dafür, dass ich ihn mochte? Oder musste ich mehr tun, um ihn davon zu überzeugen, dass das hier keine vorübergehende Sache für mich war?

Als ich begriff, dass unser Kreis endlich komplett war, schlug mein Herz höher.

Ich will niemanden sonst. Das hier sind meine Feen. Und verdammt nochmal, ich werde sie behalten.

Mein Feuer erstarb und wurde durch Wind ersetzt. Voxs Nasenflügel blähten sich, als meine Energie sich um ihn legte und ihn dazu zwang, mich anzusehen. Ich streckte meine Hand nach ihm aus, ließ meine Finger in die losen Strähnen seines dichten Haars gleiten und zog ihn zu mir herunter, um ihn zu küssen.

Meins, dachte ich. *Du gehörst mir.*

VOX

*C*laire hatte mich vorhin schon geküsst, aber nicht auf diese Art. Nicht, ohne ihre anderen Elemente komplett wegzulassen. Sie hätte genauso gut all ihre Kleider ausziehen können – der Effekt wäre derselbe gewesen. Ich war total baff.

Titus und Sol erstarrten angesichts der plötzlichen Veränderung, aber sie unterbrachen nicht. Stattdessen ermutigten sie sie und berührten ihren Rücken sanft, während sie die Magie, die nur für mich sang, annahm.

Ihre Melodie flüsterte durch meine Sinne, sang ein uraltes Lied, das zu meinem Element sprach und eine Sehnsucht nach ihr in mir entfachte.

Ihre Magie klopfte an der Tür meiner Seele an und dieses Mal ließ ich sie ein und gab dem Drang nach, sie kosten zu wollen. Ich wäre ein Idiot gewesen, wenn ich meine Zunge nicht über ihre hätte gleiten lassen und das Lied genossen hätte, das sie so süß und nur für mich spielte.

„Du gehörst mir, Vox", flüsterte sie und vergrub ihre Finger in meinem Haar, zog mich erneut zu sich herunter. „*Du*. Keine andere Luftfee, Vox. Du bist der, dem ich vertraue und den ich will. Ich wähle *dich*."

Meine Lippen schwebten über ihren und ihr Atem vermischte sich mit meinem. Aber sie schloss die Distanz zwischen uns nicht. Stattdessen wartete sie darauf, dass ich den nächsten Schritt machen würde.

Ich beschloss, zu erforschen, was sie zu bieten hatte. Das hier war ein wahres Gefährtenband und wie nichts anderes, was ich in meinem ganzen Leben gespürt hatte. Mir waren ein paar Feen über den Weg gelaufen, die mich verführen wollten – die die raue Energie, die ich vor der Welt verbarg, erahnt hatten. Aber die Wahrheit war, dass ich niemandem genug vertraute, um sie freizulassen. Königliches Blut floss durch meine Adern und das machte mich gefährlich. Ich besaß Kontrolle, weil ich diese Macht in die Schranken zu weisen wusste, aber was Claire mir bot, war ein Leben ohne Fesseln.

Freiheit.

Ihre Luft liebäugelte mit meiner, während ihre Finger sich an meine Schulkleidung legten und sie mit einer Brise von meinen Schultern zog, was mir Gänsehaut verschaffte.

„Du bist nicht der Einzige, der Angst hat", murmelte sie und das Blau in ihren Augen verdunkelte sich. Sie ließ ihre Affinität für Luft hervorkommen und sich von ihr beherrschen, holte ihre Feenhälfte an die Oberfläche. Das Elemente fühlte sich hungrig – gar ausgehungert – an und war komplett auf mich fixiert.

Ein Windstoß fuhr durch ihr Haar und blies die Locken weg, um ihren Hals zu entblößen, bevor er die Wände warnend rattern ließ. Titus sah mich an, aber die Kraft gehörte nicht mir und ich fürchtete mich, mehr von meinem Element in ihre Reserven zu stoßen. Obwohl sie sich danach sehnte, bemerkte ich denselben Kontrollmangel wie bei Sol. Ich hatte es immer als Schwäche gesehen – etwas, das eingedämmt und strengstens beobachtet werden musste.

Ich griff um sie herum und packte Titus' Handgelenk, zog ihn näher, legte seine Hand auf ihre Hüfte. Ich tat dasselbe mit Sol und bemerkte, wie sie sich merklich entspannte, als ihre Berührungen Magie in sie fließen ließen und sie erdeten, ausbalancierten.

So sollte die ultimative Kraft kontrolliert werden. Sie sollte nicht eingedämmt, sondern gesättigt werden.

„Ich habe die ganze Zeit über falsch gelegen", staunte ich und bewertete all meine bisherigen Ansichten neu. „Kraft sollte nicht unterdrückt werden."

„Sie sollte freigesetzt werden", beendete Claire den Satz für mich und lächelte, als ihre Finger liebevoll über mein Gesicht strichen.

„Was willst du tun, Schätzchen?", flüsterte Titus und sein Feuer züngelte über den dünnen Stoff ihres Tanktops.

„Ich …" Sie schluckte und sah mich unentwegt an. „Das hier ist neu für mich."

„Für uns auch", erwiderte Sol mit einem Lachen. „Ich meine, nicht der Teil mit einer Frau. Der Teil mit, ähm, der Gruppennummer."

Sein leichtes Zögern schien sie zu beruhigen, denn ihre Augen glimmten. „Ich mag das Gefühl, das ihr mir alle gebt", gab sie zu und sah sich um, bevor sie wieder zu mir blickte.

„Ich will es weiter erforschen." Ihre Finger legten sich wieder an mein Gesicht und sie küsste mich erneut. Ihre Fingernägel glitten an meinen Nacken und hielten mich, als würde sie befürchten, ich könnte sie loslassen.

Nicht, dass ich das jemals getan hätte.

Nicht, wenn ihre Zunge mich *so* koste.

Aber sie hatte recht.

Ich wollte auch mehr.

Ich vertiefte unseren Kuss und ließ sie meine Sehnsucht spüren. Ich lächelte, als Titus' Feuer langsam an ihrem Rücken hinabwanderte und den Stoff verbrannte.

Claire scheute nicht zurück – vielleicht bemerkte sie es gar nicht. Und als Sol ihren losen Träger an ihrer Schulter packte, ließ sie ihn. Titus zog am anderen und zusammen entblößten sie ihre perfekten Brüste vor meinen Augen.

Ich atmete langsam aus und ließ meinen Atem über ihre Haut wandern, um ihre Nippel streifen.

„Vox", flüsterte sie flehend.

Dieses Mal gehorchte ich.

Meine Lippen folgten den Spuren meines Atems und hinterließen eine feuchte Linie an ihrem Hals und über der Knospe ihrer Brust. Sie drückte sich an mich und ich saugte ihren steifen Nippel in meinen Mund, was ihr einen Schrei von tief drinnen entlockte.

Eine Explosion von Luft folgte und wirbelte um uns herum.

Sie brauchte mehr. So. Viel. Mehr.

Meine Hände glitten an ihre Hüften, stießen sie zurück gegen Sols soliden Körper. Er packte sie augenblicklich an den Schultern und ihre Augen flatterten zu.

Kraft.

Die beste Art von Ablenkung.

„Titus", sagte ich und ließ meine Finger über den Bund ihrer Jeans gleiten.

Er lächelte und sandte zu beiden Seiten ihrer Beine eine Flamme an den Nähten entlang hinab. Sie seufzte unter der Krafteinwirkung, störte sich überhaupt nicht daran, dass er sie auszog. Sie hatte ihren Kopf in den Nacken gelegt, um Sol zu küssen, und sie öffnete ihren Mund für ihn. Eine seiner Hände griff nach ihrem Hals, hielt sie an sich gedrückt, während er sie eingehend genoss.

Ich konzentrierte mich auf ihre freiliegenden Kurven und sandte Energie um ihre steifen Nippel, neckte ihre blasse Haut. Dann sandte ich die Brise nach unten, um ihre jetzt lose hängenden Jeans abzustreifen.

„Claire", keuchte ich und war schockiert, als ich bemerkte, dass sie kein Höschen darunter anhatte.

Wunderschön.

Glatt.

Perfekt.

Sie erschauderte und seufzte, als Titus eine Welle der Hitze über ihre Haut sandte. Seine Kraft vermischte sich mit meiner über ihren Brüsten – eine Andeutung, dass ich mich nach unten begeben sollte. Und das tat ich dann auch.

Ich ging auf meine Knie, küsste mich an ihrem Körper hinab.

Ihre Finger webten sich wieder in mein Haar und ihre freie Hand schien nach Titus zu greifen.

Eine geschlossene Einheit, die in einem elementaren Tornado zusammenfand.

Das hätte ich nie erwartet. Hätte nie gedacht, dass ich das wollte. Aber jetzt wusste ich, dass ich nie etwas anderes als das hier begehren würde.

„Koste sie", drängte Titus und zog sie dann von Sol weg, um sie zu küssen.

Ich sah den brennenden Blick der Erdfee über ihre Schulter hinweg, sah die rohe Begierde in ihm erblühen. Die Lust, mir dabei zuzusehen, wie ich Claire genoss.

Und ich konnte nicht widerstehen.

Für ihn und mich und sogar für sie.

Scheiße. Sie schmeckte wie diese Obstbäume, die er immer wieder pflanzte. *Pfirsiche.* Und, oh mein Gott, ich brauchte mehr davon. Ich ließ meine Zunge durch ihre Ritze gleiten und trank meinen Anteil ihres süßen Nektars, genoss das Zittern, das meine Zungenschläge ihrer Mitte entlockten.

Ihr Stöhnen ließ meinen Schwanz hart werden.

Ihr heiseres Summen ließ mein Herz schneller schlagen.

Und wie sie sich uns dreien hingab, ließ meine Seele brennen.

Zum ersten Mal in meinem Leben fühlte ich mich frei.

Vollständig.

Angekommen, wo ich hingehörte.

Und das war, auf meinen Knien, während ich diese Göttin einer Fee mit meiner Zunge verwöhnte.

CLAIRE

*I*ch hatte noch nie so etwas wie das hier gespürt. So viele Elemente zogen an mir und flehten darum, zu verschlingen und verschlungen zu werden.

Titus koste mich mit dem Züngeln von verlockenden Flammen über meine nackte Brust.

Sol küsste mich erneut – dieses Mal fester – und seine Hand war um meinen Hals geschlungen.

Und Vox.

Oh, *verdammt*, Vox.

Seine Zunge ließ meine sensiblen Stellen aus den Fugen geraten und meine Hüften bewegten sich wellenförmig auf die lüsternste Weise. Und während ein Teil von mir nicht glauben konnte, dass ich mich gerade einem Vierer hingab, so überragte meine Feenseite.

Das war jetzt mein Leben. Wo ich hingehörte. Zu diesen Männern. Und ich hätte es nicht anders haben wollen.

Die Welt um mich herum begann zu zerbröckeln. Lust überkam Gut und Böse, als Voxs Mund mich in einen ekstatischen Rausch sandte. So anders als die anderen und doch genauso verschlingend auf seine ganz eigene Weise. Seine Luftmagie koste meine, intensivierte unser Band und verstärkte den Moment. Als ich irgendwann meine Augen öffnete, sah ich ihn zu mir hochgrinsen. Die silbernen Ringe um seine Iriden glühten praktisch, waren so voller Energie – Energie, die ich meine eigene stärken spüren konnte.

Und dann küsste ich Sol wieder. Sein Griff fühlte sich besitzergreifend und richtig um meinen Hals an, aber ich wollte mehr. Seine andere Hand glitt an meine Brust und seine Hüften pressten sich an meinen Rücken. Seine beeindruckende, erigierte Länge sandte einen Schauer an meinem Rücken hinab und schürte meine Neugierde. Er war ein riesiger Mann. Steinhart dazu. Und ich fragte mich, wie weit dieses Merkmal reichte …

Meine Hand glitt hinter mich und erforschte seinen muskulösen Schenkel, ließ mich wünschen, dass die Männer genauso nackt wären wie ich.

Titus schien mein unausgesprochenes Bedürfnis zu fühlen, denn ich *spürte*, wie er sein T-Shirt auszog. Seine warme Haut drückte sich an meine. Dann nahm er einen meiner Nippel in seinen Mund, während Vox weiter mit meiner Mitte spielte, und der Raum drehte sich einmal mehr.

So viel Lust.

So viele Empfindungen.

So viel *Kraft*.

Ich spürte sie um mich wabern und die Energie belebte meine Seele. *Ich fühle mich nicht mehr menschlich*, realisierte ich. Ich fühlte mich wie … *eine Fee*.

Und ich… liebte es.

Sol ließ mich los, sodass ich mich an Titus lehnen konnte. Seine Zunge glitt in mich und seine Hand ersetzte Sols, die vorher um meinen Hals geschlungen gewesen war. Voxs Mund ließ von meiner heißen Mitte ab.

Sie gaben mir keinen Moment Zeit, um die Sache hier anzuzweifeln. Alle drei führten mich ins Schlafzimmer. Kleider schienen sich zu verflüchtigen, während wir uns bewegten. Und es hätte mich beängstigen sollen, aber ich spürte keinen Funken Angst. Nur Akzeptanz.

Meine Gefährten.

Es musste die Feenmagie sein, die mein logisches Denken übermannte. Aber Cyrus hatte recht. In dieser Welt konnte ich ohne Verurteilung genießen.

Ja.

Mein Rücken traf auf die weiche Matratze auf meinem Bett und Titus nahm einen Schritt zurück, um seine Jeans zu lösen, ohne sie auszuziehen.

Sol hatte sich seines T-Shirts entledigt.

Vox ebenfalls.

Aber alle von ihnen hatten noch immer ihre Hosen an und ihre hungrigen Blicke musterten meinen Körper.

„Das ist irgendwie unfair", sagte ich und kniff meine Augen zusammen.

Sols Mundwinkel zogen sich hoch. „Aus meiner Sicht nicht, kleine Blume." Er legte seine Hände auf meine Knie und spreizte meine Beine weit auseinander. „Es scheint mir mehr als fair."

„Ach ja?" Titus hatte schon einmal in der Küche versucht,

ein ähnliches Spielchen mit mir zu spielen. Er hatte verloren. Und Sol würde es genauso ergehen.

Er erschrak, als ich einen Schwall Feuer über seine Jeans züngeln ließ und damit den Stoff verbrannte, während seine Haut unversehrt blieb. Ich begann zu lächeln, bis ich realisierte, dass ich *all* seine Klamotten weggebrannt hatte.

Oh. Mein. Gott.

Ich hatte erwartet, dass er groß war, aber … *verdammt.*

Sol bemühte sich nicht, sich zu bedecken. Und selbst mein Gesichtsausdruck schien ihn nicht aus der Fassung zu bringen. Wenn überhaupt verstärkte das sein Grinsen nur noch und er krabbelte zu mir aufs Bett – direkt über mich.

„Überstürzt du die Dinge gerne?", fragte er und seine Lippen berührten meine.

„Sie hat diese Angewohnheit", sagte Titus und kniete sich auf das Bett neben uns, während Vox sich auf die andere Seite begab.

Vox ließ einen Finger über meine Wange gleiten und sah mich mit gutmütigem Blick an. „Hab keine Angst."

Oh, ich hatte keine Angst.

Ich war ehrfürchtig.

Meine Hand schlüpfte zwischen mich und Sol, begab sich zielsicher auf seinen Schaft zu und massierte ihn fest. Sein Grinsen verging ihm und er ächzte, seine Stirn legte sich an meinen Hals. „*Claire.*"

„Wie ich schon sagte: Sie ist gut darin, die Dinge zu beschleunigen", murmelte Titus und seine Flamme tanzte an meinen Lippen entlang. „Und ich dachte, wir drei könnten dich stundenlang genießen."

Oh ja, bitte. „Wer sagt, dass ihr das nicht könnt?", fragte ich und klimperte mit meinen Wimpern in seine Richtung.

Ein Lächeln zog auf seinem Gesicht auf. „So bedürftig, meine Claire."

„*Unsere* Claire", korrigierte Vox und eine kalte Brise stieß gegen meine feuchte Mitte.

Ich drückte meinen Rücken daraufhin durch und mein Griff um Sols bestes Stück verfestigte sich, was seinem Rachen ein tiefes Grummeln entlockte. „*Verdammt.*"

Voxs Energie floss durch die Bänder und seine beschützerischen Instinkte wärmten die Verbindung zwischen mir und Sol. *Er testet seine Kontrolle*, realisierte ich und bewunderte, wie gut die beiden aufeinander eingespielt waren. Neugierig erforschte ich das Band und hielt inne, als Sols intensive Lust meine Sinne flutete.

Oh, wow ...

Er brauchte weitaus mehr als meine Berührungen.

Was mich auf eine versaute Idee brachte.

Denn dieser Schwanz ... *mmh.*

Ich rollte ihn auf seinen Rücken – was angesichts seiner Größe einiger Kraft bedurfte. Dann küsste ich mir meinen Weg an seiner muskulösen Brust und seinem Bauch hinab. Seine kupferfarbenen Augen beobachteten meinen Fortschritt und seine Iriden verwandelten sich in dunkle Löcher der Begierde, als er begriff, was ich vorhatte. Sogar Vox sah zu und war von meinen Bewegungen wie gelähmt. Seine Lust war spürbar.

Und Titus.

Mein wunderschöner Titus.

Er stand jetzt nackt neben dem Bett und seine Hand massierte gemächlich seine Erektion, während er mir dabei zusah, wie ich an Sol weiter nach unten krabbelte.

Ich hielt einen langen Moment mit ihm Augenkontakt und erinnerte mich an das Gespräch, das er und Exos geführt hatten. Dass sie kein Problem damit hatten, mich zu teilen, solange sie nicht zusehen mussten, wie ich dem anderen Vergnügen bereitete.

Aber es schien ihm jetzt nichts auszumachen. Er sah

sogar erregt aus. Mehr als je zuvor.

Und sein Lächeln gab mir den Mut, den ich brauchte, um weiterzumachen.

Das hier ist .... unglaublich.

Ich hatte kein anderes Wort dafür.

Vielleicht würde es *ein Traum* besser beschreiben. Denn im Moment konnte ich kaum glauben, dass das hier echt war. Bis mein Mund sich um die riesige Eichel von Sols Schwanz schlang. Denn der musste echt sein. Er war zu groß, zu breit, um unecht zu sein.

Meine Güte, ihn später in mir zu haben, würde ganz schön interessant werden. Vielleicht nicht heute Abend, aber irgendwann. Hoffentlich.

Für den Moment gab ich mich damit zufrieden, ihn zu kosten.

Ich ließ meine Zunge an seiner unglaublichen Länge hoch und runtergleiten und nahm ihn so tief ich konnte in den Mund.

Er ächzte und mein Name war eine Warnung, die durch die Luft sauste, während Energie um uns surrte. Vox war schon an unserer Seite und streichelte die Kraft, sandte seine Kontrolle darüber. Aber das war nicht, was Sol brauchte.

Ich sah ihm in die Augen. Sie wurden zu einem glänzenden Kupferbraun, als sein Element in gebrochenen, goldenen Ranken aus ihm stieß. Ich hatte eine Art tiefere Verbindung geöffnet. Eine, die direkt dazu führte, dass wir das erste Level unseres Bandes komplettierten, und er schien damit zu hadern, es zu halten. Der Boden bebte und drohte an, dass, wenn Sol nicht bald ein Ventil fand, er die Magie in die Welt schießen würde.

Magie, die für mich bestimmt war.

Mit einem festen Griff um seinen Schaft ließ ich meine Zunge an seiner Länge hochgleiten und er stieß ein tiefes Geräusch aus, das mein Inneres sich lusterfüllt zusammenziehen ließ. Seine Hände waren an seinen Seiten zu Fäusten geballt und er versuchte, die Kontrolle zu bewahren, zog fest an Voxs Energie, die diese Tür zuhielt und verhinderte, dass sie sperrangelweit aufgestoßen würde.

Hm, das ist nicht genug.

Ich spürte, was er brauchte. Ich verstand es auf einem übernatürlichen Level, nachdem ich mich mit Wasser, Seele und Feuer verbunden hatte.

Sol musste sich gehen lassen.

Er musste sein Element in meines stoßen und im Gegenzug etwas von meiner Erdmagie aufnehmen.

Und der einzige Weg, um das zu bewerkstelligen, war, ihm ein gutes Gefühl zu geben. Ihn langsam in das Erdbeben tauchen zu lassen, das drohte, auszubrechen.

Ich nahm ihn so tief ich konnte in meinen Mund und schob seine Länge in meinen Rachen, leckte dann meinen Weg nach oben über die Spitze und leckte den salzigen Tropfen ab, der sich dort geformt hatte.

„Claire", warnte er und seine Kontrolle entglitt ihm, der Boden erzitterte erneut.

Nicht genug, flüsterte ein Teil von mir. *Mehr*.

Und nicht nur von Sol.

Nein.

Ich brauchte Vox.

Seine wilden Augen sahen in meine und seine Begierde war spürbar. Er *mochte*, was ich mit Sol machte, und so, wie er sich selbst durch seine Hosen hindurch streichelte, stellte er sich wohl vor, wie ich dasselbe mit ihm machte.

Aber ich wollte ihn an einem anderen Ort.

Scheiße, ist das lüstern, dachte ich. Aber ich schob diese menschliche Stimme beiseite, jagte stattdessen meine Elemente durch das Feenreich.

Und sagte, was ich sagen musste.

„Ich brauche dich in mir, Vox."

Zögern funkelte in seinen Augen, aber Titus sandte einen Hitzeschwall in seine Richtung, um ihm etwas Verstand einzubläuen. „Vertrau ihr", sagte er ohne die geringste Spur von Zweifel in seiner Stimme. Er wusste, was ich tun wollte. Er spürte, wie meine Elemente fieberhaft schrien und dass ich all meine Gefährten im Zaum halten konnte, wenn sie es nur zuließen. Es spielte keine Rolle, wie mächtig sie alle waren. Ich konnte ihnen eine Freiheit bieten, die sie nie gekannt hatten.

Wie, das konnte ich nicht sagen.

Ich wusste nur, dass ich es konnte.

Vox schluckte leer und entledigte sich dem Rest seiner Klamotten, entblößte einen schlanken, muskulösen Körper, der mir das Wasser im Munde zusammenlaufen ließ. Dunkles Haar schmiegte sich über seine Schultern und dunkle Augen sahen mich mit ungeteilter Aufmerksamkeit an. Sogar sein Schwanz war anmutig. Er war leicht gebogen und ich wusste, dass er sich himmlisch in mir anfühlen würde.

Er schloss sich uns auf dem Bett an und seine Hände packten meine Hüften. „Bist du sicher?", fragte er und in seinen Augen glimmte erneute Lust, die Sols ähnelte.

Sol, der ehrfürchtig auf mich herabsah, während er sich auf seine Ellbogen stemmte.

Oh ...

Konnte ich sie alle in mir aufnehmen?

„Ja", keuchte ich und presste meine Hinterseite an Vox, während ich Sol tief in meinen Mund nahm.

„Um der Feen willen", flüsterte Vox und sein harter Schwanz legte sich an meine heiße Mitte.

Und dann war er da.

Glitt in mich.

Füllte mich vollends aus.

Und entfesselte einen Sturm der Lust in mir, der mich an

einen Orkan erinnerte. Seine geschickten Finger legten sich an meine Klitoris und er bestimmte den Rhythmus, der dem meines Mundes glich. Er stieß einen plündernden Windstoß aus und seine Magie legte sich über mich, wehte durch mein Haar.

Ich packte diese Energie und stieß sie in Sol.

Der Riese ächzte, als ich fest an ihm runterstrich und meinen Mund dort übernehmen ließ, wo meine Finger aufhörten. Ich griff nach Titus, während meine Zunge die Erde, das Kupfer und die Pfirsiche sich mit den köstlichen Partikeln von Wind vermischten, die meinen Körper antrieben. Vox stieß fester zu, glitt in mich und wieder aus mir heraus. Seine Kontrolle legte diese Nervosität ab, während er keuchte und seine Lust durch unser Band floss, als er losließ und mir vertraute, die drei Stränge elementarer Kraft festzuhalten, die ihre Zähne in mir versenkten.

Ja.

Ich spürte, dass Titus' Schwanz bereit für mich war und heiß in meinen Fingern lag, die von Voxs Kraft gekühlt worden waren. Ich massierte ihn fest, drehte mich ab, um meine Handbewegungen mit meinem Mund abzulösen. Titus ächzte und sein Feuer schoss in die Luft, lullte uns alle in einen Kokon der Wärme ein und ließ meine Haut rot glimmen.

Vox griff um meine Mitte und presste mich an seine Brust. Seine Lippen legten sich an meinen Hals, als er weiter in mich stieß. Sein Atem war heiß an meinem Ohr, als seine Luft Titus' Element annahm.

Mit mir als Leiter konnten sie ihre Kräfte teilen und das Gleichgewicht finden, das sich in meinem Wesen absetzte.

Sol spürte, was ich da machte, und ließ seine Kontrolle ein kleines Stück weiter los, was ein Beben an meiner sensibelsten Stelle auslöste und mich meinem Höhepunkt näher kommen ließ. Seine Finger vergruben sich in meinem

Haar, als er sich mir an diesem Abgrund anschloss. Seine Sehnsucht nahm überhand und tanzte mit mir an der Klippe.

So kurz davor.

Mein Körper schrie voller Lust, meine Elemente tosten durch mein System.

Aber es war Titus, der meine Brust packte und uns alle einen Rausch der Euphorie verschaffte. Männliches Stöhnen erfüllte die Luft. Der Boden bebte, während das Zimmer von Feuer eingenommen und dann von Voxs Tornado eingelullt wurde, was uns in einem Haufen auf dem Bett erdete.

Ich zitterte. Meine Gliedmaßen waren sozusagen taub von der Intensität. Meine Lippen waren geschwollen, mein Körper ausgelaugt.

„Claire", keuchte Titus ehrfürchtig und zog mich an seine schweißbedeckte Brust. „Du bist …"

Meine Haut schimmerte unter der Mischung von Elementen. Feuer, Luft und Erde bildeten einen farbigen Regenbogen, der das Zimmer einnahm, und mein Atem sandte glitzernde Kraft in die Luft. Meine Ohren kitzelten an den Enden und ich fasste gedankenabwesend an eines davon, stellte fest, dass es spitz war.

Meine innere Fee hatte endlich überhandgenommen.

Ich bin nicht mehr Claire.

Ich war Leidenschaft, Wildheit – zähmte die drei Elemente, die zu explodieren drohten.

Und ich wollte mehr.

Ich wollte Sol als Nächstes in mir. Titus in meinem Mund. Und Vox in meinen Händen.

Ich sprach genau das laut aus und erntete ein Lachen von den Männern, das durch den Raum hallte. Dieses wurde abgelöst von erregten Blicken und warmen Berührungen. Denn sie wollten es auch.

Meins.

Ihr gehört alle mir.

EXOS

Ich bin es verdammt nochmal leid, bewusstlos geschlagen und von anderen Leuten in meinem Kopf manipuliert zu werden. Ich funkelte mein Spiegelbild an und sprach mit der unbekannten Essenz, die sich in meinem Kopf festgesetzt hatte.

„Ja, als ob das helfen würde", sagte Cyrus gedehnt und klang gelangweilt.

„Du bist nicht der, der schwarze Magie im Kopf hat,

verdammt nochmal", erinnerte ich ihn und meiner Stimme lag ein tiefes, genervtes Grollen inne.

Wir hatten mehrere alte Seelenmittel versucht. Die meisten davon beinhalteten, dass Cyrus elementare Energie in Stößen in mein Gehirn sandte. Als wir damit fertig waren, ähnelten meine Nervenzellen den Erdfeeminen, in denen man Elfen hatte Tunnel graben lassen. Ich nahm einen weiteren Schluck von meinem Elfenmet und knallte den Becher auf den Tresen. „Nochmal."

„Sagst du das, weil der Met dir in den Kopf gestiegen ist, oder bist du insgeheim ein Masochist?" Cyrus' eisblaue Augen funkelten herausfordernd. Seine Sticheleien sollten mich vom Schmerz, den er meiner Seele gleich zufügen würde, ablenken.

„Hör auf, mit mir zu flirten. Tu es ein– *Verdammt!*" Sterne tanzten vor meinen Augen und zwangen mich in die Knie. Oh, wenn ich jemals herausfinden würde, wer mir dieses grausame Stück Dunkelheit in den Kopf gepflanzt hatte, würde ich es genießen, den Scharlatan zu töten. Wieder und wieder.

Ich massierte meine Schläfen und versuchte Cyrus erfolglos zu helfen. Er benutzte meine Kraft, um seine eigene zu stärken, was mich zusammenzucken ließ, als er eine bestimmt heftige Attacke in mein Wesen schoss.

Das schwarze Ding brüllte ihn an und versank seine matschigen Krallen in mir, was mich zum Würgen brachte.

„Wir haben es fast", sagte Cyrus. Das war gelogen. Ich konnte spüren, wie dicht das Ding in meinem Kopf war und dass er es noch nicht einmal annähernd durchgesägt hatte.

Cyrus zog seine Seele so abrupt zurück, dass ich nach Atem rang.

„Ich habe es", sagte er.

„Nein, hast du nicht, verdammt nochmal", krächzte ich

und hasste ihn beinahe so sehr wie diesen Mist in meinem Kopf. „Es ist noch immer da, ich –"

Ein seelischer Schlag gegen die schwarze Wand brachte mich außer Atem und ein zweiter brachte mich dazu, mich in eine Fötusposition einzurollen. Ich wollte ihm sagen, dass er aufhören sollte, aber er schien versessen darauf, was auch immer für eine Methode er da anwandte, zu Ende zu bringen, und er sog so viel von meiner Energie auf, dass ich ihn nicht hätte aufhalten können, selbst wenn ich es versucht hätte.

Mein Blick trübte sich und die Wände unseres Heims verschwammen.

Aber ich spürte das Knacksen, das durch meinen Kopf ging.

Ein Wimmern stieß aus meinem Innern und aus meinem Rachen, als Cyrus die Dunkelheit mental zu Brei verarbeitete. Bis es zerstäubte und zischte und in einer Pfütze schwarzer Flüssigkeit starb, die er aus meiner Seele sog und neben mir auf den Boden schmiss.

„Vampirfeenmagie", grummelte er und spuckte auf die sterbende Substanz. „Wer auch immer das war, wendet dunkle Künste an."

Magie eines Reichs, in das keiner unserer Art jemals Fuß gesetzt hat, dachte ich, und brachte angesichts meines Keuchens kein Wort heraus.

„Kein Wunder, dass es sich wie ein verdammter Vampir angefühlt hat", fuhr Cyrus mit merklichem Ekel fort. „Denn dieses Ding wurde von einem geschaffen. Und ich glaube, dieses Ding in den Todesfeldern könnte eine Vampirfee oder die Seele einer gewesen sein."

Was er da sagte, ergab Sinn.

Aber ich verstand nicht, warum.

Bis ich es plötzlich begriff.

Weil meine Erinnerungen endlich freigelegt waren.

Ich setzte mich trotz des Schmerzes in meinem Kopf auf und zwang meinen Mund, sich zu bewegen. „Mortus." Das Wort kam krächzend heraus.

„Er hat dich entführt?"

Ich nickte und schüttelte dann meinen Kopf und nickte dann wieder, versuchte, mich zu räuspern.

„Natürlich. Jetzt ergibt alles Sinn, Bruder. Danke." Cyrus, dieser ewige Klugscheißer, reichte mir meinen Elfenmet. „Trink das. Vielleicht ergibst du betrunken mehr Sinn."

Blödmann. Ich riss ihm den Becher aus der Hand und nahm mehrere Schlucke, während er mich etwas ungeduldig ansah.

Genau. Weil man sich nach stundenlanger mentaler Folter und nachdem man jemand anderen seine Energie hat benutzen lassen, einfach so erholte.

Ich nahm einen weiteren Schluck, nur um ihn zu nerven, und lächelte, als er mit seinen Augen rollte.

„Es war Mortus", stellte ich klar und wischte mir den Mund mit meiner Hand ab. „Aber er wird kontrolliert."

„Von …?", wollte Cyrus wissen und machte eine Handbewegung.

„Ophelia." Ich sah in seine sich weitenden Augen. „Claires Mutter ist zu einer dunklen Vampirfee geworden und es sieht so aus, als ob sie sehr wohl am Leben ist."

„Bist du dir sicher?", fragte er mit leicht ungläubiger Stimme

Ich nickte zustimmend. „Jetzt, wo ich wieder klar denken kann, erkenne ich die Essenz wieder. Sie fühlt sich unglaublich ähnlich wie Claires an, aber dunkler."

„Und sie hat es auf unsere kleine Königin abgesehen", ergänzte Cyrus mit hochgezogenen Augenbrauen. „Darum hat diese Energie Ähnlichkeiten mit der Seuche, ist aber doch irgendwie anders."

„Sieht so aus, als würde alles zusammenhängen, ja."

„Und, dass Ophelia irgendwie überlebt hat und wir, indem wir Claire an die Akademie gebracht haben, …

„Ein schlafendes Biest geweckt haben", beendete ich den Satz für ihn. „Ja."

„Verdammt", keuchte er und sah der säureähnlichen Substanz dabei zu, wie sie sich durch unseren Steinboden fraß. Ich legte eine Flamme darüber, wollte, dass dieser Scheiß verbrannte und verschwand. „Das ist echt nicht gut."

Ich schnaubte. „Das ist wohl die Untertreibung des Jahrhunderts, Bruder."

„Hat sie Mortus die ganze Zeit über kontrolliert?"

„Möglich." Die Fee hatte nie ganz sauber geschienen, aber ich hatte es seiner dunklen Vergangenheit zugeschrieben. „Aber ich würde lieber herausfinden, wie eine Fee der Elemente sich in eine Vampirfee verwandelt hat."

Sie waren normalerweise von Geburt an so und ihre Welt war weitaus anders als unsere.

Sie benötigten Blut, um zu überleben – was sie zu Vampiren machte. Und sie lebten ohne Sonnenlicht. Etwas, das unsere Spezies aufblühen ließ. Was auch der Grund war, warum es eine Fee der Elemente umbringen konnte, für zu lange untertage eingeschlossen zu sein.

„Was für eine merkwürdige Entwicklung", stimmte Cyrus zu und kratzte sich am Kinn. „Aber wer weiß, was sich zugetragen hat, während sie in der Welt der Sterblichen gewesen ist?"

„Stimmt", erwiderte ich. Die Vampirfeen mochten es, mit Menschen zu spielen. Sie standen echt auf dieses ganze Blut- und Trinken-Ding. Ich blies einen Atemzug aus und rieb mir mein Gesicht. „Alter, ich brauche eine Dusche."

„Ach, echt?" Cyrus tat so, als wäre er schockiert. „Es ist erst ein paar Wochen her."

„Wenn ich fertig bin, will ich Claire sehen." Ich konnte

ihre Glückseligkeit durch das Band spüren. Ihre gemächliche Energie sagte mir ganz genau, wie ihre anderen Gefährten sie abgelenkt hatten. Mein Herz wurde warm und meine Seele rollte sich in ihrer Wonne. „Bereust du es?", fragte ich und hielt im Türrahmen zum Wohnzimmer inne.

Cyrus sah zu mir hoch und sein eigener Becher Elfenmet war nur wenige Zentimeter von seinen Lippen entfernt. Ich musste nicht klarstellen, was ich gemeint hatte. Wir dachten beinahe immerzu dasselbe. „Zuerst dachte ich, dass ich das würde", gab er zu. „Aber nein. Ich bereue es nicht."

„Würdest du ändern, wie es passiert ist?"

Er lachte. „Ich bin mir ziemlich sicher, dass es nur so hätte passieren können."

Ich nickte, verstand sofort. „Sie mochte dich nicht, was?"

„Kein bisschen."

„Gut", erwiderte ich. „Sie hat jemanden gebraucht, der durch die menschliche Hülle brechen und die Fee darunter freisetzen würde."

Er lächelte. „Gern geschehen."

So arrogant. Typisch mein Bruder. Aber ich konnte mir mein darauffolgendes Lachen nicht verkneifen.

Denn ja, wir alle hatten es ihm zu verdanken, dass Claire endlich ihre innere Fee angenommen hatte.

Ich seufzte – weil ich überglücklich und gleichzeitig beunruhigt war.

Denn ich war nicht sicher, welche Neuigkeiten ich ihr weniger gern eröffnen wollte. Dass ihre Mutter am Leben war und Chaos stiftete oder dass Claire einen so mächtigen Feenzirkel aufgeweckt hatte, dass sich all die Prophezeiungen, die sich um sie rankten, als wahr entpuppt hatten.

Mein liebster Halbling war nicht mehr länger eine Prinzessin.

Nein.

Bald würde sie zur Königin der Elemente gekrönt.

Sie wusste es nur noch nicht.

CLAIRE

Eine Wärme streifte mein Herz und ich regte mich unter den schweren Gliedmaßen in meinem Bett. Oder war es unser Bett? Ich wusste es wirklich nicht mehr. Wir alle hatten unsere eigenen Zimmer – so auch Titus. Aber er schlief nie in seinen Gemächern, nur immer in meinen. Also fühlte es sich wie ein gemeinsam genutzter Bereich an. Und jetzt war er voller männlicher Gliedmaßen.

Vox lag vor mir, Sol wieder an meinem Rücken und Titus

zwischen meinen Beinen, benutzte meinen Schenkel als Kissen.

Ich kann mich nicht bewegen, dachte ich.

Ein Lachen schwebte durch meine Gedanken. Das Geräusch hörte sich verehrend an und war eines, das ich so vermisst hatte. *Exos.*

Ich bin hier.

Ich seufzte und lächelte. *Ich vermisse dich.*

Dann komm und hol mich, murmelte er. *Ich bin im Gang.*

Ich setzte mich kerzengerade auf, woraufhin Sol grummelte und Vox seine Augen aufschlug. „Was ist los?"

Titus schmiegte sich an mein Bein und bewegte sich dann, damit ich mich befreien konnte. „Exos ist zurück", sagte er mit schläfriger, tiefer Stimme. „Geh, Claire. Wir kommen nach."

Sols Hand bewegte sich von meinem Oberschenkel zu seinem Bein, was seine nonverbale Art war, mir zu erlauben, mich zu bewegen. Und Vox rollte sich auf seinen Rücken. Ich versuchte, über ihn zu klettern, um aus dem Bett zu kommen, aber er packte mich an der Hüfte. Seine Finger fuhren durch mein Haar und er zog mich in einen bewusstseinsverändernden Kuss, der mich an die Stunden, die wir zusammen im Bett verbracht hatten, erinnerten.

Wie kann das mein Leben sein?, fragte ich mich erstaunt.

Als er mich schließlich losließ, hatte ich beinahe vergessen, was ich tun wollte. Dann spürte ich Exos' Ziehen erneut. Es war geduldig und doch irgendwie autoritär.

„Ich komme wieder", flüsterte ich.

„Ich weiß", erwiderte Vox und knabberte an meiner Unterlippe. „Ich werde hier sein."

Er küsste mich erneut. Dieses Mal sanfter. Seine Zunge glitt gemächlich über meine und dann half er mir dabei, aufzustehen. Titus und Sol waren bereits wieder friedlich eingeschlafen. Vox legte sich auf seine Seite und legte einen

Arm unter seinen Kopf, während er mir dabei zusah, wie ich zur Tür tapste.

Ich wickelte mich in Titus' Morgenmantel – etwas, das ich mir wirklich auch anschaffen sollte – und erblickte Exos im Gang. Er trug einer seiner eleganten Anzüge und sein Haar war stylisch zurückgegelt, als würde er gleich einer Art Treffen beiwohnen.

Doch die Uhr an der Wand zeigte gerade erst vier Uhr in der Früh.

„Ich muss ein paar formellen Zeremonien beiwohnen", erklärte er, als er meine Verwirrung wahrnahm. Er legte seine Hand an meine Wange und streichelte mit seinem Daumen über meine Unterlippe. „Wirst du mit mir mitkommen?"

„Geht's dir … Ist alles in Ordnung?", fragte ich und lehnte mich in seine Berührung.

Er nickte. „Cyrus hat die Essenz in meinem Kopf zerstört."

Ja. Das hatte ich gespürt, als er sich bei mir gemeldet hatte. Er fühlte sich sauber an. Wie mein Exos. Und jetzt, wo ich ihn vor mir sah, konnte ich sehen, dass er wieder ganz der Alte war. Feen heilten wirklich schnell. „Was war es?", fragte ich.

„Etwas, über das ich mit dir reden will", gab er zu. „Was auch der Grund ist, warum ich will, dass du heute mit mir mitkommst."

„Wohin?"

„Ins Seelen-Königreich."

Ich erschauderte, war nicht bereit, dieselbe Hölle nochmal zu erleben. Aber ich musste fragen: „Wozu?"

„Es ist an der Zeit, meinen rechtmäßigen Platz als Seelenkönig einzunehmen. Und ich hätte dich gerne an meiner Seite, wenn ich es tue."

Ich blinzelte. „Was? Was ist mit Cyrus?"

„Er wird auch da sein." Exos lehnte sich zu mir, ersetzte seine Finger mit seinen Lippen und küsste mich sanft. „Wir müssen dir ganz schön viel erklären, Claire. Und es wäre mir lieber, wenn wir es im Seelen-Königreich tun könnten. Bitte."

„Was ist mit den anderen? Und dem Sonnenwendball?" Der würde auch bald stattfinden. Und wieso war ich so fixiert darauf? „Ich habe Sol und Vox versprochen, dass wir zusammen hingehen", sagte ich und entschloss, dass das ein guter Grund war. Na ja, wir hatten es nicht wirklich fix beschlossen. Aber es würde definitiv passieren.

Exos lächelte. „Ich werde dich rechtzeitig zum Ball zurückbringen, Claire. Genauso wie zu deinem Unterricht, zumal ich gehört habe, dass du so einige Stunden verpasst hast."

„Ich war etwas zu beschäftigt damit, nicht zu sterben", erwiderte ich. „Ja, das kenne ich." Seine Hand glitt an meinen Nacken. „Bitte, komm mit mir, Claire. Du musst verstehen, was es heißt, eine königliche Fee zu sein." *Denn du wirst zu einer*, hörte ich ihn flüstern. Die Worte waren eindringlich, verfolgten mich.

„Ich ..." Ich sah seinen Anzug an und runzelte die Stirn. „Soll ich meine Akademie-Sachen anziehen?"

Er lachte. „Nein. Ich habe ein Kleid für dich, Prinzessin. Eines, das dich aussehen lassen wird wie eine Königin."

Ich schluckte. „Wirst du mir sagen, was ich machen muss?"

„Wann habe ich das nicht?", neckte er und knabberte an meiner Unterlippe.

„Stimmt", erwiderte ich amüsiert. „Okay. Aber ich muss es den anderen sagen."

„Klar. Da wäre nur noch eine Sache."

Ich starrte in seine meeresblauen Augen. „Alles."

„Mmh, ich hatte gehofft, dass du sagen würdest." Er zog mich näher zu sich. Eine seiner Hände hielt meinen Nacken fest, während seine andere sich an meinen unteren Rücken presste. Und dann zog er mich in einen Kuss, der mit Energie versehen war.

Meine Seele frohlockte, mein Herz pochte synchron mit seinem, während er mich hochhob und mich gegen die Wand des Flurs stemmte. Ich schlang meine Beine um ihn, um mich festzuhalten, und es war mir egal, wie diese Bewegung meine Robe öffnete und meine sensiblen Stellen offenbarte.

Exos bewegte seine Hüften gegen meine und sein härter werdender Schwanz drückte sich genau an die Stelle, wo ich ihn haben wollte. Ich hatte das hier vermisst.

Hatte *ihn* vermisst.

Und das sagte ich ihm auch. Sein Name war ein Schwur, den ich für die Ewigkeit flüstern würde.

Seine Hand glitt von meinem Nacken an meine Brust, drückte und knetete sie, und entlockte meinem Rachen Geräusche, von denen ich sicher war, dass sie die anderen aufwecken würden.

Aber niemand störte uns.

Im Moment gab es nur mich und Exos. Sein harter Körper an meinen gepresst. Sein Mund kostete und leckte und prägte sich alles ein. Und oh, wie sehr ich wollte, dass er den Anzug auszog.

Aber es schien sogar sexier, dass er angezogen blieb – vor allem, als der Morgenrock zu Boden fiel und ich nackt und willig gegen ihn gedrückt war.

„Wenn wir mehr Zeit hätten, würde ich dich nehmen", flüsterte er mit heiserer und sexy Stimme in mein Ohr. „Aber für den Moment werde ich mich damit zufriedengeben, dich meinen Namen schreien zu hören."

Ich keuchte, war schockiert, dass mein Körper nach so vielen Stunden der Lust derart reagieren konnte. Aber Exos wusste immer, was ich brauchte. Seine Berührungen waren hypnotisch, ließen mich erschaudern und mich nach mehr sehnen.

Und jetzt war das nicht anders. Er presste die Spitze seines harten Schwanzes durch den Stoff seiner Hose an meine Klitoris und ließ mich in einen ekstatischen Rausch verfallen, der mich auf eine andere Bewusstseinsstufe brachte.

Unsere Bewusstseinsstufe.

Diejenige, auf die nur unsere Seelen zugreifen konnten.

Ich verweilte einige Minuten lang dort und genoss das Gefühl von uns. Er küsste mich sanft, wissend. Und unser Band sang zustimmend, als unsere Verbindung sich nur noch mehr stärkte.

„Meine Claire", keuchte er.

„Mein Exos", erwiderte ich gegen seine Lippen lächelnd. „Du kannst mich hinbringen, wo immer du willst. Das weißt du."

„Das tue ich. Aber es ist schön, dass du endlich einmal freiwillig mitkommst."

Ich lächelte. „Es hat sich eine Menge verändert, während du weg warst."

„Das sehe ich", sagte er und strich eine Haarsträhne hinter mein Ohr. Sein Finger berührte das spitze Ende, das sich noch immer fremd für mich anfühlte. „Ich mag sie."

„Gut." Ich saugte seine Unterlippe in meinen Mund. „Weil ich mein neues Ich mag. Ich fühle mich stärker. Als hätte ich mehr Kontrolle."

„Und diese Stärke wird sich nur steigern, Claire." Er legte seine Stirn an meine. „Du hast keine Ahnung, was das Schicksal mit dir vorhat, aber ich werde dir auf alle mir möglichen Arten helfen. Wir alle werden das."

„Klingt beunruhigend."

„Das ist es auch", flüsterte er. „Mehr als du weißt."

„Dann sag es mir."

Er seufzte und eine seiner Hände legte sich an meine Wange, während die andere nach meiner Hüfte griff und mich zwischen ihm und der Wand balancierte. „Es ist deine Mutter, Claire."

„Ich weiß, was sie getan hat, aber ich werde nicht dieselben Fehler machen." Ich spürte es tief in mir, dass ich meine Gefährten nie so hintergehen könnte, wie meine Mutter ihren betrogen hatte.

„Nein. Nicht das." Seine blauen Augen sahen jetzt ernst aus und sein Griff verfestigte sich. „Deine Mutter ..." Er hielt inne und seufzte. „Deine Mutter war es, die versucht hat, dich mit dunkler Magie zu töten. *Sie* hat Mortus als Marionette benutzt, um mich zu entführen."

Mein Mund öffnete sich ungläubig. „Aber ... sie ist tot." Was sich wie eine lächerliche Aussage anhörte, wenn man bedachte, was er mir gerade erzählt hatte. Aber alle hatten es mir gesagt ... Meine Augen weiteten sich. „Elana hat gesagt, dass ihre Leiche nie gefunden wurde."

Er nickte. „Weil es keine Leiche zu finden gab."

Heilige Fee ... „Meine Mutter lebt."

Die Trilogie endet mit Buch Drei der Königin der Elemente.

KÖNIGIN DER ELEMENTE: BUCH DREI

Wie soll sich ein Mädchen konzentrieren können, wenn sie fünf heiße Feen-Mentoren hat? Es ist ja nicht so, als ob ich sonst schon jede Menge zu tun hätte.

Krönungen.
Abschlussprüfungen.
Ein Sonnenwendball.
Und eine Mutter, die darauf versessen ist, die Feenwelt zu regieren.

Nur ein weiterer Tag im Leben von mir, Claire Summers, dem Halbling mit Zugang zu fünf Elementen.

Alle verlassen sich auf mich. Sogar meine hochangesehene Mentorin Elana. Denn ich bin die Einzige, die genug Macht besitzt, um meine Mutter zu besiegen.

Aber was, wenn alles eine Lüge ist? Was, wenn der Bösewicht, den ich die ganze Zeit über gejagt habe, auf meiner Seite steht?

Mich erwartet der Kampf meines Lebens mit fünf Feen-Beschützern und einer unerwarteten Allianz. Es liegt an uns, das Feenreich zu retten, bevor es zu spät ist. Und dafür muss ich mein Herz all meinen Gefährten geben – um mich zu beschützen, zu halten – bis in die Ewigkeit und noch viel weiter.

Anmerkung: Es handelt sich hierbei um Buch Drei der Trilogie ‚Königin der Elemente'. Dieses Buch ist unglaublich heiß und beinhaltet eine Szene zwischen Cyrus, Exos und Claire, die du dir nicht entgehen lassen solltest.

USA Today Bestsellerautorin Lexi C. Foss ist eine Schriftstellerin, verloren in der Welt der Computer. Sie lebt in Atlanta, Georgia mit ihrem Mann und ihren haarigen Gesellen. Wenn sie nicht gerade schreibt, ist sie mit Sicherheit auf Reisen. Viele der Orte, die sie schon besucht hat, lassen sich in ihren Büchern wiederfinden, einschließlich der mystischen Welt von Hydria, die auf der griechischen Insel Hydra basiert.

Würden Sie gern über Neuerscheinungen informiert werden? Dann tragen Sie sich für ihren Newsletter ein: www.lexicfoss.com/newsletter

Besuchen Sie Lexi im Netz!
www.lexicfoss.com
E-Mail: lexicfoss@gmail.com

BÜCHER VON LEXI C. FOSS

Die Blutallianz:

Chastely Bitten – Keuscher Biss (Buch 1)

Royally Bitten – Königlicher Biss (Buch 2)

Regally Bitten – Majestätischer Biss (Buch 3)

Rebel Bitten – Rebellischer Biss (Buch 4)

Kingly Bitten - Royaler Biss (Buch 5)

Königin der Elemente:

Buch Eins

Buch Zwei

Buch Drei

Unsterblich verflucht:

Blood Laws – Blutgesetze (Buch 1)

Forbidden Bonds – Unsterblich entfesselt (Buch 2)

Blood Heart – Blutige Unschuld (Buch 3)

Blood Bonds – Unsterblich geboren (Buch 4)

Angel Bonds - Himmlische Bande

Und auch die folgenden Bücher von Lexi C. Foss werden in Kürze auf Deutsch erhältlich sein:

Aus der Reihe »Unsterblich verflucht«:

Blood Seeker (Buch 6)

BÜCHER VON J.R. THORN

Alle Bücher sind unabhängige Buchreihen, die in der fortlaufenden
Folge ihrer der Ereignisse aufgelistet werden

Feen der Elemente – Lesereihenfolge

- Königin der Elemente: Bücher 1-3 (Co-Authored)
  (erhältlich auf Deutsch)

- Akademie der Vampirfeen (Lexi C. Foss) (Englisch)

- Akademie der Glücksfeen (J.R. Thorn) (Englisch)

Blutstein-Reihe – Lesereihenfolge
• *Schicksalsjäger (USA Today Bestseller)* (Englisch)

Sieben Sünden (erhältlich auf Deutsch)
• *Buch 1: Sünden des Sukkubus*
• *Buch 2: Sünden der Sirene*
• *Buch 3: Sünden des Vampirs*

Königlicher Zirkel (Englisch)
• *Buch 1: Gefangen*
• *Buch 2: Gezwungen*
• *Buch 3: Verzehrt*

Akademie des Glücks (Englisch)

- *Erstes Jahr*
- *Zweites Jahr*
- *Drittes Jahr*

Non-RH-Bücher (J.R. Thorn, schreibend als Jennifer Thorn)

Noir Besserungsanstalt – Lesereihenfolge (Englisch)

- Noir Besserungsanstalt: Der Anfang
- Noir Besserungsanstalt: Das erste Verbrechen

Die Sünden des Feenkönigs – Lesereihenfolge (Englisch)

(Buch 1) Gefangen vom Feenkönig

Erfahre mehr auf: www.AuthorJRThorn.com

www.ingramcontent.com/pod-product-compliance
Lightning Source LLC
Chambersburg PA
CBHW031542240626
47153CB00002B/350